내 삶에 들어온 이오덕

국립중앙도서관 출판예정도서목록(CIP)

내 삶에 들어온 이오덕 / 글쓴이: 이오덕 ; 엮은이: 이주영.
— 고양 : 단비, 2015
    p. ;   cm

ISBN 979-11-85099-73-6 03810 : ₩15000

교육[教育]
교육 문화[教育文化]

370.4-KDC6
370.2-DDC23   CIP2015027836

내 삶에 들어온 이오덕

2015년 11월 14일 초판 1쇄 펴냄

ⓒ 이주영, 2015

엮은이 | 이주영
펴낸곳 | 도서출판 단비
펴낸이 | 김준연
편집 | 김소원
등록 | 2003년 3월 24일 (제10-2603호)
주소 | 경기도 고양시 일산서구 일중로 30 505동 404호 (일산동, 산들마을)
전화 | 02- 322-0268
팩스 | 02- 322-0271
전자우편 | rainwelcome@hanmail.net

ISBN 979-11-85099-73-6 03810

내 삶에
들어온
이오덕

이주영 엮음

단비
danbi

우리의 스승,
이오덕 선생님을 다시 보는 뜻

이오덕(1925-2003)!

그 이름을 부를 때마다 그 이름을 들을 때마다 나는 마음이 아리다. 내가 스물두 살 나이에 교사로 발령받아 처음 교단에 섰던 1977년 7월 어느 날, 춘천교대 다닐 때부터 교사가 되는 꿈을 키우며 함께 야학을 하던 문종현이 "형, 이 책 읽어 봐. 대단해" 하며 준 책이 《이 아이들을 어찌할 것인가》이다.

이 책을 보고 처음 알게 된 이오덕!

그 이름은 나에게 교사로서 새로 서게 한 이름이고, 내가 헤매거나 외롭거나 두려울 때 힘을 준 이름이고, 내 몸과 마음을 가눌 수 없을 징도로 치떨리는 분노까지도 글쓰기로 바꿔낼 수 있는 길을 열어준 이름이다. 그렇게 배움을 주고, 힘이 되어 주고, 마음을 다듬는 길이 되어 준 그 이름인데, 요즘은 떠올릴 때마다 아리다. 우리 사회가, 우리 교사들이 그 이름을 너무 쉽고 빠르게 잊어 가는 것 같아서다.

우리 아이들을 살리겠다고 우리 교육을 바르게 바꾸겠다는 진보교육 감들이 당선되었는데, 혁신학교가 천여 개 가까이 늘어났다고 하는데 그 뿌리로 삼아야 할 이오덕과 성래운 교육철학에는 별로 관심이 없다. 수십 년 동안 우리 교육을 바꾸기 위해, 참교육을 위해, 아이들 해방을 위해 평 생 온 삶을 다 바친 두 분 삶에서 배우지 않고, 두 분이 남긴 글을 공부하 지 않고 무엇을 어떻게 할 수 있겠는가. 혁신교육을 한다면서 다른 나라 교육제도나 연구하고, 다른 나라 교육철학이나 읽고, 다른 나라 교육방법 을 흉내 내려고 한다면 어떻게 되겠는가?

다른 나라 교육제도나 철학이나 교육방법을 배우지 말자고 하는 게 아 니다. 나도 우리 나라에서는 맨 처음으로 발도르프 교육을 공부하기 위해, 어린이공화국 벤포스타를 돌아보기 위해, 톨스토이 문학교육을 살 펴보려고 유럽에 다녀왔고 소개하는 글을 쓰기도 했다. 독일 루르 지역 발도르프 학교 이야기를 번역해서 출판하는 일을 주선했고, 일본 맨발어 린이집 교육이나 이탈리아 레지오에밀리아 프로젝트교육을 공동육아협 동조합 어린이집에 접목하는 데 함께하기도 했다.

그러나 그건 어디까지나 우리 땅에서 우리 아이들한테 필요한 교육을 찾기 위한 모색 가운데 한 가지다. 이 땅에서 우리 아이들을 살리는 교육 을 하기 위해서는 그 뿌리를 김구, 최광옥, 이승훈, 안창호, 김교신, 이오덕, 성래운, 윤구병처럼 우리 겨레 근현대 교육현장에서 직접 발로 뛰면서 아 이들과 살았던 교육자들 이야기에 두어야 한다. 우리 근현대 교육사를 밝 힌 사람들이 어찌 이 사람들뿐이겠는가? 수없이 많은 교육자들이 우리 겨레와 아이들을 살리는 교육을 위해 온 힘을 다하다 스러져갔다.

그 사람들 생각과 경험을 연구해서 이어받을 것은 이어받고, 발전시킬 것은 발전시키려고 하지 않는다면 어떻게 우리 교육이 참된 해방의 길로 나갈 수 있겠는가? 그 가운데서도 현재 혁신교육을 위해서 가장 중요하고 직접 맞닿아 있는 이오덕과 성래운 선생님을 모르는 교사들과 학부모들이 너무 많아서 안타깝다.

이 책은 1970년대부터 2000년대에 이오덕을 만났던 사람들, 그 이름을 마음에 품고 살았던 많은 사람들 가운데서 아주 일부가 쓴 글모음이다. 보리출판사에서 내고 있는 교육문화 월간 잡지 〈개똥이네 집〉에 '이오덕 다시 보기' 꼭지에 2009년 7월부터 2014년 2월까지 연재했던 글 가운데 글쓴이가 허락한 글을 엮은 것이다. 꼭지 제목은 우리 사회에 이오덕을 다시 살려내자는 뜻이 담겨 있다.

이 책은 내가 단비출판사에 부탁해서 펴낸 《내 삶에 들어온 권정생》하고 짝이 지워져서 좋다. 평생 우리 어린이문학과 어린이 해방을 위해 살아온 두 분을 마음에 담고 살아온 사람들이 쓴 글을 같은 출판사에서 같은 제목으로 낼 수 있게 되었기 때문이다.

《내 삶에 들어온 이오덕》을 읽으면 이오덕 선생님이 우리 아이들을 사랑하는 만큼이나 얼마나 후배 교사들을 사랑하고, 많은 사람들을 정성으로 대하셨는지 볼 수 있다. 그 많은 글을 쓰면서, 수십 년 동안 일기를 쓰면서 틈틈이 어두운 길에서 방황하는 교사와 부모들에게 정성을 기울였는지 알 수 있다. 이 책을 읽은 또 다른 교사와 부모들이, 젊은이들이 이오덕을 마음으로 만나는 계기로 삼았으면 얼마나 좋을까 싶다.

끝으로 〈개똥이네 집〉 '이오덕 다시 보기' 꼭지를 맡아서 애써 준 기자들과 보리출판사 식구들, 이 책을 선뜻 맡아서 내 준 단비출판사 김준연 사장, 편집을 맡아준 김소원과 단비 식구들, 무엇보다 소중한 글을 엮도록 하고, 인세를 '이오덕 어린이재단 추진위원회' 기금으로 내준 글쓴이 여러분들에게 고마운 인사를 드린다.

부디 이 책이 우리 아이들과 겨레 해방을 위해 평생을 바치신 이오덕 선생님 마음과 생각을 한 명이라도 더 많은 사람들 삶 속에 한 톨 씨앗으로 심는 호미질이 되기 바랄 뿐이다.

이오덕 선생님이 태어나신 지 90주년이 되는 11월 14일에 이 책을 엮어 펴낸다.

2015년 11월
이주영

| 차례 |

일러두기

- 이 책은 월간 〈개똥이네 집〉에 2009년 7월부터 2014년 2월까지 '이오덕 다시 보기'에 실린 글 가운데 글쓴이가 허락한 글을 엮은 것이다.
- 각 부 글 차례는 〈개똥이네 집〉에 글이 실린 차례이다.
- 이오덕 선생님은 생전에 지금 표준어로 등록된 '우리말' '우리나라'를 쓰지 않고 '우리 나라' '우리 글'로 썼기에 그 표기에 따랐다. 특별한 물건 이름이 아닌 어떤 말을 가리키는 '우리'라는 말은 띄어 써야 한다고 했다.
- 이오덕 선생님에 대한 호칭, 어린이문학, 아동문학, 글쓰기, 글짓기에 대한 말은 글쓴이에 따랐다.
- 글쓴이 소개글은 거의 글 발표 때의 것이다.

1부
선생으로 살면서

이오덕 선생님 말씀대로

/ 주중식

선생님 방, 벽은 책으로 둘러싸여 있었어요. 귤 상자 뚜껑을 안으로 접어 넣고는 책을 꽂아서 차곡차곡 쌓아 책꽂이로 쓰는 걸 보고, 물건을 되살려 쓰며 알뜰하게 살아가는 삶에 저절로 고개가 숙여졌습니다.

저는 참 복이 많은 사람이에요. 왜냐고요? 초등학교 선생으로 살아오는 내내 이오덕 선생님 편지를 받고 책 읽으면서 맑고 밝은 기운을 얻은데다가, 이오덕 선생님 말씀을 가까이서 들으며 참선생 노릇 한번 해 보려고 애쓰며 살아왔으니 복이 많지요. 이 복은 이오덕 선생님 말씀에서 나온 것이고, 선생님 말씀대로 살아온 것이 바로 복 받는 일이었어요!

어쩌다 한 번씩 '이오덕 선생님을 만나지 못했다면 내 교단생활이 어떠했을까?' 스스로 묻고, '이오덕 선생님을 만나지 못했다면 아이들한테 못할 짓 많이 하면서도 잘못인 줄도 모르고 지냈겠지' 이렇게 답해 보는 때가 있습니다.

저는 이오덕 선생님을 편지로 처음 만났습니다. 선생 노릇 시작한 지 여섯 해쯤 되던 때였지 싶어요. 선생님 글을 읽으며 꼭 만나 뵙고 싶다는 마음을 품었지요. 한번은 용기를 내어 선생님께 제가 만든 학급문집을 보내 드렸어요. 그냥 한번 봐 주시기만 해도 좋겠다는 마음으로 보냈는데, 뜻밖에 바로 편지를 보내 주셨습니다. 선생님은 제가 만든 학급문집을 크게 칭찬하는 말씀을 해 주셨어요. 하늘처럼 우러러보던 선생님이 이런 칭찬을 해 주셨으니, 그때 제가 얼마나 놀랐겠으며, 그 감동은 어떠했겠습니까?

저는 그 뒤로 지금까지 담임으로 지낼 때는 학급문집 내는 일을 꾸준히 해 왔는데요, 이게 다 이오덕 선생님 칭찬 편지 덕에 해낸 일로 믿고 있습니다. 선생님 편지는 저에게 참으로 귀한 선물이고 사랑이었어요. 다른 일로도 선생님께 자주 편지를 올렸고, 그때마다 선생님은 편지로 저를 만나 주셨습니다. 그러다가 만나서 이야기 나누자며 만나기 좋은 때가 생기기만 하면 만날 곳을 알려 주셨고, 먼 길을 달려가 만나 뵙게 되었어요. 선생님을 뵐 적마다 참 따뜻하게 맞이해 주셨고, 자상한 말씀으로 마주해 주셨습니다.

그래서 저는 선생님을 처음부터 스스럼없이 편안하게 만나 뵐 수 있었지요. 한번은 저 혼자 과천 선생님 집으로 찾아뵈었던 적이 있었습니다. 조그만 아파트 선생님 방, 벽은 책으로 둘러싸여 있었어요. 귤 상자 뚜껑을 안으로 접어 넣고는 책을 꽂아서 차곡차곡 쌓아 책꽂이로 쓰는 걸 보고, 물건을 되살려 쓰며 알뜰하게 살아가는 삶에 저절로 고개가 숙여졌습니다.

제가 이오덕 선생님을 편지로 처음 만난 뒤로 네다섯 해쯤 지났을 때였습니다. 저는 그동안에 학교를 떠나 다른 일을 하다가, 아이들 곁으로 다시 돌아오게 되었습니다. 몇 해 지나기는 했으나, 제가 지금 있는 이 학교에 오게 된 것도 이오덕 선생님 편지를 그대로 따랐던 일이랍니다.

이 무렵에 우리 말과 삶을 가꾸는 '한국글쓰기교육연구회'가 처음 생겼습니다. 이오덕 선생님은 회장 일을 맡으셨고, 이주영 선생이 총무 일을, 저는 출판 일을 맡게 되었습니다. 이주영 선생은 예나 지금이나 큰 살림을 맡아 일을 잘해 나가는 분이지만, 저는 제가 맡은 일을 잘해 내기에는 힘이 많이 모자랐습니다. 그런데도 선생님은 저에게 일을 맡기고 어떻게 하면 될지 편지로 일일이 아주 자상하게 가르쳐 주셨습니다. 선생님 말씀대로 해서 크게 무리 없이 해냈지요.

이오덕 선생님을 뵈면 함께 길을 걸을 때가 더러 있었습니다. 서울 지하철이나 높은 건물 층계를 오를 때면, 선생님은 성큼성큼 두 칸씩 오르셨어요. 선생님 걸음걸이는 젊은이가 따라가기 힘들 만큼 빠르고 씩씩했습니다. 그렇게 힘찬 걸음으로 이 출판사, 저 출판사 다니면서 펴낸 책은 주로 아이를 살리고, 어린이 교육과 어린이문학을 살리자는 내용이었습니다. 선생님이 지도한 아이들 작품을 모아 《일하는 아이들》《우리도 크면 농부가 되겠지》 같은 책이 나왔지요.

그 무렵에는 아무도 거들떠보지 않던 아이들 글과 그림이 세상에 나오면서 아이들에게는 자신감을 불러일으켰고, 아이를 귀하게 여기는 어른들에게는 큰 감동을 주었습니다. 선생님 도움으로, 우리 반 아이들 글을 모아서 《학급문집 들꽃》(종로서적, 1987년)이라는 책을 펴냈습니다. 이때에도 선생님은 원고 정리하는 것부터 책이 나오기까지 여러 가지 일을 하나

하나 편지로 가르쳐 주셨어요. 선생님 말씀대로 하니까 책이 만들어지더군요.

이오덕 선생님을 처음 뵌 뒤로 세월이 많이 흘렀습니다. 선생님은 돌아가시고, 저도 나이가 들어 아이들이 저보고 서슴없이 할아버지라고 부르네요. 지난 새학기부터는 교장 일을 그만두고 담임 노릇을 다시 하고 있습니다. 전에 담임을 맡았을 때처럼 학급문집도 내고, 담임이면 누구나 하는 대로 공개수업도 했습니다. 교장으로 일하던 사람이 이러는 게 어찌보면 어울리지 않는 짓인지도 모르지요. 그러나 저는 그런 것 상관하지않고 해내고 있습니다.

제가 담임교사로서 공개수업을 하기 전부터 마음속에 떠올린 분이 있어요. 누구일 것 같습니까? 바로 이오덕 선생님입니다. 한국글쓰기교육연구회는 연수회를 겨울방학 때만 하였어요. 그러다가 여름에도 연수회를 해 보자며 시작한 곳이 바로 우리 학교입니다. 한울타리 안에 있는 거창고등학교 교실과 식당에서 자고 먹으며 연수를 했는데, 그때 이오덕 선생님이 우리 반 아이들을 불러서 시 쓰기 수업을 하셨어요. 그때 선생님 모습을 떠올리며 저도 따라해 본 것이지요.

지난 11월 말께, 저는 우리 학교 교무회의에서 이런 말을 했습니다.

"제가 내년에 담임교사로 남을지, 이제 그만 학교를 떠나는 것이 좋을지, 아이들을 만나는 다른 방법을 찾아볼 것인지, 셋 가운데 어느 편이좋을지 생각해 보시고 의견을 말씀해 달라고 하였지요?"

아무도 말을 하지 않아서 옆자리 선생님한테 물었습니다.

"김 선생님은 생각을 좀 해 보셨습니까?"

웃기만 할 뿐 말이 없었어요. 그날 선생님들 의견이 이런 문제는 따로 말하거나 쪽지에 적어서 전하면 좋을 거라 하였어요.

"그럼 제가 생각한 것을 좀 이야기하지요. 이번 학년을 마치면서 학급 담임 일은 그만하기로 마음먹었습니다. 적어도 두 해쯤은 더 할 수 있으리라 생각했는데, 제 힘이 좀 부치는 것 같습니다. 그러면서 다른 길을 한 가지 찾아보았습니다. 학기 중 알맞은 시기에 몇 차례 시간을 내어서 우리 학교 아이와 학부모님, 그리고 선생님들께 도움이 될 만한 수업을 봉사 활동으로 해 볼까 합니다. 학교에서 결정하는 대로 알려 주십시오. 이렇게 되면 저는 담임교사에서 '시간교사'로 이름이 바뀌게 되는 셈인데, 제가 해 보고 싶은 다른 일은 농사입니다. 우리 식구가 먹을 곡식과 채소를 지어 볼 생각입니다."

말해 놓고 보니, 이 또한 이오덕 선생님 편지에 들어 있는 말씀이었어요. 제가 하는 짓이 어째 거꾸로 가는 것 같지요? 이오덕 선생님은 늘 말씀하셨어요. 잘못되어 가는 세상에서 거꾸로 가야 바르게 가는 것이라고.

저는 이렇게 이오덕 선생님 말씀대로 살아가면서 지금도 복을 받고 있답니다.

* 2010년 1월에 발표한 글입니다.

주중식

'들꽃'을 좋아하는 농사꾼이다. 학교 일에서 물러난 뒤로도 가끔 교실로 찾아가 아이들한테 '말글 바로 쓰기' 이야기를 해준다. '한국글쓰기교육연구회' 회원이고, 교육이야기 쓴 글을 모아서 책으로 펴내기도 했다.

선생님을 만나지 않았더라면

/ 김익승

내가 아이들에게 편지를 쓰는 것은 아이들의 그 기대를 채워 주기 위해서다. (줄임) 비
록 써 놓은 몇 마디 말이 대수롭잖은 것이더라도 그들에게는 얼마나 놀랍고 즐거운
말들이겠는가?

— 《이 아이들을 어찌할 것인가》

　이오덕 선생님을 처음 뵙던 스물다섯 해 전 초겨울이 생각난다.《일하
는 아이들》과《우리도 크면 농부가 되겠지》로 시작해서《이 아이들을 어
찌할 것인가》를 읽으면서는 감히 선생님을 만나 뵐 생각, 편지 드릴 생각
조차 못했다. 그렇지만 이 책들을 사서 좋아하는 선후배나 제자, 더러 존
경스런 학부모들한테 선물을 했다.

　그런데 선생님이 쓴《개구리 울던 마을》《우리 언제쯤 참선생 노릇 한
번 해볼까》같은 책들이 어느 날부터 책방에서 보기 어려웠다. 책들을 구
할 궁리를 하다가 출판사에 전화를 해 놓고 어린이를 위한 산문집《울면
서 하는 숙제》를 구하러 종로구 창신동 골목에 있는 '인간사'에 갔다가 선

생님을 만난 것이다. 내 이야기를 나누고 있었다며 반가워하던 맑은 눈을 가진 선생님. 곧 교단을 떠날 거라면서 서울 집세가 어떤가 물으시기도 했다.

그날 나는 선생님을 따라 지하철 타고 종로 2가 '용일 여관'으로 가서 주순중 선생님이랑 다른 몇 분을 만났다. 그러고는 선생님이 추천해 주셔서 바로 '한국글쓰기교육연구회' 회원이 되었다. 기쁘고 떨리고, 무슨 불순 모임에라도 들어간 듯 조마조마하기만 했다. 며칠 뒤 '지식산업사'에서 한국글쓰기교육연구회 서울·경기 지역 회원들을 만났다.

그때 나는 교무 회의 때 벌떡 일어나 발언하는 '벌떡교사' 노릇도 더러 하고, 아이들 선생 노릇을 제대로 할 자신이 없어 사표를 써서 주머니에 넣고 다닐 때였다. 그러다가 이들을 만나니 수만 명의 구원군을 만난 듯 힘이 났다. 나는 잘 기억나지 않는데, 어느 선생님 말이 그날 내가 술이 좀 취해서 그때까지 쌓인 울분을 마구 토해 냈다고 한다.

이오덕 선생님은 서툰 학급문집을 가지고 가도 "고 참, 재밌네요!" "글 사이에 작은 그림이라도 넣으니 참 좋네요!" 하고 칭찬만 해 주셨다. 1987년에 〈시와 노래〉를 만들어 녹음테이프를 드리니, 어린애처럼 신기해하셨다. 그러던 선생님이 어느 날부터 벌컥 화를 잘 내고, 몇 번이나 모임을 떠나겠다고 해 심부름꾼들과 모임을 걱정하는 사람들 마음을 안타깝게 하셨다. 다 가르침을 못 따르는 못난 우리들 탓이겠지만, 회의하다가 불쑥 하고 싶은 말씀을 다 하고, 오해도 하셨다. 그럴 때 나는 너무나 속이 상했다.

전국교직원노동조합(전교조)이 생기면서 우리 교육계가 어려움에 시달렸던 1989년부터 1992년까지, 나는 윤구병 선생님과 이오덕 선생님을 회장으로 모시고, 두 번이나 한국글쓰기교육연구회 총무 노릇을 했다. 1991년 총무 임기를 마칠 무렵, 이오덕 선생님은 내가 총무를 이어서 맡아 주면 회장을 맡겠다고 하셨다. 몸이 안 좋아 어렵다고 하니, 나을 때까지 쉬다가 해도 좋다고 하시면서까지! 글도 잘 못 쓰고, 글쓰기 지도도 제대로 못하는 내가 뭐가 그리 미더우셨을까? 이 시기에 한국글쓰기교육연구회는 대중 강연회도 열고, 회원 수도 눈에 띄게 늘기 시작했다.

1999년 전교조가 합법화되고 첫 번째 참교육상을 선생님이 받게 되었다. 올림픽 공원 체조경기장에 오신 선생님을 오랜만에 뵙고, 부축을 하는데 선생님 몸이 뼈밖에 안 잡힌다. 나도 모르게 눈물이 흘러내렸다. 그 무렵 선생님이 쓴 시집과 그 전에 읽던 책들을 선생님이 돌아가신 뒤에 더 열심히 읽는다. 그때 미처 몰랐던 선생님 마음을 읽는다.

따스하던 분이 왜 차갑게, 매정하게, 모질게 느껴졌을까 생각하니 가슴이 아프다. 내가 건강이 안 좋았다지만, 자주 찾아뵙지 못한 것이 이토록 후회 될 줄 정말 몰랐다. 좋아하시는 물고기 잡기 솜씨 보여 주실 수 있게 모시고 천렵(냇물에서 고기잡이하는 일) 한 번 못 간 것, 어디든 깊은 산골로 나들이 한 번 못 간 것 모두 후회가 된다.

'선생님도 나와 비슷한 분이시구나!' 하고 처음 느꼈던 옛일이 갑자기 떠오른다. 1980년대 초, 겨울방학 때 학교에 나갔다가 어느 선배 선생님이 학교로 온 제자 편지를 읽어 보지도 않고 난롯불 속에 집어넣는 모습을 보았다. 나는 아이들한테 온 편지는 어떻게든 답장을 꼭 써 주려고 애쓰고 있었다. 어느 날은 스무 통이 넘는 편지 답장을 쉽게 하려고 봉함엽서에 쓰기도 했지만.

편지 쓰는 아이들은 거의 모두 "선생님, 꼭 회답 주셔요" "선생님, 편지 기다립니다" 하는 말을 남긴다. 그래 여러 날 온 것을 한데 모아 두었다가 때로는 밤늦게까지 수십 통을 한꺼번에 쓰게 되는데, 그것도 일일이 딴 봉투에 넣어 부치자니 쉬운 일이 아니다.

한번은 내가 왜 이렇게 남들이 좀처럼 안 쓰는, 아이들의 편지 회답을 애써 쓰고 있는가 생각한 적이 있다. 그런데 이오덕 선생님 글이 그런 내 마음과 비슷해서, 놀라움과 반가움이 섞인 마음으로 읽을 수 있었다.

여가가 많아서 그런가? 남들은 그렇게 볼는지 모른다. 그러나 나는 언제나 바쁘다. 할 일이 산같이 밀려 있다. 내가 아이들에게 편지를 쓰는 것은 아이들의 그 기대를 채워 주기 위해서다. 아직 편지라고는 받아 본 일이 없는 어린이들이 선생님의 편지를 받았을 때 얼마나 기뻐할 것인가? 비록 써 놓은 몇 마디 말이 대수롭잖은 것이더라도 그들에게는 얼마나 놀랍고 즐거운 말들이겠는가? 만약 그 편지 속에 아름다운 말, 어린이들의 마음을 사로잡을 수 있는 말을 한마디라도 적어 줄 수 있다면, 그런 말들이 어쩌면 그 편지를 받은 어린애의 일생에 커다란 영향을 미칠 수 있는 힘이 되지 않는다고 누가 감히 단언해 버릴 것인가?

— 《이 아이들을 어쩌할 것인가》(이오덕, 청년사, 1977)

선생님을 모시고 간 강연회 뒤풀이 자리에서 어느 중학교 여자 선생님이 "저는 선생님 때문에 해직되었어요! 선생님 책을 읽고 그 길을 가지 않을 수가 없었어요!" 하면서 눈물을 흘리는데, "그래요, 그거 참……." 하며 당황해하던 선생님이 그립다. 선생님은 참으로 외롭게 사신 분이다. 선생님 따라가는 길도 참 외롭다!

선생님을 만나지 않았더라면 지금 같은 선생 노릇을 하고 있을까? 자꾸 세상에 휩쓸려 편히 살아가려는 마음이 꿈틀거린다. 우리들은 이오덕 선생님이 계셨기에, 선생으로서 공부할 게 끝도 없이 많으니 얼마나 행복한가. 날이 갈수록 선생님이 그립기만 하다.

* 2010년 3월에 발표한 글입니다.

김익승

산골 마을을 그리워하며 서른여섯 해째 서울에서 초등학교 선생 노릇을 하고 있다. 1985년부터 한국글쓰기교육연구회 회원으로 활동하고 있다. 1986년부터 급훈을 '배워서 남 주자'라고 정하고 그 이름으로 학급문집을 만들고 있다. 도시 아이들에게 '늘 되돌아가고 싶은 고향 같은 교실'을 만들어 주고 싶어 한다.

온몸으로 교육 현실에 맞선 분

/ 김종만

선생님이 사는 작은 아파트에는 선생님이 살아가는 모습이 진하게 배어 있었다. 빨래
며 밥 짓기를 손수 하는 것은 물론이요, 무엇 하나 함부로 버리지 않으셨다.

1983년 9월 어느 날, 경기도 포천에서 새내기 교사로 지내던 나는 이오
덕 선생님한테 편지 한 통을 부쳤다. 그때 이미 널리 읽히고 있던《삶과 믿
음의 교실》《이 아이들을 어찌할 것인가》《시정신과 유희정신》으로 이름
난 이오덕 선생님한테 감히 편지까지 쓸 줄이야. 군부독재정권 서슬이 시
퍼렇던 그때, 메마를 대로 메마른 교육 현장은 이제 학교 생활 네 해째인
스물일곱 살 젊은 교사를 막다른 골목으로 몰아넣고 있었다.

졸업하자마자 바로 발을 내딛은 학교는 꿈에 그리던 학교와는 너무도
달랐다. 어찌어찌해서 구해 읽은 파울로 프레이리가 쓴《교육과 의식화》
이반 일리치가 쓴《탈학교의 사회》같은 책은 젊은 피를 분노로 끓게 만들
기에 충분했다. 그러면서 한편으로 그때 문고판으로 나와 있던《섬머힐》

을 읽고 너무나 감동한 나머지 내가 하는 짓은 교육이 아니다 싶어 학교를 그만둘까 생각하고 있었다. 비상계엄으로 시작한 1980년대 첫머리에 뛰어든 교사 생활은 온갖 자질구레한 억압과 퇴폐와 비리로 얼룩져 젊은 나한테는 지루하기만 했다. 나 혼자 속앓이만 하다가 마지막으로 해 보자고 마음먹은 것이 '그래, 이오덕 선생님께 편지라도 한번 드려 보자'였다.

그랬는데 생각지도 못하게 답장까지 받을 줄이야! 그것도 붉은색 칸이 그려진 갱지 원고지에 선이 굵은 만년필로 쓴, 열 장 가까이 되는 두툼한 편지 묶음을 말이다. 편지 내용은 이랬다. 선생님같이 이 나라 교육을 걱정하는 동지를 만나서 기쁘다, 참된 마음으로 우리 교육을 걱정하는 젊은 교사가 학교에 남아 있어야 한다, 우리 아이들을 살리는 교육은 고뇌 속에서 나온다, 그리고 편지 끄트머리에 한국글쓰기교육연구회를 소개하면서 함께하자는 말씀도 쓰여 있었다.

나는 곧바로 연구회에 들어갔고 거기서 든든한 후원군을 얻게 되었다. 선생님이 앞장서서 주장한 '아이들 삶을 가꾸는 글쓰기 교육'은 교실에서 무엇을 할 것인가 고민하던 내 숨통을 비로소 틔워 주었다. 단지 나뿐이 아니었을 것이다. 이 땅에서 살아가는 피 끓는 젊은 교사들이 독재권력이 저지르는 폭력 앞에 어찌할 줄 모를 때 이오덕 선생님은 글로 우리가 가야 할 길을 알려 주었다. 달마다 〈새교육〉이나 〈한국교육신문〉에 쓰던 칼럼은 생생한 현장 비판이었다. 막혔던 봇물이 터지듯 나는 아이들과 소통하기 시작했다.

그해 겨울, 안동시 용상동에 있는 가톨릭농민회관에서 열린 겨울 연수회가 새삼 떠오른다. 이듬해 여럿이 함께 경기 모임을 만들었다. 우리 교육을 고민하고 걱정하는 모임은 날로 커져 갔다.

1980년대 교육운동이 일어난 밑바탕은 글쓰기 교육운동이라는 데 오늘날 그 누구도 반대하지 못할 것이다. 이오덕 선생님은 아동문학 일도 열심히 하셨는데 출판사에 볼일로 서울에 가면 지금은 없어진 종로 2가 와이엠씨에이(YMCA) 뒤편 '용일 여관'에서 묵으셨다. 그러면 서울, 경기 한국글쓰기교육연구회 회원들이 여관으로 몰려가 밤늦도록 이야기꽃을 피우곤 했다. 때로는 여관에 함께 묵기도 했다. 선생님은 젊은이들과 어울려 이야기하는 걸 즐거워하셨다. 술은 못해도 술자리에 끝까지 남아서 젊은 우리들과 어울렸다.

1986년 2월 어느 날, 선생님이 학교를 그만두셨다. 늘 따라다니던 감시와 간섭을 더는 견딜 수 없어 그렇게 한 것이리라. 그때 거의 모든 교장들은 군부독재의 파수꾼이나 마름이 되어 학교 안에서 제왕이나 다름없는 지위를 누렸다. 그런데 선생님은 홀로 민주교육을 외치며 교육계에 넘쳐 나던 불의를 캐내셨다. 그러나 교육 당국이 하는 감시와 억압, 끊임없는 구속은 시골 학교 교장이 참아 내기에는 많이 어려웠다. 심지어 학부모들이 마련한 송별회에도 나가지 못하게 당국이 막아섰다는 이야기도 들었다.

그해부터 3년 동안 나는 한국글쓰기교육연구회 심부름꾼(총무이사)을 맡아 선생님 곁에서 함께 일하게 되었다. 학교를 그만두고 경기도 과천에 살 곳을 마련한 선생님은 한국글쓰기교육연구회를 키우는 일에 온 힘을 다 쏟으셨다. 한국글쓰기교육연구회는 어느 출판사 좁은 공간을 빌려 철제 가구 하나 달랑 들여 놓은 게 다였다. 선생님은 회보 만드는 일에 특히 정성을 다했다. 그때는 고급스러운 인쇄 형식이 사진식자을 이용하는 것이었는데 교정을 정말 세밀하게 보셨다. 틀린 글자나 빠진 글자는 하나하나 글자를 따서 붙여야 했다. 사진식자기로 이 작업을 하는 사람이 원고 내용을 제대로 이해하지 못해 자주 글자를 빼먹거나 잘못 쳤다.

선생님은 이런 식으로 작업하는 게 힘들다 보고 마음을 바꾸셨다. 회보 원고를 댁으로 가져가 볼펜 글씨로 써서 회보를 만든 것이다. 그러니까 회보 편집과 타자수가 할 일을 도맡아 하신 것이다. 지금도 그때 펴낸 회보를 보면 글자 하나하나를 꼭꼭 눌러 쓴 선생님 글씨체가 그대로 남아 있다.

방학이 되면 나는 이오덕 선생님을 모시고 연수회 자리며 지역 모임을 찾아 다녔다. 잠자리며 음식이 불편할까 어쩌다 지나가는 말로 걱정스럽게 말씀 드리면 오히려 역정을 내셨다. 나와 회보 출판을 맡은 이성인 선생을 가끔 과천 댁으로 부르셨다. 선생님이 사는 작은 아파트에는 선생님이 살아가는 모습이 진하게 배어 있었다. 빨래며 밥 짓기를 손수 하는 것은 물론이요, 무엇 하나 함부로 버리지 않으셨다. 종이 상자를 옆으로 뉘어서 바닥에 합판을 깔고 책을 켜켜이 쌓아 책꽂이를 만드셨다.

부엌 살림을 살펴보면 일회용 그릇을 버리지 않고 닦아서 두고 쓰셨다. 어느 겨울 끝자락에 선생님 댁에 갔을 때 마침 선생님은 아드님이 가져왔노라면서 싱싱한 채소를 한 움큼 내오셨다. 그리고 된장에 현미밥을 싸서 드셨다. 소박한 밥상이 그런 것임을 나는 아직도 깊이 새기고 있다.

이오덕 선생님 곁에서 지내며 나는 여러 사람을 만났다. 판화가 이철수 선생님, 동화 쓰는 이현주 목사님, 이미 돌아가신 봉화 농사꾼 철학자 전

우익 선생님, 그리고 안동에 계셨던 권정생 선생님이 그런 분들이다. 모두들 하나같이 삶에서 매운 내를 풍기는 분들이다.

선생님은 아무리 가까운 사람이라도 잘못되었다 싶으면 봐주지 않고 크게 꾸짖는 분으로도 이름나 있었다. 에둘러 조용하고 조심스럽게 비판하기보다 그 자리에서 바로 잘못을 끄집어내곤 하셨다. 그러니 웬만한 넉살이 없고서야 선생님 꾸짖음을 아무렇지 않게 받기는 힘들 터여서 여러 사람들이 곁을 떠나기도 했다. 이 글을 쓰는 나도 헤아릴 수 없을 만큼 많이 꾸지람을 들어서 한때 선생님 곁을 떠나 지내기도 하였다.

그러나 같은 일을 여러 번 들먹이며 그때마다 잘못을 저지른 사람을 들추는 것은 그런 잘못을 다시 하지 않게 하려던 것이라 여겨진다. 이오덕 선생님은 동지들이나 후배들한테 엄격했던 것만큼 자기한테도 엄격했음을, 선생님이 남긴 수많은 책에서 고스란히 읽을 수 있다. 한 시대에 이런 스승을 모시고 배울 수 있었던 게 참으로 자랑스럽다.

* 2010년 5월에 발표한 글이다

김종만

1957년에 태어나 대학을 졸업한 뒤로 줄곧 초등학교 교사로 지냈다. 글쓰기 교육 말고도 아이들 민속놀이, 농사일, 목공예, 자연 생태, 집 짓기, 인디언 이야기에 관심이 많아 늘 배우며 살았다. 지은 책으로 《열두 달 우리 농사》《잘 놀아야 철이 들지》《아이들 민속놀이 100가지》《사격장 아이들》들이 있다. 2014년 9월 7일에 돌아가셨다.

이오덕 선생님은 현재이면서 미래다

/ 이부영

사람들이 잘 몰라서 그렇지 우리 나라 교육이 나아가야 할 길은 이미 오래전에 이오덕 선생님이 내놓으셨다. 그것이 바로 아이들 삶이 바탕이 된 '삶을 가꾸는 교육'이다. 이오덕 선생님은 과거가 아니다.

역사가 일으킨 회오리가 우리 나라를 휩쓸던 1980년에 나는 교대생이 되었다. 교육대학에 갓 입학한 나는 세상 돌아가는 일이 어리둥절하기만 했다. 입학하자마자 학보사 기자가 되었는데 수상한 세상 탓에 학보도 마음대로 내지 못하고, 인쇄하기 전에는 완성된 편집본을 들고 시청에 가서 '사전 검열'을 받아야 했다. 그때마다 그들은 내용은 물론 단어 하나라도 조금만 마음에 들지 않으면 기사를 삭제했다. 이에 맞서는 뜻으로 사전 검열에서 삭제당한 부분을 새 기사로 채워 넣지 않고 '사필귀정'이라는 글씨를 크게 넣어 학보를 내는 일도 많았다.

그때 '의식화 교재'라며 선배들이 건네 준 책 여러 권 가운데 하나가 이오덕 선생님이 쓴《삶과 믿음의 교실》이었다. 예비 교사로서 '아름답고 작은 시골 학교'에서 '천사 같은 아이들'을 가르치는 모습만 그리고 있던 나한테 이 책 내용은 충격이었다. 그러나 그 충격도 잠깐이었을 뿐 곧 잊어버리고 말았다.

1982년, 교대를 졸업하고 내가 바라던 대로 섬마을에 있는 '작은 시골 학교'로 첫 발령을 받았다. 하지만 발령 나자마자 만난 학교는 내가 생각했던 학교가 아니었다. 아이들과 함께하는 시간보다 산더미 같은 학교 일에 더 매달려 있어야 했다. 더욱 참기 힘들었던 것은 내가 하고 있는 일들이 교육에 필요한 것들이 아니라, 거의 다 거짓 보고를 담은 공문 쓰기라는 사실이었다. 내가 이런 일이나 하자고 선생이 되었나 하는 생각을 했다. 학교에서 민주주의와 교육에 어긋나는 상황을 줄곧 겪으면서 나는 학교에 실망했고 선생이 된 것을 후회했다.

참 많이 울었다. 선생 노릇이 나한테 맞지 않구나 싶어 학교를 그만두어야겠다고 생각했다. 그러다가 잠시 잊고 있었던《삶과 믿음의 교실》이 생각났다. 책을 다시 들여다보니 이오덕 선생님이 쓴 내용이 바로 내가 겪고 있는 그 모습이었다. 이럴 때 선생님은 어떻게 할까 생각하면서 선생님한테 편지를 썼다. 어떤 내용인지는 잘 기억나지 않지만, 막 교사 일을 시작하면서 내가 겪고 있는 어려움을 하소연했던 것 같다. 누군가에게 하소연이라도 하면 마음이 풀어질까 생각해서 썼을 뿐 답장까지 기대하지 않았다.

그런데 뜻밖에도 바로 답장이 왔다. 촉이 문드러진 만년필로 또박또박 힘주어 쓴 편지였다. 날아갈 듯이 기뻤다. 선생님은 나한테 힘내라고 용기를 주셨다. 힘든 일이 생기면 또 선생님한테 편지를 썼다. 선생님은 바로 답장을 해서 용기를 주곤 하셨다. 그리고 그때 선생님이 회장으로 있던 경북글짓기지도연구회 회보를 보내 주면서 모임에도 초대하셨다. 나는 두근거리는 마음으로 1982년 8월에 안동에서 열린 경북글짓기지도연구회 모임에 나갔고, 그곳에서 처음으로 이오덕 선생님을 뵈었다.

그 뒤로도 한 해에 두 번 여름방학과 겨울방학이 되면 선생님을 만나 기운을 얻어 오곤 했다. 이상하게도 선생님을 만나면 나는 다시 씩씩해지고 용기가 생겨났다. 나중에 선생님을 만나는 일이 뜸해지긴 했지만, 선생님이 쓴 책 속에서 용기를 얻곤 했다. 선생님이 아니었다면 벌써 학교 선생 노릇을 그만두었을지도 모른다. 아니면, 내 나이 또래 다른 교사들처럼 승진과 출세를 기다리는 줄에 서서 하루하루를 비참하고 고단하게 보내고 있을지도 모를 일이다.

이오덕 선생님은 선생이 가야 할 바른 길과 교육을 알려 주고, 살아가는 태도도 바르게 이끌어 주셨다. 내가 꾸밈없고 수수하게 살아가게 된 것도 선생님 덕이다. 지금도 학교에서 원칙 없고 민주주의에 어긋나는 절차로 예산을 헤프게 쓰는 일이 있을 때마다 서슴없이 따져서 바로잡는 것도 바로 선생님한테 배운 것이다. 선생님이 직접 보신다면 아직도 꾸짖을 일투성이지만, 바른 생각, 바른 생활 태도로 용기 있게 살아가는 일이 행복하다는 것을 알고 또 실천할 수 있게 된 것은 모두 선생님한테 배운 덕분이다.

이오덕 선생님한테 배운 것들 가운데서 더욱 뜻깊었던 것은 '삶을 가꾸는 글쓰기 교육'이었다. 삶을 가꾸는 글쓰기 교육은 교육과정에도 그대로 들어맞는다. 아이들을 위한 교육과정에는 반드시 아이들 삶이 들어 있어야 하고, 교육은 곧 삶을 가꾸는 것이어야 한다. 지금 우리 교육에는 아이들 삶도 빠져 있고, 삶을 가꾸기는커녕 교육을 받을수록 아이들 삶이 점점 더 메말라 가고 있다.

나는 미술교육에 선생님 생각을 알맞게 맞추어 써서 우리 나라 초등 미술교육 문제를 연구하고 그 내용을 여러 자리에서 발표했다. 이오덕 선생님이 말씀하셨듯이 미술교육에서도 역시 아이들 삶이 빠져 있는 것이 가장 큰 문제다. 미술교육을 바로잡으려면 교육 내용에 아이들 삶이 들어 있어야 한다. 미술교육은 곧 아이들 삶을 가꾸는 것이어야 한다. 아이들 '표현'을 두고 이오덕 선생님이 주장하던 생각도 그대로 미술교육에 들어맞았다. 미술교육에서 하는 '표현'은 그럴 듯하게 괜찮은 작품을 만드는 것보다 아이들 마음속에 있는 그 무엇이 그대로 나타나게 해야 한다는 생각이다.

내가 미술교육이 가야 할 바른 길에 확신을 갖게 된 것은 모두 이오덕 선생님 가르침 덕분이다. 현재 우리 나라 교육과정에서 글쓰기를 비롯한 국어교육과 미술교육뿐만 아니라 수학, 과학, 사회, 체육, 음악, 도덕, 실과 같은 모든 교과 내용이 아이들 삶에 도움이 되지 못하고 오히려 공부를 더욱 어렵게 만들고 있다. 이오덕 선생님 말씀대로 아이들 삶이 들어 있지 않고 아이들 삶을 가꾸는 내용이 아니기 때문이다. 따라서 우리 나라 교육 내용을 아이들 삶이 바탕이 된, 아이들 삶을 가꾸는 것으로 채워야 한다.

요즘 우리 나라 교육 문제를 얘기하면서, 또 진보 성향 교육감이 많이 당선된 뒤로 학교를 '혁신'하겠다면서 가장 많이 나오는 얘기가 핀란드 교육이나 어느 일본 교육학자가 했다는 말이다. 그러나 핀란드는 핀란드고, 일본은 일본일 뿐이다. 우리 나라 교육이 갈 길을 다른 나라에서 찾을 것이 아니라 바로 우리 나라에서 찾아야 한다고 본다. 사람들이 잘 몰라서 그렇지 우리 나라 교육이 나아가야 할 길은 이미 오래전에 이오덕 선생님이 내놓으셨다. 그것이 바로 아이들 삶이 바탕이 된 '삶을 가꾸는 교육'이다.

이오덕 선생님은 과거가 아니다. 현재이면서 미래다. 이오덕 선생님이 남기신 뜻을 잘 풀어 가면 우리 나라 교육 문제도 쉽게 풀 수 있지 않을까 싶다. 그러기 위해서는 지금 어느 때보다 더욱 이오덕 공부가 필요하다고 생각한다.

* 2010년 9월에 발표한 글이다

이부영

서울강명초등학교 교사. 34년째 초등학교에서 아이들한테 많이 배우고 있다. 경기도 양평에서 흙과 더불어 사는 생명들과 함께 살고 있다. 서울형혁신학교에서 동료교사들과 함께 어린이와 교사와 학부모가 함께 성장하는 행복한 학교를 만들어가고 있다.

선생은 아이들을 잘 가르치는 사람

/ 이호철

선생님이 지도해서 낸 농촌 아이들 글 모음《일하는 아이들》《우리도 크면 농부가 되겠지》에 나오는 글을 보고 깜짝 놀랐다. 그때부터 '아이들이 자기 삶을 있는 그대로 글로 쓰게 해야 하는구나' 하고 또렷이 깨달은 것이다.

 1975년 11월 17일, 나는 울진에 있는 조그만 산골 학교에 첫 발령을 받았다. 애송이 선생인 나는 의욕은 있었지만 어떻게 해야 학급을 잘 꾸려 나갈 수 있을지 몰랐다. 그런데 그 학교에 있던 최지훈 선생님이 아이들한테 열성으로 글쓰기 지도를 하면서 주마다 학급신문 〈꽃교실〉을 내고 있었다. 그 모습을 눈여겨 보면서 나도 저렇게 학급을 꾸려야겠다고 마음을 다졌다. 이것이 글쓰기와는 거리가 멀어도 한참 멀었던 내가 글쓰기를 하게 된 배경이다.
 3년 뒤 학교를 옮기게 되었고, 그때부터 글쓰기 지도를 하면서 학급신문 〈꽃교실〉을 이어 내게 됐다. 그때는 인쇄하기가 매우 어려웠다. 등사원지를 쇠줄 판에 놓고 철필로 짤짤 긁어서 글씨를 쓰고, 등사판 위에 놓고 롤러에 잉크를 묻혀 밀어서 신문을 찍었다. 등사원지가 찢어져 새로 글씨를 쓸 때도 흔히 있었다. 아이들 글을 철필로 긁어 쓰는 일은 힘이 들어서, 새벽 2시, 3시를 넘기는 건 보통이었다. 등사원지가 전등불에 반사되어 글자도 잘 보이지 않았지만 눈을 찡그려 가며 글씨를 썼다. 지금 내가 안경을 쓰고 있는 것은 그때 눈이 나빠진 까닭이다.

학급신문을 다른 여러 사람들하고 나누어 보기 시작했다. 누가 말했는지 지금 생각이 잘 나지 않지만 이오덕 선생님한테도 한번 보내 보라고 해서 이오덕 선생님과 간접으로 만나게 됐다. 그러다 선생님을 실제로 뵌 것은 아마도 1982년 안동에서 열린 경북글짓기지도연구회 연수회에서였던 것 같다.

그 뒤로 경북글짓기지도연구회 회보에 실리는 선생님 글들을 보고 내 글쓰기 지도 방법이 잘못되어 있다는 것을 차츰 깨닫게 되었다. 그러다 선생님이 지도해서 낸 농촌 아이들 글 모음 《일하는 아이들》《우리도 크면 농부가 되겠지》에 나오는 글을 보고 깜짝 놀랐다. 그때부터 '아이들이 자기 삶을 있는 그대로 글로 쓰게 해야 하는구나' 하고 또렷이 깨달은 것이다. 아이들이 자기 삶을 있는 그대로 잘 쓰게 하자면 그때 일을 생생하게 되살려 내어야 하고, 그러자면 그때 그 일로 돌아가 다시 겪어 보도록 하면 도움이 되겠구나 싶었다.

그때부터 나는 이오덕 선생님 글쓰기 교육 정신을 고스란히 받아들이기 시작했다. 선생은 아이들을 잘 가르치는 사람이지 교감이나 교장으로 승진하는 데 마음을 쏟는 사람이 아니라는 생각도 굳게 가지게 되었고 지금까지 그렇게 살아왔다. 내가 어떤 내용으로 선생님한테 편지를 썼는지는 잘 모르겠지만 그 무렵에 선생님이 나한테 답장으로 보낸 짧은 편지가 하나 있다.

이호철 선생님,

편지 회답이 너무 늦어 미안합니다. (줄임) 다만 이 선생님이 세상을 참되게 살아가려고 하는 극히 드문 사람 중의 한 사람이라고 믿어져서, 앞으로 오래오래 손잡고 나가야 되겠다고 생각합니다. 지금 대구서 성주로 가는 길인데, 시내에 나가면서 크리슈나무르티의 《삶의 진실에 대하여》란 책 한 권을 사서 부치려고 합니다. 이 책은 내가 근래에 가장 감명 깊게 읽고 있는 책이기에 한 권 읽으시도록 권합니다. 이 책에는 삶의 문제, 교육의 문제가 매우 솔직하고 평이하게 쓰여 있습니다. (줄임)

— 1982년 8월 30일

선생님은 이 편지와 함께 《삶의 진실에 대하여》란 책을 보내 주셨다. 나도 그 책에서 세상과 나, 삶과 교육 문제에 새롭게 눈을 뜨며 깨우친 것이 많다. 편지를 보면 선생님이 연수회 발표를 부탁했지만 내가 못 하겠다고 했던 것 같다. 윤태규 선생님이 그랬던 것처럼 나도 어디에 나서서 말을 잘 못 한다. 여러 사람 앞에 나서서 말을 하라고 하면 그만 온몸이 떨리고 생땀까지 나니까 어느 정도인지 알 만할 것이다. 그래서 처음 경북글짓기지도연구회에서 내가 하는 글쓰기 지도 방법을 발표하라고 했을 때 정말 어려워했다. 그리고 실제로 몸이 많이 안 좋았던 터라 그 핑계도 겸했을 것이다.

나도 선생님과 가깝다고 생각하고, 선생님 뜻을 따르며 살았지만 선생님을 따로 만나 이야기를 조근조근 나누지는 못했다. 선생님도 나한테 이렇다 저렇다 말씀은 크게 하시지 않았다. 어쩌다 잠시 선생님과 단둘이 있는 기회가 있어도 선생님이나 나나 건강 걱정을 먼저 했다. 나는 무슨 일에서든지 신경을 많이 쓰면 속이 쓰리고 아팠다. 위염, 위궤양 때문이다. 선생님은 그걸 아시고 나를 만나면 늘 건강부터 챙겨 가며 일하라고 하셨다. 나 또한 선생님 건강 걱정하는 말을 건네는 것 말고는 별말을 하지 않았다. 모든 것에 자신감이 없었기 때문에 더 그랬다.

한국글쓰기교육연구회 문제에 대해서도 나한테는 별 말씀이 없으셨다. 그저 열심히 제 길을 가고 있는 사람한테 이런저런 걱정으로 짐을 지우고 싶지 않기도 하셨을 터이다. 나 같은 위인은 내 길이나 가야 같잖은 일이라도 좀 할 수 있지 여러 가지로 힘든 단체 일은 맡겨 봐야 무리일 것 같아서 그렇기도 했을 것이다. 그래서 나는 한국글쓰기교육연구회에 여러 가지 일이 일어났어도 그 내용을 잘 모르고 지내 왔다. 난 참 편하게 지내 왔다. 그렇기 때문에 선생님께는 말할 것도 없고 여러 회원들한테도 늘 미안한 마음을 짐으로 지고 살아가고 있다.

그래서 나는 선생님이 온몸을 바쳐 해 오신, 앞으로도 누구든 그만큼 할 수 없을 것만 같은 글쓰기 교육, 어린이문학, 우리 말 살리기 가운데 글쓰기교육 하나만이라도 제대로 좀 해 보자고 마음을 다졌다. 이것마저도 평생 한들 선생님만큼 할 수 없을 것 같다는 생각에 더 끊임없이 노력해야겠다는 마음뿐이다. 그런데 한국글쓰기교육연구회에 들어와 조금

활동을 해 보고는 별로 배울 것이 없다고 생각했는지 그만 나가 버리는 사람이 참 많다. 깊이 들어가 보지도 않고 주위만 맴돌다가 가 버린 것이다.

나는 교육하는 사람이나, 글 쓰는 사람이나, 글쓰기 지도하는 사람은 말할 것도 없고, 그 누구라도 선생님이 쓴 모든 책을 깊이 읽어 보라고 말하고 싶다. 그 속에 올바른 교육으로 가는 길이 있고, 올바른 문학으로 가는 길이 있고, 올바른 삶으로 가는 길이 다 들어 있기 때문이다. 나는 선생님 책을 끊임없이 읽고 있지만 앞으로도 읽고 또 읽어서 내가 해 나가야 할 일을 찾아 열심히 나아갈 따름이다.

선생님이 언젠가 나한테 이렇게 슬쩍 한마디 하셨다.

"이 선생한테도 내가 할 말이 있어요."

난 뜨끔했다. 지금껏 한 번도 들어보지 못한 선생님 꾸중이었기 때문이다. 그런데 선생님은 그 뒤에도 이렇다 저렇다 말 한마디 하지 않으셨다. 그래도 난 칼날 같은 그 꾸중에 담긴 뜻을 잘 알고 있다.

* 2010년 11월에 발표한 글입니다.

이호철

1952년 경북 상주에서 태어나 지금까지 30년 넘게 경상북도에 있는 초등학교에서 아이들을 가르치고 있다. 아이들과 함께 '삶을 가꾸는 글쓰기와 그림 그리기'를 오랫동안 해 오며 어른들을 위한 책 《살아 있는 글쓰기》 《살아 있는 교실》 《감동을 주는 부모 되기》 들을, 아이들을 위한 책 《연필을 잡으면 그리고 싶어요》 《요놈의 감홍시》 《우리 소 늙다리》를 펴냈다.

공부는 일일까, 놀이일까?

/ 최관의

모든 사람이 다 해야 한다. 한 사람도 빠지는 일이 있어서는 안 된다. 한 학급을 단위로 하는 교육이라면 그 학급 어린이 모두가 참여해야 한다.

　　　　　　　　　　　　　　　　　　　　　　　　　　　－《참교육으로 가는 길》

"선생님, 집에 가서 해 올게요."

우리 학교는 방학이 끝나면 한자 경시대회와 수학 경시대회를 하거든요. 시험 볼 준비를 하려고 아이들이랑 한자 공부를 했어요. 해야 할 걸 아직 못한 아이들을 붙잡고 하고 가라니까, 집에서 해 오면 안 되냐고 하는군요. 한 아이는 급하게 내 등 뒤로 와서 말해요.

"전 진짜 일찍 가야 해요. 1시까지 가야 했는데 못 갔어요."

"1시? 지금이 2시 40분이고, 학교 수업도 2시 30분에 끝났는데 그게 무슨 말이냐?"

"그러니까 지금이라도 가야 한다니까요!"

한자 책을 갖고 와서 확인받고 있던 다른 아이가 한마디 합니다.

"야! 학원이 중요하냐? 학교가 먼저지!"

"아냐! 공부는 학원에서 하는 거야. 학교에서 공부할 게 뭐 있냐?"

제가 몇 학년 담임이냐고요? 6학년입니다. 요즘 학교교육이 흔들리고 있지만, 우리 반 아이가 너무도 자연스럽게 이야기하는 걸 들으니 마음이 흔들흔들하네요. '내가 잘못한 게 많구나' 하면서 아이들을 바라봅니다. 속도 상하고 서운한 마음이 들어 집에 가 해 오라며 서둘러 아이들을 보냈지요. 아이가 던진 말 한마디를 붙잡고 며칠째 되새김질 하다 보니 그냥 넘어갈 일이 아니라는 생각이 듭니다.

설날 연휴라고 다들 들떠 있는데도 학교 공부 시간 끝나자마자 학원으로 저렇게 서둘러 가야 하는 아이들을 보며 이오덕 선생님이 말씀하신 '일하기 교육 원칙'이 생각났습니다. 일과 놀이와 공부가 하나 되는 세상에서 우리 아이들 삶을 생각하면서 그 뜻을 풀어 봤습니다.

일하는 시간이 너무 길어서는 안 된다. 예상한 결과를 얻지 못하더라도 아이들이 일에 지쳐 있거나 일하기가 지겨운 상태가 되었으면 곧 그만두는 것이 좋다.

―《참교육으로 가는 길》(이오덕, 한길사, 1990)

요즘 우리 아이들한테 공부는 일이 돼 버렸어요. 오죽하면 '공부 노동'이라는 말까지 생겨났을까요. 사실 공부라는 게 천천히 알맞게 하면 배워 가는 즐거움이 있지요. 그런데 즐거움은커녕 아이들이 힘들어 못 살겠다면서 세상 어른들한테 비명을 지르고 있어요. 지금 초등학교 5, 6학년 아이들한테서 들리는 비명 소릴 들어 보세요. 동무들 사이에 잦은 다툼은 기본이고 욕을 섞지 않으면 말이 안 통합니다. 담배를 피거나 돈을 빼앗는 아이들도 해마다 여럿 만납니다. 아이들은 외치고 있어요. '제발 우리를 더는 힘들게 하지 말아요! 살려 달란 말이에요. 우린 어린이라고요!'

일의 결과보다 과정을 무겁게 여겨야 한다. 결코 어떤 결과를 얻기에 바빠서는 안 된다.

－《참교육으로 가는 길》(이오덕, 한길사, 1990)

지금 아이들은 원하는 점수가 나올 때까지 공부를 해야 합니다. 과연 언제쯤에나 원하는 점수에 다다를 수 있을까요? 자기 반에서 일등 하는 날이 그날일까요? 아니면 전교 일등일까요?

좋은 점수, 원하는 결과를 얻으려고 우리 아이들이 어린 시절을 공부에만 묻혀 지내고 있습니다. 부모들은 교육에서 좋은 결과를 얻으려고 엄청난 돈을 들어붓고 있어요. 그러니 아이 처지에서는 점수가 좋지 않으면 스스로가 원망스럽고 부모한테는 죄책감이 듭니다. 아이들 글을 읽다 보면 죽고 싶다는 이야기가 자주 나옵니다. 사는 게 너무 힘들다고, 왜 그런지 모르지만 자꾸 우울하고 속상하고 불안하다고 글로 하소연해요.

이런 아이들은 그나마 다행입니다. 글로라도 마음을 풀고 이야기를 나눌 수 있으니까요. 스스로 의식도 못한 채 혼자 가슴앓이 하다 마음 병이 깊어진 아이들이 늘어나고 있어요. 그 상처가 가슴속에 웅크리고 있다가 청년기나 장년기가 되었을 때 돌이킬 수 없는 불행을 낳기도 하지요.

멀리 볼 것도 없어요. 지금 당장 전국에 있는 초, 중, 고등학교에서 해마다 7만 명이 넘는 아이들이 학교 밖으로 밀려나오고 있어요. 초, 중등만 해도 해마다 2만 명이 넘는 아이들이 학교를 떠나고 있는 게 지금 우리 교육이 보여 주는 모습이네요(한국교육개발원 2008년 통계 자료). 학교를 떠나는 까닭은 여러 가지 있겠지만 그 뿌리는 학교입니다. 학교가 결과에만 초점을 맞추고 있는 까닭에 아이들을 제대로 보지 못하기 때문입니다.

'결과보다 과정'을, 내일이 아니라 지금 이 순간을 사는 아이들 삶을 귀하게 여겨야 합니다. 날마다 내일, 내일 하고 살다가 후회하는 그런 어리석은 일을 우리 아이들한테는 하지 말아야겠지요.

모든 사람이 다 해야 한다. 한 사람도 빠지는 일이 있어서는 안 된다. 한 학급을 단위로 하는 교육이라면 그 학급 어린이 모두가 참여해야 한다.

— 《참교육으로 가는 길》(이오덕, 한길사, 1990)

공부 잘하는 아이, 못하는 아이를 갈라놓아야 그 수준에 맞게 가르칠 수 있어서 더 높은 단계로 빨리 올라갈 수 있다는 주장을 펼치는 사람들이 있어요. 그런 사람들이 특수목적고등학교(특목고)를 만들어서 고교 평준화를 무너뜨리더니, 그것도 모자라서 이젠 국제중학교까지도 만들었지요. 그렇게 해 놓으니까 아이들이 공부 맛도 더 느끼고, 행복해하던가요? 아이들 행복이 문제냐고요? 어려서부터 경쟁하는 분위기에서 공부를 열심히 해야 국가 경쟁력이 생긴다고요?

아직 자아가 안정되지 않은 초등학교, 중학교 아이들은 성적만을 중심으로 사람을 평가하는 걸 보고 뭘 깨달을까요? 남을 짓밟고 위에 올라서야만 행복하다고 배웠으니 그걸 당연한 것으로 알겠지요. 그런 마음을 갖고 살아가는 사람들이 많아질 겁니다. 지금 우리 사회가 그렇지 않나요? 남보다 조금이라도 위에 서려고 내일로 미루어 놓았던 어린 시절 행복을, 나중에 어른이 되면 마음껏 누릴 수 있을까요?

공부 잘하는 아이와 못하는 아이가 같이 어울려 서로 배우는 공동체를 만들어야 합니다. 사람마다 하늘이 준 귀한 자기 몫이 있지요. 일하고 놀고 배우면서 그 힘과 능력을 서로 나누어야 합니다. 공부 잘하는 아이는 공부를 나누고, 운동 잘하는 아이는 운동을 나누고, 마음이 따스한 아이는 마음을 나누고요. 그런 교실이고 학교라야 사회도 따스한 사회가 되겠지요.

서로가 서로를 가꾸고 보듬어 주는 그런 교실을 만들어야 어린 시절이 즐겁고, 어른이 돼서도 행복할 수 있어요. 그런 세상이 일과 놀이와 배움이 하나가 된 세상이겠지요.

* 2011년 3월에 발표한 글입니다.

최관의

서울 대명초등학교에서 6학년 아이들이랑 함께 배우며 살고 있다. 한국글쓰기교육연구회 회원이고 아이들이 행복한 세상을 꿈꾸며 산 지 스물여섯 해가 되었다. 아이들과 지내는 일이 정말 좋지만 힘들어 하는 아이들을 보면 마음이 어두워진다. 그래도 아이들과 함께할 때 기운이 난다.

평생의 스승

/ 김명희

비판 정신은 교육자에게 철학을 주고, 이 철학이 바탕이 되어 온갖 괴로움을 웃음으로 이겨 내도록 하는 믿음을 줄 것이다.

—《삶과 믿음의 교실》

시간이 흐르고 지나온 날을 가만히 되돌아보았을 때 참 다행이지 싶은 일이 있다. 도시가 아닌 가난한 농촌에서 태어난 일이 그렇고, 착한 남편을 만난 것도 그렇다. 어머니 아버지가 날마다 논밭에 엎드려 힘든 농사 일하는 걸 보고 자란 일과, 풀꽃이 피어나는 들길을 걸어 학교에 다닌 일도 그렇다. 그렇지 않았으면 노란 꽃이 피는 괭이밥의 시큼한 맛과 입안에 백태가 끼는 땡감의 떫은 맛을 몰랐을 것이다. 밥그릇 속에 녹아 있을 피와 땀도 알 수 없었겠지. 그리고 평생 잊지 못할 선생님을 만난 일도 빼놓을 수 없다.

나는 1985년 1월, 안동 가톨릭농민회관에서 열린 한국글쓰기교육연구회 모임에서 이오덕 선생님을 처음 뵈었다. 김종만 선생님 소개를 받고 갔는데 초등학교에 발령 받은 지 두 해째 되던 때였다. 초등학교 때부터 교대를 졸업할 때까지 10년 넘게 학교에 다니면서 한 보따리씩 교과서를 샀고, 날마다 들여다보며 공부했지만 지금 내 방 책꽂이에는 그때 산 교과서가 단 한 권도 없다. 그런데 학교를 다 졸업하고 만난 이오덕 선생님이 쓴 책들은 집에도, 학교 책꽂이에도 가득 꽂혀 있다.

그 책들은 누렇게 바래고 낡았지만 어디를 펴 보아도 깊은 감동을 준다. 정신을 번쩍 차리게 한다. '자기가 보고 듣고 행한 것을 정직하게 쓰게 하는 일은 글쓰기에서 처음이요 마지막이 될 만큼 중요하다'는 말씀은 내가 아이들한테 지금도 자주 하는 말이다.

교육자가 장사꾼과 다른 것은 세속적이고 물질적인 희생을 즐겨 견디는 것을 영광으로 생각하는 것이다. 비판 정신은 교육자에게 철학을 주고, 이 철학이 바탕이 되어 온갖 괴로움을 웃음으로 이겨 내도록 하는 믿음을 줄 것이다. 철학이 없이는 아무리 입신 영달을 하더라도 장사꾼 노릇밖에 할 수 없는 것이 우리가 살고 있는 이 시대의 상황이다.

— 〈삶과 믿음의 교실〉(이오덕, 한길사, 1978)

용기가 부족한 나는 '저건 아니다' 싶은 일도 그냥 따라한 때가 많다. 당장 다음 주에 치를 영어 노래하기 대회도 그렇다. 내가 담임을 맡은 2학년 아이들은 우리 말을 익히고 바로 쓰는 공부를 하기만도 바쁘다. 그런데 교장 선생님은 '짬짬 영어'라고 하면서 영어 노래를 틀어 주고 영어 노래하기 대회도 치르라고 한다. 나는 '옳지 않습니다' 말하지 못하고 날마다 영어 노래하는 걸 지켜보고 있다. 30년 넘게 교직에 있으면서 내가 굳건히 지켜 온 철학은 무엇일까? 생각하면 부끄럽기만 하다.

참교육이란 것이 관료적 통제의 방식으로는 결코 불가능하며, 다만 아이들을 믿고 이해하는 교사의 희생정신에 의한 관료 근성과의 대결에서만이 비로소 교육이 이뤄질 수 있음을 깨닫게 되는 것이다.

— 《삶과 믿음의 교실》(이오덕, 한길사, 1978)

허구한 날 교실과 복도에서 뛰노는 아이들에게 소리를 지른다. 운동장에 나가고 싶은 아이들 마음을 헤아리지 못하고. 공부 시간에 떠드는 아이들한테 조용히 하라고 명령한다. 공부가 재미없을 거라는 생각은 하지 못한다. 이렇게 화를 낸 날, 아이들이 돌아간 교실에 남아 일기를 쓰노라면 아이들을 믿어야 한다는 선생님 책을 읽는 것조차 괴롭다.

선생님은 평생 아이들 걱정을 놓지 않고, 아이들이 쓴 글을 귀하게 여기고, 두고두고 읽을 아이들 책을 만드셨는데도 "나는 교단에서 무엇을 하였던가? 아무리 생각해도 교육을 한 것 같지 않다. 그럼 무엇을 하였는가? 아무것도 없다. 다만 죄를 지었을 뿐이다" 하셨다. 함께 근무했던 교장 선생님들은 퇴임할 때 다들 평생을 교육계에 헌신했다고 말씀하던데. 그런 자화자찬에 견주면 얼마나 다르기만 한가.

나는 선생님 덕분에 글 쓰는 즐거움을 알게 되었다. 어느 해이던가, 나주 노안 성당에서 글쓰기 연수를 끝내고 연수 소감문을 썼는데 선생님이 그 글을 두고 보고서의 본보기로 들어 주신 일이 있다. 그때부터 나는 마음속에 흐르는 진심, 거짓이 아닌 진실한 이야기를 쓰는 즐거움을 알게 되었다. 글을 쓰면서 아픈 남편을 위로하고 죽음에 대한 두려움을 일기장에 묻을 수 있었다. 화가 나고 힘든 일을 글로 쓰면서 내 마음이 정화되는 순간도 있었고, 어떤 때는 내성천에 깔린 작은 모래알, 쑥부쟁이와 교실 앞에 핀 박주가리꽃을 자세히 살피면서 사랑도 하게 되었다.

이오덕 선생님 덕분에 존경하는 한국글쓰기교육연구회 선생님들을 만났다. '반복 문제 풀이 수업을 하며 졸고 있는 고3 아이들을 깨우다 보면 몸도 마음도 빈혈 상태가 되어 눈물도 웃음도 잃는다'는 선생님들 글을 읽을 땐 학교는 아직도 추운 겨울 같기만 하다. 그러다가도 '너를 꼭 안았을 때 느낀 뜨거움이 아직도 가슴에 남아 있네' 하고 쓴 글을 읽으면 마음이 따뜻해졌다.

학교에서 선생님들이 아이들과 지내면서 겪는 온갖 이야기를 담아 쓴 글은 나를 감동시킨다. 아이들을 걱정하는 그분들 삶이 그대로 녹아 있는 글이어서 그렇겠지. 아직도 어설픈 내가 조금씩이나마 앞으로 나아갈 수 있게 된 것은 모두 이오덕 선생님과 한국글쓰기교육연구회 선생님들 덕분이다.

이오덕 선생님 모습은 헌 옷 속에도, 냉장고 속 고등어자반에도, 음식물 쓰레기에도, 때 묻은 비닐봉지에도, 날마다 먹는 쌀밥에도, 그 어디에나 스며 있다. 일하는 사람들을 존중하며 늘 검소하게 생활한 선생님을 생각하면 옷장에 그득한 옷을 두고도 입을 옷이 없다고 푸념한 게 부끄러워진다. 아이들이 종이며 풀 따위를 아껴 쓰지 않고 함부로 쓰는 걸 볼 때면 '내가 할 일을 제대로 못하고 있구나' 하는 생각이 들면서 검소하게 생활한 선생님께 죄송스런 마음이 든다. 오늘도 아이들이 돌아간 뒤 교실 청소를 하다가 새로 나누어 준 딱풀이 뚜껑 없이 돌아다니는 걸 보았다. 내가 물건 아껴 쓰는 본을 보이지 못하니 아이들도 그런 것이겠지.

아이들 글을 읽으면서 감동을 받고 아이들을 새롭게 알게 된 것도 온전히 이오덕 선생님 덕분이다. 아이들이 보고 듣고 심부름하고 논 일을 쓴 글을 보면서 아이들을 이해하고, 아이들 마음도 알게 되었다. 선생님이 쓴 《삶을 가꾸는 글쓰기 교육》은 지금도 훌륭한 글쓰기 교육 지침서이자 삶의 지침서이다.

선생님 살아 계실 때는 선생님이 어려워 가까이 다가가지 못했다. 선생님이 돌아가시고 나니 내가 너무나 못난 것 같아 부끄럽고 괴롭다. 하지만 돌 틈에 피어나는 민들레도 꽃을 피우고 끝내는 씨앗을 맺지 않던가. 못나도 괜찮다. 선생님이 가르쳐 준 것을 올곧게 실천할 수 있도록 노력하며 진실되게 살아야지. 아이들 편이 되어서 죄 덜 짓고 살도록 애써야지. 선생님이 이렇게 내 마음속에 살아 계시니 가끔은 선생님도 하늘나라에서 우리를 지켜보고 계실 데니까.

* 2011년 11월에 발표한 글입니다.

김명희

논산에서 태어나 인천교육대학을 졸업하고 28년째 초등학교에서 교사로 일하고 있다. 이오덕 선생님과 함께 공부했던 '삶을 가꾸는 글쓰기'를 실천하려고 노력하고 있다.

고비마다 곁에서

/ 이정호

그때 내가 읽었던 책은 대부분 이오덕 선생님을 비롯해 한국글쓰기교육연구회 선생님들이 쓴 책과 회보였다. 병을 훌훌 털고 학교에 가서 하고 싶었던 일이 대부분 이 책들 속에 들어 있었기 때문이었다.

방학을 맞아 이주영 선생님이 쓴 《이오덕, 아이들을 살려야 한다》(보리, 2011년)를 꼬박 하루 동안 읽었다. 한국글쓰기교육연구회 회원이라고 남들에게 입버릇처럼 말하기만 했지 제 역할을 못한 반성으로 다시 공부를 하려는 마음에서 고른 책이다. 이 책을 읽으면서 그동안 잘 몰랐던 선생님의 삶과 생각을 많이 알 수 있었다.

되돌아보니 나는 이오덕 선생님을 가까이서 뵙고 말씀을 들은 적이 한 번도 없다. 주로 책이나 회보를 보며 선생님의 생각과 만났고, 직접 보더라도 강연하는 모습을 멀찌감치 바라보았을 뿐이다. 그런데도 선생님은 교사 생활 20년째에 접어드는 지금까지 내게 가장 영향을 많이 끼친 분으로 남아 있다.

처음 선생님을 만난 건 대학 1학년 때인 1988년이다. 어느 가을날, 책을 아주 많이 읽던 과 선배가 불쑥 책 한 권을 내밀며 보라고 했다. 《삶과 믿음의 교실》이란 책이었다. 나는 그 책을 받아 들고 읽을까, 말까를 한참 고민했다. 왜냐하면 대학생이니만큼 사회를 먼저 알고 교육은 나중에 알아도 된다는 생각을 하고 있었기 때문이다. 실제로 그전까지 나는 인문, 사회과학 책을 주로 읽고 있었다.

책장을 넘겨보니 그 선배가 읽은 흔적이 곳곳에 남아 있었다. 번호를 붙인 곳도 있고 자를 대서 밑줄을 쳐 놓은 곳도 있었다. 마치 내가 공부하던 고등학교 역사 교과서를 보는 듯했다. 무슨 중요한 내용이 들어 있기에 이렇게 꼼꼼히 읽었을까, 선배를 배신(?)하려던 생각은 사라지고 이런 호기심이 나를 책 속으로 빠져들게 했다.

내용은 교대 1학년생인 내가 읽기에는 피부에 와 닿지 않는 것이 많았다. 사회와 교육을 보는 눈이 없으니 당연한 일이었다. 그러나 아이들과 학교 현실을 짚어 놓은 부분은 눈에 쏙쏙 들어왔다. 책을 읽으면서 세상에는 이런 글을 쓰는 선생님도 있구나 하고 생각했다. 교사를 기르는 교대에 들어갔지만 아직 학교 현실이나 올바른 교사의 모습에 관해 아무런 생각이 없던 내게 《삶과 믿음의 교실》은 '교육'에 관해 생각하게 하고, 또 내가 장차 교사가 될 교대생이라는 것을 일깨워 주었다. 이것이 선생님과 첫 만남이었다.

두 번째 만남 역시 책으로였다. 대학 2학년에 올라가면서 사회 현실과 교육을 함께 연구하는 '맥'이라는 동아리에 들어갔다(선생님 영향으로 들어

간 건 아니고 짝사랑하던 선배가 있어서 선택했다).

동아리 활동으로 주마다 돌아가면서 책 읽고 간추린 것을 발표했는데, 어느 날 한 선배가 아이들이 쓴 시를 여러 편 가져와서 읽어 주었다. 그런데 그 시들이 하나같이 너무나 생생하게 마음에 다가왔다.

'아기를 업고 / 골목을 다니고 있다니까 / …… / 그래서 나는 아기를 / 방에 재워 놓고 나니까 / 등때기가 없는 것 같다'는 시는 지금도 또렷이 생각난다.

그 선배는 글쓰기 교육에 관심이 많다면서 이오덕 선생님이 쓴 《울면서 하는 숙제》《글쓰기, 이 좋은 공부》같은 책을 추천해 주었다. 나는 주저하지 않고 책방으로 달려가 이 책들을 사거나 도서관에서 빌려 보았다. 책을 읽으면서 선생님이 무슨 일을 하는지, 글쓰기 교육이 무엇인지 처음 알게 되었고, 앞으로 내가 만날 어린이들에게 관심을 가져야겠다고 생각했다.

이 무렵 학생회에서 이오덕 선생님을 초청하여 강연을 듣는 자리를 마련했다. 책으로만 뵙던 분을 직접 볼 수 있다는 생각에 나는 무척 기대를 하며 강연장으로 달려갔다. 강연장인 학생회관 콘서트홀에는 학생들 수백 명이 자리를 메우고 있었다. 교수님들도 몇 명 보였다.

선생님은 그때의 학교 사정을 간단히 말씀하시고 '글쓰기 교육'과 '우리 말 바로 쓰기'에 대해 생각하는 것을 하나하나 짚어 주셨다. 들어 보니 말씀을 퍽 잘하시지는 않았다. 말 속도도 느리고 목소리 높이도 낮아서 마치 천천히 책을 읽는 듯했다. 하지만 빈말 없이 차근차근 하시는 이야기 속에 진심과 진실이 담겨 있었다.

강연이 끝나고 학생들이 질문할 때는 친절하게 답해 주셨다. 내용은 잘 생각이 안 나는데 '우리 아이들'(또는 '우리 어린이들')을 몇 번이나 강조하셨던 것 같다. 그런데 국어과 교수님 한 분이 언어 이론을 내세우며 우리 말 바로 쓰기에 관해 공격하듯 질문했을 때는 무슨 생각을 하셨는지 곤란한 표정을 지으며 "그 문제는 따로 이야기하지요" 하며 피해 가셨다.

요즘 같으면 '나꼼수' 공연쯤 되는 선생님의 강연을 들으며 나는 세상에 뒤섞여 있는 참과 거짓, 참교육과 거짓교육, 참글과 거짓글에 관해 어렴풋이 알게 되었다. 그리고 내가 가야 할 길은 '참'이 있는 길이라는 것을 속으로 다지게 되었다. 이 생각은 남은 대학 생활과 졸업한 뒤 발령이 나서도 변하지 않았다. 그런데 이 강연이 내게는 선생님과 처음이자 마지막 만남이 되었다.

교사로 발령 난 뒤 나는 한국글쓰기교육연구회에 가입했다. 활동은 부산에서 했다. 그러나 교사로 일한 지 3년째인 1994년은 내 인생에서 가장 어려운 시기였다. 대학 1학년 때 다친 무릎이 곪아서 막대기나 손잡이 없이 걸어 다닐 수 없을 정도로 상태가 안 좋아졌다. 결국 9월부터 병가를 내어 학교를 쉬어야 했다. 물론 활동도 접어야 했다.

여름방학인 7월 말부터 병가 기간인 10월까지 꼬박 석 달을 밀양 부모님 집에서 쉬면서 민간요법과 병원 치료를 계속했는데, 다리는 쉬이 낫지도 않았고 스트레스 때문에 생긴 위장병, 심장병까지 덧붙어 고통 속에 하루하루를 지냈다. 이때 내가 할 수 있는 일은 일기 쓰기와 책 읽기밖에 없었다.

일기 쓰기는 답답한 마음도 풀고 스스로 위로도 받게 해 주었는데, 만일 이때 일기를 쓰지 않았다면 어떤 일이 일어났을지도 모른다. 책 읽기도 마찬가지 힘이 있었다.

그런데 그때 내가 읽었던 책은 대부분 이오덕 선생님을 비롯해 한국글쓰기교육연구회 선생님들이 쓴 책과 회보였다. 병을 훌훌 털고 학교에 가서 하고 싶었던 일이 대부분 이 책들 속에 들어 있었기 때문이었다. 특히 이오덕 선생님 글이 내게 큰 힘을 주었던지 일기에 몇 군데나 적혀 있었다.

1994년 8월 4일 맑고 더움, 하늘에 흰 구름 조금.

이오덕 선생님이 쓴 《이오덕 교육일기》를 읽고 있다. ①, ②권 중 ①권을 반쯤 읽었다. 1962년에서 1972년까지 박정희 군사정권이 집권하던 시기의 절반에 있었던 일들을 쓴 글이다. 어쩌면 옛날과 오늘날이 그렇게 닮았나 해서 놀랐다. 줄곧 비판 일색인데 읽는 사람에 따라서는 너무 학교와 세상을 어둡게 썼다고 불평하는 사람이 있을 듯하다. 하지만 이오덕 선생님은 비판하기 위해서 쓴 글이 아니다. 거의 모든 사람과 사회가 썩은 상태에서 올바른 것을 추구하고자 했던 이 선생님의 눈에 학교나 사회를 비판하지 않을 수 없었던 것이다. 올바른 잣대를 대고 바라보니 거의가 다 썩어 있었고, 그걸 쓰다 보니 자연히 어두운 모습으로 나타날 수밖에 없었던 것이다. 만일 이 선생님이 조금이라도 올곧은 소신을 누그러뜨리고 휩쓸렸다면 이런 글이 나올 수 없었던 것은 물론이고 이런 글을 쓰지도 않았을 것이다. 정말 어지간히 참고 견디며 때로는 싸우며 또 참고 견뎠다.(줄임)

1994년 8월 7일 흰 구름 조금.

《이오덕 교육일기》②권까지 다 읽었다. 이오덕 선생님의 기록 정신은 우러러볼 만하다. 반드시 본받아야 할 점이다. 이오덕 선생님은 몸과 마음이 자연 그 자체다. 조금이라도 더러운 곳, 세속화된 사람이 풍기는 악취가 나는 곳에서는 살 수 없는 사람이다. 썩어 빠진 사회에서 썩어 빠진 교육자들이 썩어 빠진 교육을 하는 '지옥'에서 수없이 때려치울 걸 고민하고 그래도 한 가닥 희망(아이들에 대한 믿음)으로 교육자로서 생명을 유지했다. 용케도 붙어 계셨다. 이 책으로 많은 것을 배웠다. 먼저, 또렷한 신념을 갖고 생활해야겠다는 것이다. 올바른 기준이 없을 때 뒤틀린 사회에서 뒤틀림을 도와주는 또 하나의 뒤틀린 인간이 될 수밖에 없는 것이다. 또, 올바른 눈으로 본 세상을 한 치의 덧붙임이나 줄임 없이 기록하면서 반성하도록 하는 자료로 삼아야겠다는 것이다. 다음, 제일 중요한 것으로 모든 생활은 아이들을 위한 것이어야 한다는 것이다. 교사로서 생명은 이것을 지키는 일뿐이다. 정말 이 책을 읽고 나니 학교는 수많은 모순이 얽혀 있는 곳이지만 몸이 어서 나아 학교에 가면 할 일이 많을 것 같다.(줄임)

20년이 다 되어 가는 옛날 일기를 다시 들춰 보니 그때 했던 생각이 부끄럽기만 하다. 요즘 '글쓰기 지도'와 '교실 일기' 쓰기를 열심히 하는 편이지만 그 전까지 내 삶은 선생님의 가르침에서 많이 벗어나 있었던 까닭이다.

선생님을 가까이서 뵙고 말씀을 듣지는 못했지만 내가 사회와 교육을 모르던 철없던 시절부터 제법 경험을 쌓은 지금까지 고비마다 곁에 오셔서 바른 길로 가라고 채찍질하셨던 스승이 아니었나 싶다. 이제 선생님을 뵙고 싶어도 뵙지 못하는 지금, 뒤늦게 선생님의 말씀을 되새기고 따르고자 하니 아쉬움이 크다.

* 2012년 3월에 발표한 글입니다.

이정호

'거북아 거북아 머리를 내놓아라'로 유명한 김해 구지봉 아래 구봉초등학교에서 4학년 아이들과 살고 있다. 아이들 속으로 한 걸음 더 다가가고 싶은 마음에 날마다 교실 일기를 써서 아이들, 학부모들과 나누고 있다. 또 별을 좋아해서 아이들과 관찰하는 시간을 갖고, 별 사진을 찍어서 주위 사람들에게 자랑하기도 한다.

앞으로 더 잘 살아야겠다

/ 윤일호

나는 우리 반 아이들과 '사람은 누구든지 하고 싶은 일을 하면서 살아가는 것이 가장 좋은 삶이다. 하고 싶은 일을 발견하는 것, 그것이 공부하는 가장 중요한 목표가 되어야 한다'는 이오덕 선생님 말씀을 들려주었다.

한국글쓰기교육연구회에서 오랫동안 몸과 마음을 다해 활동해 온 선배님들에 견주면 나는 턱없이 모자라고 보잘것없는 선생이다. 이오덕 선생님의 삶에 대해서도 제대로 알지 못한다. 이오덕 선생님을 만나 이야기 한 번 나누어 본 적 없고 먼발치에서 한 번 뵌 기억이 전부다. 그런데도 선생님 책을 공부하면서 선생으로서 어떻게 살아야 하는지, 우리 말과 글이 얼마나 소중한지, 어린이문학이 무엇인지 조금이나마 올바른 생각과 뜻을 배울 수 있었다. 이제는 이오덕 선생님과 한국글쓰기교육연구회를 빼놓고는 내 삶을 설명할 수 없게 되었다.

스물다섯 나이에 선생이 되겠다고 뒤늦게 교대에 들어가 좋은 선생이 되고자 꿈꾸면서, 고민도 많이 했다. 하지만 발령을 받고 학교 생활을 하면서 좋은 선생은커녕 아이들에게 무엇 하나 제대로 해 줄 수 없는 내 무능함과 가슴이 턱 막히는 학교 문화에 나는 무너지고 말았다. 어떤 선생이 되어야 하는지 잘 몰랐고, 그러면서 수많은 시행착오를 겪었다.

이런 게 선생 노릇인가 고민하고 있을 무렵, 초등학교 3학년 담임을 맡게 되었다. 그때만 해도 문집 같은 것을 내 보라고 말해 주는 선배가 없었다. 나 또한 그런 생각을 할 만큼 마음이 자라지 못했다. 그러던 어느 날, 주마다 우리 반에 와서 동화책을 읽어 주던 한 학부모님이 학급문집을 내 보는 것이 어떻겠냐고 이야기했다. 순간 좋은 생각이다 싶어 내 보겠노라고 선뜻 약속을 하고 말았다.

그런데 막상 만들려고 하니 어떻게 문집을 내야 할지, 무엇을 담아야 할지 전혀 알 수 없었다. 그래서 문집을 내려면 아이들과 글쓰기를 해야겠구나, 생각하고 학교 도서관에서 책을 찾다가 발견한 것이 바로 이오덕 선생님이 쓴 《글쓰기 어떻게 가르칠까》라는 책이었다. 그 책 날개에서 이오덕 선생님을 사진으로 처음 보았다. 그 뒤로 이오덕 선생님이 쓴 책들을 하나둘 보면서 내가 선생으로 살아온 삶에 큰 충격을 받게 되었다. 그렇게 이오덕 선생님을 만나지 못했다면 내가 어떤 선생이 되었을지 상상할 수조차 없다.

그 뒤로 나는 '삶을 가꾸는 글쓰기'에 관심을 가지고 한국글쓰기교육연구회와 인연을 맺게 되었다. 무엇보다 나를 이끌어 주는 좋은 선배들을 만나 글쓰기 정신과, 식구로서 나눌 수 있는 끈끈한 정도 알게 되었다. 그러면서 문집을 내고 아이들과 삶을 가꾸는 글쓰기도 하게 되었다.

또 달마다 한 번씩 무너미에서 하는 '이오덕 공부 모임'에서 여러 선배 교사들을 만나 함께 이오덕 선생님 책을 읽으며 공부를 했다. 달마다 무너미까지 빠지지 않고 가는 것이 힘들기도 하였지만, 돌이켜 보면 절판되어 쉽게 구할 수 없는 이오덕 선생님 책들을 함께 읽을 수 있었던 것만으로도 값진 시간이었다. 또 그때 공부했던 것들이 이오덕 선생님의 삶과 교육사상을 이해하는 데 큰 도움이 되었다. 지금은 어린이문학에도 관심을 가지고 시도 쓰게 되었다.

《참교육으로 가는 길》과 《이 아이들을 어찌할 것인가》에서 선생님이 밝힌 귀한 뜻과 말씀에 용기를 얻어 나는 시골로 내려와 살면서 작은 학교 살리기 운동을 하게 되었다. 문 닫을 위기에 놓인 학교를 살리자고 했을 때 둘레에서는 "뭣 하러 사서 고생을 해" 하며 걱정해 주는 사람도 있었고 곱지 않은 눈길로 바라보는 사람도 꽤 있었다.

힘이 들고 지치기도 했지만 이오덕 선생님 책을 보며 글쓰기 정신은 무엇이고 교육운동의 방향을 어떻게 해야 하는지 공부하면서 잘 버텨 낼 수 있었다. 그런 힘으로 지역에서 함께 공부하던 한국글쓰기교육연구회 선생님들과 마음을 모아 문 닫을 뻔했던 학교를 살려 냈다. 그 학교는 두 해 전에 9명이던 학생 수가 지금은 67명이나 된다. 단순히 학생 수가 늘었다는 사실보다 교육과정에 이오덕 선생님의 교육사상을 담을 수 있다는 기쁨이 참 컸다.

교육과정을 고민할 때 '일을 해야 사람이 된다'는 이오덕 선생님의 가르침을 으뜸으로 여기면서, 일하기가 중심이 되는 교육과정을 짜려고 노력하였다. 선생을 하고 있는 사람이라면 잘 알겠지만, 학교 교육과정이라는 것이 어려운 말이나 글로 넘쳐나고 있다. 또 아이들 삶을 중심에 두지 않고 형식에 그친 내용들이 많다. 그런 까닭에 한 해가 가도록 몇 번 보지 않는 내용이 참 많았다. 그래서 교육과정을 짤 때 아이들이 편하게 읽을 수 있고, 아이들 삶이 중심에 놓일 수 있도록 애썼다.

또 그 안에 '일을 해서 삶에 필요한 것을 얻고, 살아가는 방법을 몸으로 익히고, 자연과 사회가 지닌 참모습과 참 이치를 깨닫고 살아가는 지혜를 얻는다'는 이오덕 선생님의 가르침도 담고 싶었다. 이오덕 선생님은 일하기만큼 사람답게 살기 위한 소중한 인간 교육이 없다고 보았다. 일하기 교육은 모든 교과목에 꼭 필요하다. 또렷한 학습 목표를 세우고, 손발을 움직여 일하고 고민하면서 깨닫게 하는 공부가 진짜 공부니까.

'민주주의를 교실에 심어야 한다'는 선생님 말씀에 따라 스스로 여는 '자치회'에 대한 내용도 교육과정에 담고, 군대식 훈련이나 말을 고쳐 나갔다. 또 모든 학급이 아이들 삶이 담긴 글을 모아 학급문집을 낼 수 있도록 하였다. 선생님 생각과 뜻은 이렇게 내 삶에 큰 영향을 주었다.

지난달에 개학하고서 새로 맡은 6학년 아이들과 공부에 대한 생각을 나누었다. 공부가 삶과 떨어져 있다고 생각하는 아이들이 참 많았다. 아이들은 공부는 단순히 교실에서나 하는 것이고, 지겹고 재미없는 것이며, 하기 싫어도 할 수밖에 없는 것이고, 좋은 대학, 좋은 회사에 들어가기 위해 하는 것뿐이라고 했다.

어쩌면 어른들 생각이 아이들 삶에 옮겨 간 것이겠지. 나는 우리 반 아이들과 '사람은 누구든지 하고 싶은 일을 하면서 살아가는 것이 가장 좋은 삶이다. 하고 싶은 일을 발견하는 것, 그것이 공부하는 가장 중요한 목표가 되어야 한다'는 이오덕 선생님 말씀을 들려주었다. 하지만 아이들은 그 말을 듣고 무슨 생각을 했을까?

나는 이 아이들이 한 해 동안 공부와 일하기, 노는 것이 삶에서 따로 떨어진 것이 아니라 일하는 것이 공부고, 공부가 노는 것이며 삶이라는 것을 알게 되기를 바란다. 진짜로 하고 싶은 것이 무엇인지를 찾고 공부하는 즐거움을 찾게 하고 싶다.

'이름 없이, 정직하게, 가난하게'라는 이오덕 선생님 가르침에 따라 선생 노릇 하는 동안 아이들을 중심에 두고 아이들과 함께 배우고 나누며 살아가고 싶다. 더불어 내가 지치고 힘들 때마다 큰 그늘로 힘이 되어 준 한국글쓰기교육연구회 식구들에게, 나도 큰 힘을 줄 수 있는 그런 삶을 살고 싶다. 앞으로 더 잘 살아야겠다.

* 2012년 4월에 발표한 글입니다.

윤일호

전주교대와 우리말교육대학원에서 공부했고, 전북 진안에 있는 시골 학교에서 아이들을 만나 왔다. 흙, 땅, 정을 소중히 하며 아이들과도 그렇게 지내려고 애쓰고 있다. 지금은 문 닫을 뻔했던 장승학교에서 아이들과 학부모, 교사들과 함께 행복한 학교를 꿈꾸고 있다.

아이들과 하루하루 살아가는 힘

/ 최교진

'창립 발기 선언문'을 다듬기 위해 문익환 목사님과 이오덕 선생님을 사당역 근처에서 만났다. 두 분 모두 칠순을 넘긴 나이였는데, 역사적인 문서라며 해장국 한 그릇을 앞에 놓고 치열하게 토론하던 열정 앞에 젊은 일꾼들 모두 고개를 숙였다.

나는 대학교 4학년 때 제적되어 강제징집되었다가 1978년에 제대했다. 그러고는 안면도에 있는 누동학원에서 아이들을 가르쳤다. 중학교에 가지 못한 가난한 아이들을 모아 가르치는 재건학교였다. 대학 때 연극을 함께한 황시백 선생도 이 학교에서 아이들을 가르쳤다. 그때 이오덕 선생님이 쓴《일하는 아이들》《이 아이들을 어찌할 것인가?》《시정신과 유희정신》《삶과 믿음의 교실》들은 우리한테 교과서였다.

사범대학을 다녔지만 어떻게 아이들을 만나고 함께 살아갈 것인가에 대해서는 막연하기만 했던 우리한테 선생님 책은 충격이었다. 무엇보다 일하는 아이들이 쓴 글이야말로 살아 있는 글이요, 감동을 주는 글이라는 것을 처음 알았다. 선생님 책은 교사들이 배워야 하는 교과서라 생각하고 공부했다. 그 덕분에 가난해서 중학교 가지 못한 우리 아이들을 어떻게 가르칠 것인지 알게 되었다. 자기 삶이 그대로 드러나는 정직한 글을 쓰게 하자, 자기 생각과 느낌을 당당히 드러내게 도와주자.

우리는 정규학교보다 글쓰기 활동을 많이 했다. 아이들이 쓴 글을 모아 학교 소식과 함께 학교신문을 만들었다. 방학 때는 오로지 일기 쓰기만 숙제로 내서 방학이 끝난 뒤에는 전교생 육십 명의 글을 한 사람도 빼놓지 않고 실어 문집을 내기도 했다. 사택에서 함께 사는 선생들한테는 학교신문을 만드는 일이 축제였다. 아이들이 쓴 글을 고르다가 마음을 움직이는 구절을 보면 큰소리로 읽으며 함께 기뻐했다.

줄판에 기름 먹인 등사원지를 올려놓고 철필로 글씨를 쓰는 선생님의 자부심은 대단했다. 롤러로 밀어 종이 한 장 한 장에 글씨가 예쁘게 새겨져 나올 때 등사원지가 찢어질까 얼마나 노심초사했던가. 인쇄가 끝나고 제본까지 마치면 어김없이 새벽이 되었지만 뒤이어 막걸리 판을 벌이곤 했다. 자기 글이 실린 신문을 기쁘면서도 신기한 듯 받아 보는 아이들을 바라보는 즐거움도 컸다.

우리는 1학기에 낸 학교신문과 여름방학 특집으로 낸 문집을 이오덕 선생님께 보내 드렸다. 조심스럽기도 하고 부끄럽기도 했지만, 선생님이 우리 아이들 글을 읽어 주기만 해도 행복할 것 같았다. 그런데 얼마 뒤 선생님께서 아이들 글을 칭찬하고 선생들을 격려하는 편지를 길게 써서 보내 주셨다. 황시백 선생과 둘이 껴안고 미친 듯이 뛰며 기뻐하던 기억이 생생하다.

1981년 대천여중에 첫 발령을 받고 학급문집 〈우리〉를 펴냈을 때도 이오덕 선생님은 아이들 글과 문집에 대해 자세한 평과 칭찬을 해 주셨다. 그때 선생님이 직접 펴내던 한국글쓰기교육연구회 회보에 우리 문집을 칭찬하는 글을 실어 격려해 주셨고, 뒤에 아이들 글을 모아 책을 엮을 때도 우리 아이들 글을 많이 실어 주셨다. 비록 짧은 교사 생활이었지만 선생님이 길잡이였고, 선생님의 격려가 아이들과 보내는 하루하루를 채우는 힘이 되었다.

1982년 안동 가톨릭 회관에서 《황소아저씨》 출판기념회가 열렸을 때였다. 첫 만남은 아니었을 텐데, 그때 선생님 모습은 첫인상처럼 또렷이 남아 있다. 《황소아저씨》는 여러 선생님들이 쓴 동시와 동화를 이오덕 선생님이 엮어 만든 책이었다. 글쓴이들과 평론가 그리고 찾아온 교사들이 큰 방에 둘러앉아 있었다. 이오덕 선생님이 이야기하는 중이었는데 가만히 서서 말하지 않고 자꾸 몸을 움직이셨다. '여러 사람 앞에서 말할 기회도 많았을 교장 선생님이 왜 저렇게 몸을 움직일까' 하는 생각이 들 정도로 신경 쓰였다.

선생님은 한참을 이리저리 움직이더니 말을 멈추고 문 쪽으로 걸어가셨다. 들고 있던 종이 위에 작은 벌레를 담아 밖에 버리고 돌아온 뒤에야 한자리에서 말씀을 이어 나갔다. 말을 하고 있는데 작은 벌레 한 마리가 기어 다녔나 보다. 혹시 누군가 보고 생각 없이 벌레를 죽일까 염려되셨겠지. 말을 하면서도 들고 있는 종이를 벌레 가는 쪽에 대고 기어오르라고 빌었는데, 벌레가 자꾸 종이를 피해 방향을 바꾸니 선생님도 따라서 움직였던 거다. 벌레가 종이 위로 올라올 때까지 안절부절못하다가 무사히 살려 밖으로 보낸 뒤에야 안심을 하셨나 보다.

그때《이 아이들을 어찌할 것인가》에 나오는, 아이들이 무심코 부러뜨린 해바라기 이야기가 생각났다. 작은 벌레의 생명 앞에 자기 품위 따위는 아랑곳하지 않으신 거다. 생명을 소중히 여기는 삶이 몸에 밴 이오덕 선생님 모습을 직접 본 것이다. 나중에 한국글쓰기교육연구회를 만들 때 그 앞에 '참삶을 가꾸는'이라는 말을 붙였는데 선생님의 모습을 떠올리며 꼭 필요한 말이라고 적극 동의했다.

1984년 가을, 나는 대천여중에서 해직되었다. 여름방학 때 아이들과 함께 봉사활동을 했는데 그것이 학생 의식화 교육으로 몰려 교단에서 쫓겨나게 된 것이다. 한국글쓰기교육연구회 회원 가운데서는 처음 있는 일이었다. 그 다음 연수 때 이오덕 선생님은 한국글쓰기교육연구회 이름으로 대응을 해야 한다고 강하게 주장했다. 많은 회원들이 신중하게 대처하자는 의견을 낸 데 나도 동의해서 행동은 하지 않았지만 그때 선생님 말씀이 얼마나 큰 위로가 되고 고마웠는지 모른다.

결국 이오덕 선생님은 다음 해 민중 교육지 사건으로 해직 교사가 많이 생긴 뒤 만들어진 '민주교육실천협의회'와 현장 교사들의 첫 교육운동단체인 '전국교사협의회'가 출발하는 때에 공동대표로 참여해 후배들한테 큰 용기를 주고 버팀목이 되어 주셨다. 탄압이 예상되는 시기에 당신 이름을 우리한테 주신 것은 엄청난 결단이었다. 그때 내가 대표를 맡아 달라 부탁을 드렸는데, 혹시 내가 해직되었을 때 함께 싸우지 못했다는 부담을 안고 계셨기 때문에 거절하지 않으신 건가 해서 죄송한 생각이 든다.

1993년 문익환 목사님이 준비하던 '통일맞이 칠천만 겨레모임' 집행위원장 일을 할 때였다. '창립 발기 선언문'을 다듬기 위해 문익환 목사님과 이오덕 선생님을 사당역 근처에서 만났다. 두 분 모두 칠순을 넘긴 나이였는데, 역사적인 문서라며 해장국 한 그릇을 앞에 놓고 치열하게 토론하던 열정 앞에 젊은 일꾼들 모두 고개를 숙였다.

2003년 봄, 나는 세 번째 해직되어 시민운동 단체에서 일하고 있었다. 정치 개혁을 위해 새로운 정당을 만드는 일에 참여하라는 후배들의 의견이 거셌 때라, 선생님을 찾아가 상의를 드렸다. 당연히 하지 말라고 하실 줄 알았는데, '교육을 제대로 알고, 바꿀 의지가 있는 정치인이 필요하니 참여하는 것이 좋겠다'라고 하셔서 당황했던 기억이 있다. 선생님이 지지해 주었는데, 결국 실패했으니 죄송하고 부끄럽다. 그때 찾아뵙고 난 몇 달 뒤 선생님이 돌아가셨고 벌써 10년이 지났다.

나는 비록 학교 밖에서 지낸 세월이 훨씬 길지만 늘 이 땅의 교사라 생각하며, 감히 이오덕 선생님을 내 스승이라 말하며 살 수 있는 것이 나한테는 큰 행운이요, 자랑이다.

* 2013년 6월에 발표한 글입니다.

최교진

사범대학을 나와 국어 교사로 학교에 몸을 담았다. 아이들과 함께 연극, 글쓰기와 학급신문 만들기 같은 참교육 활동을 했다. 대천여자중학교에서 처음 해직된 뒤로 세 차례 복직과 해직을 거듭하며 교육운동과 시민운동을 하며 살고 있다. 지금도 아이들을 보면 설레는 타고난 선생이다.

그리운 이오덕 선생님

/ 주순중

선생님이 아이들 글 하나하나 읽고 뽑았는데 조금도 적당히, 대강이라는 게 없고 철저
하셨다. 아이들에 대한 사랑, 글에 대한 사랑은 그 누구도 따르기 힘들 만큼 대단했다.

모든 만남과 헤어짐은 인연에 따르는 법, 만남 이전은 마치 땅속의 일
인 듯하다. 어느날 문득 전혀 예상할 수 없는 곳에서 그 실마리가 드러난
다. 내 인생에 가장 큰 스승이신 이오덕 선생님을 만난 일도 그렇다.

교단에 선 첫해, 경상북도 울진군 죽변에 있는 고향 집에 내려가 여름
방학을 보내고 있는데, 그 시골 교회에 아동문학가 이현주 목사님이 와
계셨다. 목사님은 시골 교회로선 생각하기 힘든 충격에 가까운 새바람을
일으키며 기존 생각들을 깨고 계셨다. 동생 친구가 이러이러한 분이 계시
니 좀 만나 보라고 해서 가서 인사를 드렸다. 그 끈으로 이오덕 선생님을
중심으로 주중식, 이주영 선생님들과 연결이 되었다. 일부러 그러려고 한
것도 아니고 나도 모르게 그렇게 되었다.

처음에는 이오덕 선생님께 편지를 보내고 답장을 받았는데 그때 쓴 편지가 1990년 한길사에서 나온 《참교육으로 가는 길》에 실려 있다. 교육이라는 이름으로 일어나는, 전혀 교육적이지 않은 일들을 선생님께 호소하며 가슴 아파했는데 혹시 이오덕 선생님은 내가 그 글로 해서 어려운 일을 당할까 봐 딴 이름으로 바꿔 실었다.

그때 이오덕 선생님이 보낸 편지가 참 많은데, 나는 한두 명 아이들한테도 답장 쓰기 귀찮아 미루는데 그렇게 바쁜 분이 어떻게 그렇게 답장을 많이 썼는지 지금 생각하면 송구스럽고 고맙다. 아마 선생님은 그 많은 편지에 일일이 답장 쓰기 위해 밤잠을 아낀 것은 물론 밥 먹는 시간도 아꼈을 것이다. 선생님은 누구라도 아이들을 사랑하고 제대로 교육을 하려고만 하면 마음을 적극 보태 주셨다.

어설픈 교사지만 이오덕 선생님께 배운 대로 아이들한테 글을 쓰게 했고, 1982년에 첫 문집을 엮었다. 선생님께 문집을 드리자 몹시 기뻐하셨다. 그 문집에 실린 홍의용이 쓴 시 '나도 쓸모 있을걸'은 창비 아동문고 예순여덟 번째 책 제목이 되었고, 이민섭이 쓴 산문 '이사 가던 날'은 쉰여덟 번째 책 제목이 되었다. 그 책들은 글쓰기 지도하는 모범 글들로 교사와 아이들한테서 사랑을 받았다. 선생님이 아이들 글 하나하나 읽고 뽑았는데 조금도 적당히, 대강이라는 게 없고 철저하셨다. 아이들에 대한 사랑, 글에 대한 사랑은 그 누구도 따르기 힘들 만큼 대단했다.

또 한 가지는 한길사에서 1987년에 나온 《현복이의 일기》에 대한 이야기다. 현복이는 내가 담임을 맡은 아이가 아니고, 근무하던 학교 6학년 아이이다. 공개수업에 전시된 그 반 아이들 일기에서 내 눈에 띄어 현복이한테 일기를 빌려 읽고 이오덕 선생님께 보여 드렸다. 선생님은 꾸밈없이 순수한 동심이 그대로 담긴 현복이 일기를 읽고 무척 좋아하셨다. 선생님 눈에는 노동을 하는 늙은 부모의 외아들인 현복이가, 혼자 감당하기 힘든 삶을 일기를 쓰면서 동심을 지켜 가는 모습이 마치 흙 속에 묻힌 진주처럼 여겨졌으리라.

이렇게 좋은 글은 많은 사람들한테 보여야 한다며 책으로 내기로 하고 한길사와 의논하여 '한길바람개비문고' 첫 번째 책으로 나오게 되었다. 그때 받은 인세가 현복이네한테 조금이라도 보탬이 되었는지 모르겠다. 작가가 되는 게 꿈인 현복이는 중학교 2학년 때 책을 한 번 더 냈고, 과천에 있는 선생님 댁에도 다녀갔다. 현복이가 작가의 꿈을 이루었는지는 잘 모르겠다.

선생님은 기가 무척 센 분이었던 것 같다. 한번은 어떤 모임에서 우리 반 3학년짜리 장난꾸러기들을 선생님께 인사시킨 적이 있었다. 아이들한테 이오덕 선생님을 따로 소개하지 않아 선생님을 잘 모르는데도, 선생님 앞에 서자 저절로 공손하게 인사하고 몸가짐을 반듯하게 하며 몹시 어려워했다. 그걸 보고 '선생님은 아무 말씀 안 하셔도 사람을 꼼짝 못하게 하는 힘이 있구나' 하고 생각했다.

선생님은 무척 엄격해서 글이나 말이 바르지 않으면 사정없이 혼을 내셨다. 말과 글뿐 아니라 무슨 일이든 정확하고 꼼꼼해서 한국글쓰기교육연구회 장부 정리도 원칙대로 하지 않으면 야단치셨다. 이건 다른 사람들도 다 아는 사실이다. 그에 비하면 나는 선생님께 야단맞은 기억이 별로 없다. 그건 내가 잘 해서가 아니고 아마 야단을 치면 내가 울까 봐, 나는 달래 줄 사람도 없으니까 안쓰러워서 야단을 못 치신 것 같다.

나는 시간이 많았으므로 마음껏 선생님을 따라다녔는데 한길사, 창비, 지식산업사, 보리 출판사 같은 데를 여러 번 갔고, 글 쓰는 분들도 많이 만났다. 이현주 목사님, 권정생 선생님, 김녹촌 선생님도 다 선생님을 따라다니면서 자주 뵐 수 있었다.

한국글쓰기교육연구회에서 좋은 선생님들을 만난 것도 내 인생을 풍요롭고 행복하게 해 주었다. 이렇게 좋은 분들을 만나 함께 삶과 말과 글, 아이들과 교육에 대한 이야기를 나누며 한때를 보냈던 것만으로도 내 삶은 성공이라고 생각한다.

내가 결혼을 안 할 수 있었던 것도 선생님의 응원(?)이 조금은 보태졌기 때문(이건 선생님께 책임을 미루는 말이 전혀 아니다)이 아니었을까? 다른 분들이 걱정하며 결혼을 재촉해도 선생님은 그러지 않으셨다. 오히려 재촉하는 분들한테 그것은 당신 생각이라며 동의하지 않으셨다. 선생님은 결혼이 서로를 구속하고 자기 뜻대로 사는 데 방해가 되면 됐지 도움이 되지 못한다고 생각하는 것 같았다. 나뿐 아니라 누구한테도 결혼하라는 말씀은 하지 않으셨다.

1983년도에 한국글쓰기교육연구회가 창립하면서 자연스럽게 선생님을 자주 뵙게 되었는데, 2003년 돌아가시기 이틀 전까지 20년이 넘는 시간을 이오덕 선생님 그늘에서 보냈으니 내 인생에서 선생님이 차지한 자리가 짐작이 되리라.

어디로 가야 하는지 아무것도 모르고 그냥 선생이 되어 교단에 서자마자 이오덕 선생님을 만난 것은 크나큰 행운이었다. 선생님을 만나지 못했더라면 내 교사 생활은 혼란과 방황의 연속이었을 거고, 그것은 나는 말할 것도 없고 아이들한테도 큰 불행이었을 것이다. 선생님은 내가 가야 할 길을 바르고 정확하게 이끈 등댓불이었다.

선생님께 크게 죄송스러운 것은 선생님은 내가 동화나 시 쓰기를 바라셨는데 그러지 못한 것이다. 작가가 되기에는 내 상상력이 어림도 없어 몇 편 끄적거리다가 힘에 부쳐 그만두었다. 대신 산문은 선생님한테 인정(?)을 받았다. 글 몇 편을 읽고 모 신문사 수필 부문에 추천을 하려고 했는데 수필 부문이 폐지되어 아쉬워하셨다. 나는 다행이라고 생각한다. 글을 쓴다는 것은 고도의 집중력과 모진 노동을 감당해야 하는데 나는 그럴 자신이 전혀 없다.

이오덕 선생님이 칠십대 후반이 되셨을 때 어느 실력 있는 한의사한테 모시고 갔는데 오십대 사람도 선생님 정신력은 못 따라간다고 하셨다. 그리운 이오덕 선생님! 언제 어디서 다시 뵙게 될까요?

* 2014년 1월에 발표한 글입니다.

주순중
서울에서 초등학교 교사로 35년을 살다가 지난해 2월에 정년퇴임했다. 한국글쓰기교육연구회 회원이기도 하다. 쓴 책으로 《첫아이 학교 보내기》가 있다.

2부
내가 가는 길에

한글 사랑이
반짝 유행하는 때

/ 박종호

우리가 그 어떤 일보다도 먼저 해야 할 일이 외국말과 외국말법에서 벗어나 우리 말을 살리는 일이다.

―《우리 글 바로 쓰기》

해마다 10월 9일은 '한글날'이고, 이날을 앞뒤로 나라 안 구석구석에서 우리 한글을 우러르는 행사가 열린다. '훈민정음은 세계에서 가장 과학적인 글자'이며, '한글을 만든 세종대왕이 보여 준 위대한 창제 정신을 본받아 한글을 널리 퍼뜨리자'고 말한다. 이맘때 신문이며 방송에는 '요즈음 젊은 것들이 우리 말을 마구 비틀어 써서 우리 말이 심하게 병들어 있다'고 꾸짖으며, '학교와 사회에서 국어 순화 운동을 제대로 펼쳐야 한다'고 타이르는 글이 실리기도 한다. 바야흐로 우리 말과 우리 글을 사랑하는 일이 얼마나 중요한가를 따지는 일이 '반짝 유행' 하는 때다.

우리 나라 사람은 나고 자라면서 우리 말을 배운다. 누구든지 학교에 들어가기 전에 평생을 두고 쓰는 말 대부분을 듣고 배워서 익힌다. 그러나 초등학교에 들어가고부터는 집에서 배운 말과 바탕이 다른 체계의 말을 익혀야 한다. 띄어쓰기, 철자법, 음운법칙을 외워야 한다. 시험문제는 말로 풀어내기보다 답안지 위에 맞는 답을 골라내거나 찍어야만 한다. 여기에 '표준어'로 말하고 써야 하는 어려움도 따라온다.

이오덕 선생님은 '지난 천 년 동안 우리 겨레는 끊임없이 남의 나라 말과 글에 우리 말글을 빼앗기며 살아왔고, 지금은 온통 남의 말글 홍수 속에 떠밀려 가고 있는 판이 되었다'고 보았다. 어른들이 쓰는 글과 말이 잘못되었고, 지식인들이 쓰는 글이 외국말법에 물들어 있으며, 신문 방송이 이를 앞장서 퍼뜨리고 있는 데서 알 수 있다. 이오덕 선생님은 이런 어른들에 둘러싸인 아이들 말이 빠르게 오염되는 것을 바로잡기 위해 《우리 글 바로 쓰기》를 펴냈다. 이 책을 바탕으로 1992년에는 《우리 글 바로 쓰기》 1권과 2권, 《우리 문장 쓰기》를 내어 놓으셨다. 이어 '우리 말 살리는 겨레모임'을 만들어, 우리 말 바로 쓰기 운동을 벌이기 시작한다.

우리 말과 글을 바로 쓰는 일은 무엇보다도 밖에서 들어온 말을 글 속에서 가려내어 깨끗이 없애는 일부터 해야 한다. 왜 그래야 하는가?

① 말과 글을 공연히 어렵게 만든다. ② 우리 생각이나 삶에 꼭 붙은 우리 말글이 아니다. 따라서 남의 나라 사람들의 감정이나 생각의 체계, 생활 태도를 자기도 알게 모르게 따라가게 된다. ③ 우리 말의 아름다움을 깨뜨린다. ④ 말과 글이 따로 떨어져, 우리 삶을 자유롭게 글로 나타낼 수 없다. ⑤ 말과 글이 민중을 떠나 민중을 등지는 길로 가게 되고, 따

라서 사람들의 생각이나 행동도 비민주로 되기 쉽다.

우리 말이 잡스럽게 되는 것은 마침내 우리 겨레의 넋이 말에서 떠나 버리는 것이다. 밖에서 들어온 잡스런 말은 세 가지로 첫째는 중국글자말(한자말), 둘째는 일본말, 셋째는 서양말(영어)이다. 중국글자말, 일본말, 서양말 차례로 들어왔는데, 중국글자말은 가장 오랫동안 우리 말에 스며들었다. 일본말은 한자말(일본식 한자)과 서양말을 함께 끌어들였으며 지금도 끊임없이 끌어들이고 있다는 점에서 그 깊은 뿌리와 뒤엉킴을 살펴야 한다. 서양말은 요즘 자라나는 아이들, 젊은이들 머릿속에 깊숙이 박혀 있다.

우리 안에 깊이 들어와 있는 중국글자말, 일본말, 서양말을 정말 모조리 우리 말로 바꿀 수 있는가? 꼭 그래야 하는가? 그 답은 간단하다. 이오덕 선생님은 '이제는 그것을 모조리 없앨 수가 없고, 모조리 없앨 필요도 없다'고 한다! 맞다. 그럼 어쩌라는 말이냐? 하나만 말해 본다면, 한자말이 되었건 일본말이 되었건 한글로 썼을 때나 입으로 말했을 때, 그 뜻을 알 수 없거나, 곧 알아차릴 수 없는 말은 골라내어 자연스러운 우리 입말로 고쳐야 한다.

이 일을 못하면 우리는 살아남을 수 없다. 문화에서 멸망하는 겨레가 되는 것이다. 도대체 어떻게 하면 우리가 지금까지 써 오던 말을 잃지 않고 지켜 나갈 수 있을까? 그리하여 우리 겨레의 혼을 살릴 수 있을까? 이 물음에 대한 답을 이오덕 선생님 말을 빌려 적어 보았다. 그 다음 저마다 어떻게 실천할지는 깨달은 사람 몫이다.

이래서 오늘날 우리가 그 어떤 일보다도 먼저 해야 할 일이 외국말과 외국 말법에서 벗어나 우리 말을 살리는 일이다. 민주고 통일이고 그것은 언젠가 반드시 이뤄질 것이다. 그것을 하루라도 빨리 이루는 것이 좋다는 것은 말할 나위도 없지만, 3년 뒤에 이뤄질 것이 20년 뒤에 이뤄진다고 해서 그 민주와 통일의 바탕이 아주 달라지는 것은 아니다. 그런데 말이 아주 변질되면 그것은 영원히 돌이킬 수 없다. 한번 잘못 병들어 굳어진 말은 정치로도 바로잡지 못하고 혁명도 할 수 없다. 그것으로 우리는 끝장이다. 또 이 땅의 민주주의는 남의 말 남의 글로써 창조할 수 있는 것이 아니라 우리 말로써 창조하고 우리 말로써 살아가는 것이다.

―《우리 글 바로 쓰기》(이오덕, 한길사, 1989)

* 2009년 10월에 발표한 글이다

박종호

서울 한성과학고등학교 교사. 이십 년째 고등학생들과 함께 우리 말과 문학 공부를 하고 있고, 한국글쓰기교육 연구회에서 사무총장 일을 맡고 있다.

선생님의 사랑과 마주이야기

/ 박문희

지금도 그렇지만 그때는 더더욱 말하기 교육이 들어 주기에서 시작한다는 것을 상상
도 못 하고 웅변, 동화 구연, 동시 낭송 같은 걸 가르칠 때였으니! 아이들 말을 교실로
끌어들여 온 것은, 저나 학부모들이나 아이들이나 모두에게 다 감동이었습니다.

20년쯤 된 일입니다. 제가 굽이 높은 빨간 구두에 짧은 치마를 입고 철
없이 쌜룩거리고 다닐 때입니다.

"박문희 선생님이세요? 여기 출판사인데 지금 오실 수 있어요?"

이오덕 선생님이 전화를 하셨습니다. '무슨 일일까?' 마침 유치원 아이
들이 다 집으로 돌아간 시간이라 출판사로 바로 달려 갔습니다.

출판사에 들어서자마자 이오덕 선생님이, "김 사장님, 박문희 선생님이
유치원에서 좋은 교육을 하는데 책을 내 보시면 어떨까요?" 하니까 출판
사 사장님이 좋은 교육이 뭐냐고 물어보지도 않고, "○○국장님, 계약서
갖고 오세요" 합니다. 제가 누구인지, 어떤 사람인지도 모르는 사장님이,

더구나 저를 제대로 보지도 않고 출판 계약을 하다니! 별안간 일어난 일입니다. 제가 아니라 이오덕 선생님을 보고 출판 계약을 한 것이지요. '이런 세상도 있구나' 싶어 어리둥절했습니다.

제가 이오덕 선생님이 쓴 《우리 문장 쓰기》를 읽고 '마주이야기 교육'으로 들어선 지 얼마 지나지 않았을 때 일입니다. 마주이야기 교육에 대한 감동을 혼자 알고 있기에는 너무 벅차서, 선생님께 전화해 "선생님, 우리 유치원에서 ○월 ○일 날 아이, 학부모 모두가 마주이야기 잔치를 하는데, 한번 와서 보실래요?" 했더니 그날 마침 출판사에 갈 일이 있으니까 잠깐 들르겠다고 하셨습니다.

잔칫날 들른 이오덕 선생님은, 뒤쪽 구석 자리에 조용히 앉아서(선생님은 글쓰기 연수 때도 언제나 저 뒤 구석 자리에서 회원들이 발표하는 내용을 귀담아 들으셨습니다) 몇몇 식구들이 하는 마주이야기를 듣고 가시면서 이렇게 말씀하셨습니다.

"제가 오늘 잔치에서 본 것을 〈우리교육〉에 쓰겠습니다."

다음 달 〈우리교육〉을 보니 진짜로 제가 하는 마주이야기 교육에 대해서 쓰셨습니다. 마주이야기 교육이 잡지를 징검다리 삼아 처음으로 세상에 알려진 거지요.

마주이야기 잔치는 구경꾼이나 무대가 따로 없이 다 참여하는 '말하기 잔치'입니다. 아이들 말을 들어 주고 알아주고 감동하는 잔치지요. 지금도 그렇지만 그때는 더더욱 말하기 교육이 들어 주기에서 시작한다는 것을 상상도 못 하고 웅변, 동화 구연, 동시 낭송 같은 걸 가르칠 때였으니! 아이들 말을 교실로 끌어들여 온 것은, 저나 학부모들이나 아이들이나 모두에게 다 감동이었습니다. 이오덕 선생님은 제가 이런 교육을 몸부림쳐 가면서 하는 걸 보고 좋은 교육이라고 보시고 출판을 해서 널리 알리자고 하신 것입니다.

그런데 문제는 그때부터입니다. 글이란 것을 써 본 일이 없으니! 회보 글도 써 본 일이 없을 정도여서 부담스럽기가 이만저만이 아니었습니다. 처음에 무슨 말을 써야 하는지부터 막혀서 도무지 글을 쓸 수 없었습니다. 이오덕 선생님은 "말하듯이 써요. 말하듯이요" 하시지만 말하듯이 어떻게 쓰라는 것인지를 몰라 글 한 자 못 쓰고 1년이 지나갔습니다.

한국글쓰기교육연구회 사무실이 부산에 있을 때입니다. 이상석 선생님한테서 전화가 왔습니다. "박문희 선생님, 이번 글쓰기 회보에 실게 글 좀 써 주세요" 하기에 "저 글 못 쓰는데요" 하니까 "이오덕 선생님이 박문희 선생님 글을 꼭 받아서 실으라고 하던데요" 하더니, 속삭이듯이 "이오덕 선생님이 박문희 선생님 사랑하시나 봐요" 합니다. 생각지도 않던 말을 듣고는 얼떨결에 "이상석 선생님, 이상석 선생님은 저를 사랑해요, 안 해요?" 하니까 웃기만 합니다. 그래서 "이상석 선생님이 저를 사랑하는 것과 똑같은 거지요" 하고 말해 주었지요.

이오덕 선생님은 글을 못 쓰는 저를 안타까워하시면서 회보에서부터 글을 쓰게 하려고 하셨던 것입니다(이상석 선생님은 제가 글을 못 써서 답답해하는 것을 알 리 없으니 왜 이렇게 박문희 글을 실으려고 애를 쓰실까 하면서 짓궂게 말을 건넨 것이겠고요). 말이 나와 하는 말이지만, 이오덕 선생님과 만나는 일은 언제나 봄처럼 따뜻했고, 가을처럼 산뜻했습니다.

우리 유치원에서 여러 해 한국글쓰기교육연구회 모임을 치르는 바람에 이오덕 선생님을 자주 뵐 수 있었던 것이 제 삶에서는 가장 소중한 일입니다. 그래서 이오덕 선생님을 살아생전에 못 뵌 분들을 만나면 저만 모든 것을 차지하고 사는 것처럼 미안하고, 또 이오덕 선생님한테 받은 모든 것을 물려주지 못하는 삶이 답답하기만 합니다.

그때에 중국으로 강의를 가기도 했습니다. 중국까지 마주이야기 교육 강의를 다녔느냐고요? 네, 글은 못 써도 말은 했습니다. 중국에 가서 마주이야기 교육을 하면 한족 장학사들이 통역으로 제 말을 알아듣고 엄지손가락을 치켜세우곤 했습니다. 또 이오덕 선생님이 그때 한국어린이문학협의회를 꾸리면서, 다달이 '종로 서적'에서 열리는 세미나에 저보고 강의를 하라고 하셨지요. 어찌어찌하기는 했는데, 무슨 말을 어떻게 했는지 지금은 하나도 생각이 나지 않습니다.

그런데 또 문제가 생겼습니다. 강의를 했으니까 어린이문학협의회 회보에 글을 쓰라는 것입니다. 지방에 사는 회원들이 세미나에서 어떤 일이 있었는지 알게 해야 된다면서요. '이번에는 정말 써 봐야지' 하고 마음먹었지만 또 하루하루 시간만 갑니다. 결국 이오덕 선생님이 직접 제 글을 받으러 오셨지만, 글이 있어야 드리지요. 이오덕 선생님은, "박문희 선생님이 글을 자꾸 미루고 안 써서 대신 쓰겠습니다" 이러고 가셔서는 곧바로 그때 세미나에서 있었던 일을 써서 회보에 내셨습니다.

그리고 몇 년이 지나고 나서야 저는 겨우 손바닥만 한 '마주이야기' 책을 냈습니다. 그제야 글을 쓰게 된 것입니다. 이오덕 선생님이 제게 주신 사랑의 결실입니다. 그때는 이오덕 선생님이 저만 사랑해 주시는 줄 알았습니다. 그 사랑을 받아먹는 것만으로도 바빠서 둘레를 돌아볼 겨를이 없었습니다. 그런데 이오덕 선생님이 돌아가시고 나서 보니 권정생 선생님, 임길택 선생님, 또 누구누구……. 구석구석 챙겨 주지 않은 분이 없더라고요. 어떻게 그 가냘픈 몸으로 이렇게 많은 사람들한테 사랑을 보내주셨을까요?

이오덕 선생님은 그 넘치는 사랑을 80권이나 되는 책으로 물려주시고 가셨습니다. 이오덕 선생님이 쓰신 글과 강연을 귀담아 듣는 이들 모두가 감동합니다. 그리고 이오덕 선생님 정신을 따릅니다. 이오덕 선생님 정신을 따르는 삶이 자랑스러워서, 따르는 사람들끼리 '이오덕교'라는 말까지 농담 삼아 주고받으면서 웃던 일이 기억납니다.

교주는 물론 이오덕 선생님이고요. 선생님한테 받은 사랑을 아낌없이 물려줘야 할 텐데…….

* 2009년 12월에 발표한 글이다

박문희

30년 동안 유치원에서 아이들과 함께 생활하면서 1993년에 마주이야기 교육방법을 만들었다. 한국어린이문학협의회 부회장, 마주이야기 교육연구소 소장을 맡고 있으며 마주이야기 교육방법을 개발하고 널리 알리는 일에 힘쓰고 있다. 펴낸 책으로 《마주이야기, 아이는 들어 주는 만큼 자란다》《마주이야기 교육방법 1,2,3》《마주이야기 교육방법 들어주자 들어주자》가 있다.

노래처럼 살고 싶어

/ 백창우

《이 아이들을 어쩔 것인가》에 실린 첫글 '노래를 잃은 아이들'을 읽고, 내가 어떤 노래를 만들어야 할지, 노래를 잃어 가는 아이들과 어른들에게 어떤 노래를 어떻게 나누어야 할지 깊이 생각하게 되었습니다.

내가 '이오덕'이란 이름을 처음 안 것은 그이가 농촌 아이들 시를 엮어 낸 《일하는 아이들》을 만나게 되면서부터입니다. 열몇 살 때부터 시 쓰는 재미와 노래 만드는 재미에 푹 빠져 있던 내게 이 책은 '새로운 세상'을 가르쳐 주었습니다. 지금까지도 나는 이 책을 제일로 칩니다. 이 시집보다 좋은 시집을 아직 못 보았습니다. 그래서 종이가 누렇게 바래고 겉장이 뜯겨 나간 이 책을 서른세 해째 보물처럼 품고 삽니다.

이 책에 있는 시에 처음 곡을 붙인 건 딱 열 마디짜리 짧막한 노래 '콩밭 개구리'입니다. 나는 이 노래가 너무 마음에 들어 내 독집 음반에도 넣고, 공연 때도 참 많이 불렀습니다.

《딱지 따먹기》(보리, 2002년)에 담은 노래 가운데 '아기 업기' '연필' '사람이나 새나' '복숭아' '내 자지' '걱정이다' '해바라기가 참 착하다' '제비꽃'이나, 이번에 새로 낸 '이오덕 노래 상자' 《노래처럼 살고 싶어》(보리, 2010년)에 실은 '이총매미' '소아' '새벽별' '자두' '참매미' '달구베실꽃' '코스모스' '눈아, 오지 마라' '오얏' '바람이 살랑' '호루루 뱃쫑' '비 오다가 개인 날'이 모두 《일하는 아이들》에 있는 시골 아이들 시에 붙인 노래들입니다. 노래를 만들어 놓고 아직 세상에 내놓지 않은 노래도 여러 곡이지요.

《일하는 아이들》을 만난 뒤 나는 농촌 아이들 산문을 모은 《우리도 크면 농부가 되겠지》, 그이가 쓴 《이 아이들을 어찌할 것인가》 《시정신과 유희정신》 《삶과 믿음의 교실》 그리고 시집 《개구리 울던 마을》을 이어서 읽었고, 《일하는 아이들》을 보며 짐작한 대로 이오덕이란 사람이 정말 참다운 아이들 세상, 참다운 사람 세상을 꿈꾸는 사람이란 것을 알게 되었습니다.

《이 아이들을 어찌할 것인가》에 실린 첫글 '노래를 잃은 아이들'에 나오는 '요즘 아이들은 노래가 없이 자라나고 있다. (줄임) 그런데 아이들이 동요를 부르지 않는 것은 부를 노래가 없기 때문이기도 하다. (줄임) 노래가 없이 자라나는 아이들, 유행가로 어른이 되고 있는 아이들, 이 아이들에게 과연 우리는 무엇을 기대할 수 있겠는가?'를 읽으며 내가 어떤 노래를 만들어야 할지, 노래를 잃어 가는 아이들과 어른들에게 어떤 노래를 어떻게 나누어야 할지 깊이 생각하게 되었습니다.

이오덕 선생님은 음악을 참 좋아했습니다. 고향을 떠나 부산에서 지내던 시절, 작곡가 윤이상에게 피아노를 배우기도 하고, 시골 교사로 있을 때 십 리 길이 넘는 학교 길을 걸어다니며 이런저런 동요나 스스로 만든 노래들을 늘 흥얼거리곤 했답니다.

그이의 시를 보면 '노래'란 말이 참 많이 나옵니다.

네 마음 속에는 눈부신 노래
오늘도 네 키만큼 아무도 몰래 자라난 노래

— 〈용이, 너의 소매〉에서

노래나 불러 볼까, 내 멋대로의 노래

— 〈벌 청소〉에서

아침 저녁 나의 길을 가르쳐 주는
너를 볼 때마다 노래가 나온다

— 〈가로수 포플러〉에서

너희들의 노래로
허물어진 흙담 앞에 서 있는
해바라기 씨앗 속에서

별빛 희망이 여물고

너희들의 노래로
달개비꽃의 가난한
하늘이 피어나고

— 〈벌레 소리〉에서

노래를 부르며 하늘을 바라보며
오늘 하루를 살았습니다.

— 〈바다-언젠가 한 번은〉에서

십릿길 읍내 장에서 나물을 팔고
자갈돌을 밟으며 돌아오시는 어머니
빈 광주리에는 네 노래가 담겼다
온몸에 네 노래를 감고 오신다

— 〈개구리 소리 2〉에서

바보라도 좋아
바보라도 좋아
죽을 때까지 하늘 위에서
노래처럼 나는 살고 싶어

— 〈포플러 3〉에서

윗방문

갯마을 어느 집에
찾아가 보니
여름내내 윗방문
열고 살아요

갯바람 몹시 불어
추운 날에도
문을 닫지 못하고
열고 살아요

제비가 윗방 안에
집을 지어서
진종일 드나들어
열고 살아요

어느 손님 찾아와
추워 떨어도
방문 닫지 못하고
열고 살아요.

분이네 살구나무

동네서
젤 작은 집
분이네 오막살이

동네서
젤 큰 나무
분이네 살구나무

밤 사이
활짝 펴올라
대궐보다 덩그렇다.

이오덕 선생님은 돌아가시기 두 해 전, 백창우 선생님에게 시를 살펴보고 곡을 붙일 만한 것이 있으면 작곡을 해 보라는 편지와 함께 염근수 시 31편, 정완영 시 29편을 써서 보내셨다. 왼편은 염근수의 시이고, 오른편은 정완영의 시이다.

옛날에 이야기는 거짓이고 노래는 참이라고 했습니다. '노래처럼 살고 싶다'고 하신 선생님, 그건 바로 참답게 살고 싶다는 뜻이겠지요. 참답게 사는 길을 보여 주신 선생님, 내 노래가 가야 할 길을 가르쳐 주신 선생님, 이 망가진 세상에서 어떤 꿈을 꾸며 살아야 할지 일러 주신 선생님. 나는 '이오덕 노래 상자'를 내며 그 안에 선생님의 마지막 말씀 하나를 숨겨 두었습니다. 뭐, 눈 밝은 사람은 벌써 찾았을 테지요.

* 2010년 8월에 발표한 글이다

백창우

작곡가이자 시인, 가수, 음악 프로듀서. 어린이 음반사 '삽살개' 대표로 어린이 노래 모임 '굴렁쇠아이들'을 이끌고 있다. '시노래 모임 나팔꽃' 동인이다.

내가 바로
이오덕 선생님 직속 제자요

/ 안건모

> 정작 말을 하고 글을 써야 할 사람들은 일만 하다 보니 쓸 틈도 없고, 또 스스로 무식
> 하다는 열등감에 빠져 글을 못 쓴다. 이래서 사회가 죽어 가고 있는 것이다.
> —《일하는 사람들의 글쓰기》

　가끔 글쓰기 강연을 하러 다닌다. 글쓰기를 어렵게 생각하는 분들이 강연을 청탁하기 때문이다. 글이라고는 생전에 써 보지 않았던 내가 전태일문학상을 타고, 책을 내기도 하고, 시내버스 기사 일을 하다가 월간 〈작은책〉 발행인을 맡아 편집, 교정, 교열까지 하는 사람이 됐으니 그 경험과 비법을 듣고 싶어 하는 것이다.

　강연을 할 때 가끔 '이오덕 선생님한테 직접 가르침을 받은 직속 제자'라고 '뻥'을 친다. 그러면 수강생들이 "와우!" 하고 감탄을 하면서 강연에서 내가 하는 모든 말을 의심 없이 믿는다. 그럴 때마다 선생님이 정말 대

단한 분이었다는 걸 새삼 깨닫는다. 흐흐, 제자는 제자지. 딱 두 번이지만 이오덕 선생님이 나에게 글을 가르쳐 준 건 확실하고, 그분이 아니었다면 나는 지금까지 글을 쓰지 않았을 테니까.

내가 이오덕 선생님을 만난 건 1996년쯤, 글이라고는 전혀 몰랐을 때였다. 월간 〈작은책〉을 읽으면서 못 배운 서민들, 민중들, 노동자, 농민들도 글을 쓸 수 있다는 걸 어렴풋이 깨달았을 때였다. 〈작은책〉에서 글쓰기 모임을 한다는 소식을 듣고 사무실을 찾아갔을 때 허름한 점퍼를 입은 어떤 '아저씨' 한 분이 계셨다.

그분은 글쓰기 모임을 하기 전에 한 30분 이야기를 해 주셨다. 그 가운데 "글은 일하는 사람들이 써야 한다"는 말이 가장 마음에 와 닿았다. 그동안 내가 만났던 지식인과는 전혀 달랐다. 그분이 이오덕 선생님이었다. 이오덕 선생님이 그때 말한 내용은 《일하는 사람들의 글쓰기》에 실려 있다.

일하지 않는 사람은 밥을 먹지 말라는 말이 있다. 나는 일하지 않는 사람은 글도 쓰지 말라고 말하고 싶다. 방 안에 앉아 밤낮 글만 쓰고 있는 사람이 쓴 글이 무엇을 얘기하고 무엇을 보여 주겠는가? 지금 우리 사회는 온갖 글이 온갖 인쇄물에 실려 나와 엄청난 글 공해를 일으키고 있다. 정작 말을 하고 글을 써야 할 사람들은 일만 하다 보니 쓸 틈도 없고, 또 스스로 무식하다는 열등감에 빠져 글을 못 쓴다. 이래서 사회가 죽어 가고 있는 것이다.

－《일하는 사람들의 글쓰기》(이오덕 외, 보리, 1996년)

나는 무척 놀랐다. 이건 나를 위해 하는 말 아닌가? 나는 그때 10년 넘게 버스 운전을 하고 있었다. 회사 어용 노조와 정부가 서로 짜고 파업을 하면 수구 언론은 버스 기사한테만 책임을 돌렸다. 분통이 터졌다. 나도 글을 쓸 수 있다면 시내버스 운전기사가 처한 열악한 노동 현실을 세상에 알리고, 시내버스 기사가 파업을 하는 게 아니라 회사와 정부와 어용 조합이 짜고서 하는 파업이라는 걸 고발할 수 있을 텐데 하는 생각이 절실했다.

그런데 나 같은 놈도 글을 쓸 수 있다고? 아니, 정작 말을 하고 글을 써야 할 사람이 나라고? 게다가 스스로 무식하다는 열등감에 빠져 글을 쓰지 못하고 있기 때문에 사회가 죽어 가고 있다고? 그래, 나도 글을 써야겠다. 그런데 어떤 글을 쓰지? 이오덕 선생님은 이렇게 말했다.

노동자들이 쓰는 글은 긴 소설 같은 글이 아니고 짧은 이야기 글이 적당하다. 이 이야기는 어떤 사건일 수도 있고, 모두가 잘 알고 있는 어떤 일에 대한 생각이나 주장을 쓴 것일 수도 있다. 어쨌든 노동자들은 이른바 문인들이 쓰고 있는 소설이나 수필이나 시를 흉내 내려고 하지 말아야 한다. 노동자들이 쓴 글은 소설이니 동화니 수필이니 하는 따위 이름을 붙일 필요가 없다. 그냥 이야기다. 굳이 글의 종류를 자세하게 밝힌다면 생활 이야기, 겪은 이야기, 들은 이야기, 일기, 편지……. 이렇게 되겠다.

— 《일하는 사람들의 글쓰기》(이오덕 외, 보리, 1996년)

옳구나! 바로 이거다. 생활글! 글이라는 게 소설이나 수필, 시만이 글이 아니구나. 내가 겪은 이야기를 쓰라면 얼마든지 쓰겠다. 나는 곧바로 그분이 쓴 책을 샀다. 《글쓰기 어떻게 가르칠까》 《우리 글 바로 쓰기》 《우리 문장 쓰기》를 읽었다. 그런 책들을 읽고 내가 여태껏 글을 어렵게 생각했던 까닭을 알았다.

그 뒤로 글을 쓰기 시작했다. 그러다가 전태일기념사업회에서 문학상을 공모했고 거기에 내가 살아온 이야기를 써서 냈다. 그 글이 생활글 부문 우수상으로 뽑혔다. 긴 글을 쓴 것도 처음이고 상을 탄 것도 처음이었다. 그때 내 글을 심사했던 분이 이오덕 선생님이었다. 그 뒤로 내 삶은 많이 바뀌었다. 현장에서 글 쓰는 노동자로 새로 태어났다.

〈한겨레〉신문과 〈작은책〉 같은 매체에 버스 기사의 열악한 노동 현실을 고발하는 글을 써서 시민들한테 알렸고 《거꾸로 가는 시내버스》(보리, 2006년)라는 책을 내기도 했다. 그 책은 2011년 7월 9일, 오늘까지 2만 1천 부가 팔려서 거의(?) 베스트셀러가 됐다. 흠! 아직도 안 보신 분은 시대에 뒤떨어진 분이다. 꼭 사 보시길!

이오덕 선생님에 관한 짧은 일화가 있다. 내가 텔레비전 프로그램 '칭찬합시다'에 출연했을 때, 뒤이어 칭찬한 분이 이오덕 선생님이었다. 나는 혹시나 그런 프로그램에 자기를 연결시켰다고 화를 낼까 봐 걱정했다. 하지만 김용만, 김국진이 충북 충주시 신니면 수월리에 있는 무너미에 찾아가 카메라를 들이댔을 때 이오덕 선생님은 허허 웃으면서 반갑게 맞이해 주셨다. 이오덕 선생님은 그렇게 소탈한 분이었다.

이오덕 선생님 덕분에 내가 글을 쓰기 시작했고 내 삶이 바뀌었지만 사실 나는 이오덕 선생님 가르침대로 우리 말을 제대로 살려 쓰지는 못

한다. 이를테면 건축 현장에서 노동자가 쓰는 '노가다'라는 말은 그대로 쓴다. 일하는 사람들은 현장에서 쓰는 말이 더욱 공감이 가기 때문이다. 일본에서 들어온 '적' 자도 쓰지 말라고 하셨지만 어쩔 수 없을 때는 그냥 쓰기도 한다. 내가 쓴 책 《거꾸로 가는 시내버스》에는 현장에서 일하는 버스 기사들이 쓰는 은어, 속어 같은 낱말들이 많다. 이오덕 선생님이 우리 말을 살려 쓰라고 하신 뜻은 못 배운 민중들이 글을 많이 읽고, 쓸 수 있도록 하자는 뜻이라고 믿었다.

이오덕 선생님은 우리 말을 쓰라고 가르쳤지만 나는 그보다 더 중요한 걸 배웠다. '일하지 않는 자는 (글을) 쓰지도 말라'는 가르침이다. 어쭙잖게 소설이나 수필 같은 글을 써서 문학을 하네 하고 문인을 흉내 내지 말라는 가르침이 나에게는 더 다가왔다. 글은 일터에서 나와야 한다고 배웠다.

그래서 시내버스 운전 일을 그만두고 〈작은책〉 발행을 맡아 달라고 했을 때 망설였다. 현장을 떠나면 글이 어떻게 나오는가 하는 걱정 때문이었다. 그래도 결국 내가 〈작은책〉으로 오게 된 것은, 일하는 사람이 쓴 글을 일하는 사람들이 읽을 수 있도록 널리 퍼뜨리는 것도 중요하다는 생각 때문이었다.

이오덕 선생님이 무너미에 살고 계실 때 찾아뵌 적이 있다. 선생님은 전태일문학상을 받은 내 글을 보고 깨끗한 우리 말로 건강한 삶을 담아 잘 썼다고 칭찬하면서 앞으로 그런 글을 꾸준히 쓰라고 격려해 주셨다. 아무렴, 이오덕 선생님 가르침대로 썼으니 우리 말이 살아 있었겠지.

내가 이오덕 선생님을 못 만났다면 살아 있는 글은커녕 지금까지도 아예 글 쓸 생각은 못 했을지 모른다. 그러니 나는 이오덕 선생님 직속 제자다. 다음에 어디선가 강연을 할 때 나는 또 뻥을 칠 것이다.

"제가 이오덕 선생님 직속 제자요. 그러니 내가 하는 말은 곧 진리요."

하하하!

* 2011년 8월에 발표한 글입니다.

안건모

1958년 서울에서 태어나 초등학교를 졸업하고 공장에서 일했다. 검정고시로 한양공고에 들어갔지만 2학년 때 중퇴하고 노동일을 했다. 1985년부터 20년 동안 서울에서 시내버스와 좌석버스 운전을 했다. 1997년 '시내버스를 정년까지'라는 글을 써서 전태일 문학상을 탔고, 그 뒤로 버스 운전을 하면서 일어난 일을 〈한겨레신문〉, 월간 〈작은책〉에 연재했다. 지금은 〈작은책〉 발행인 겸 편집인이다.

어린이 눈으로 세상 보기

/ 홍순명

농민들에게 글을 쓰게 하고 싶어요. 농사를 지으면서 겪는 괴로운 일, 억울한 일이 좀 많겠어요? 농민들이 글을 써야 민주주의가 돼요.

글이 세상을 바꿀까?

이오덕 선생이 안동에 있는 대성초등학교 분교에 있을 때 내가 찾아뵌 적이 있습니다. 그때 이오덕 선생은 밥 짓는 도구와 누울 자리를 빼고는 책만 잔뜩 쌓여 있는 숙직실에서 지내고 있었지요. 학교 꽃밭에는 작은 팻말이 꽂혀 있었는데, 거기에 낯익은 이 선생 글씨로 이렇게 쓰여 있었습니다.

풀은 우리 친구
벌레도 우리 친구
한 포기 풀을 뽑을 때도

학생들이 평생 기억할 말이다 싶었습니다. 아침이라 하루 공부를 시작하기 전인데, 어린이들이 도서실이랄 것도 없는 작은 방에서 한방 가득 책을 읽고 있었습니다. 학교에는 어린이들이 차별받지 않고 선생님들과 함께 생활하는 모습에서 나오는 소박함과 기쁨이 느껴졌습니다.

점심 대접을 받으며 학교 교육에 대한 이야기를 듣다가 평소 마음에 품었던 질문을 했습니다.

"어린이들의 글쓰기로 농촌이 바뀔까요?"

농촌을 살리기 위해 협동조합을 운영하고 있는데 그게 쉽지 않고, 모두 농촌을 떠나 줄줄이 도시로 가는데 그저 바라볼 수밖에 없던 시골 교사 처지에서 나온 물음이었지요. 나아가 '교육과 세상도 바뀔까요?' 하는 뜻도 들어 있었습니다.

"……"

이오덕 선생은 아무 대답도 하지 않았습니다. 질문 수준이 안 되었거나, 평생 생각하고 실천한 일인데 쉽게 이야기를 꺼낼 자리가 아니라고 여겼기 때문일 수도 있습니다.

그 뒤 1988년 12월 18일에 이오덕 선생이 내가 있는 풀무학교에 오셨습니다. 지금도 그때 모습이 어제 일같이 떠오릅니다. 이 선생은 학교를 둘러보다가 나무 한 그루를 물끄러미 바라보고는 물었지요.

"저 나무에 전선을 저리 감으면 나무가 고통스럽지 않겠소?"

"아, 그렇군요. 전기를 끌어오느라 잠깐 감았다가 그대로 두었네요."

"과천에도 시에서·나와 가로수 가지를 마구 잘라요. 거 왜 그러는지 모르겠어요."

같은 해에 우리 나라에서 올림픽이 열렸던 터라 개고기가 혐오 식품이다, 문화 차이다 말이 많던 때였습니다. 거기에 대해 이야기를 나누게 되었는데 이 선생이 이런 말을 했어요.

"그거 어려울 것 없어요. 어른이 되면서 오염되어서 그렇지, 어린이 눈으로 보면 금방 어떤 게 옳은지 알 수 있어요. 어린이들은 그들을 따르면서 좋아하던 개를 죽여 먹는 것을 끔찍하게 알잖아요?"

괴로워하는 나무를 생각하고, 흐리지 않은 어린이 눈으로 세상을 보라는 것은 명쾌한 대답이었습니다. 교실에서 강의 시간에는 당신이 안동에서 2년 동안 농업학교를 다닌 것이 인생에서 가장 큰 배움이었다면서 농사짓기를 격려해 주었습니다. 이렇게 하루 지난 뒤에 나는 '아, 이분 글은 실용성을 떠나 진실한 삶에서 나오는구나' 하는 것을 느꼈습니다.

이오덕 선생은 동네를 돌아보고는 졸업생들이 유기농업을 하고 협동조합을 운영하는 몇 곳을 아주 좋게 여겼습니다. 이런 시골을 도시 사람들이 도와야 한다고 거듭 말하고 잡지에도 글을 냈습니다.

학교에 농사지을 땅이 모자라다는 걸 알고는 당신이 살고 있던 과천 사무실을 팔아 서울 창천동에 싼 사무실을 얻고 남은 돈을 풀무학교로 보내 줬습니다. 그러고는 당신은 과천에서 서울까지 가파른 지하철 계단을 힘들게 오르내리면서 그 사무실로 다녔지요. 당시는 풀무학교에 오는 학생 수가 늘 정원의 절반도 미치지 못했고, 대통령 사진 안 걸고 반공포스터 안 붙이고, 학도군사훈련을 안 시킨다고 관청에서 시선이 곱지 않았습니다. 그렇게 어려운 때에 이오덕 선생이 손자 지성이와 손녀 지선이를 두말 않고 풀무학교에 보냈습니다.

"뭐? 이오덕 선생이 자녀를 보내셨어?"

이 시골 구석에서 진학 교육 안 시키고 농사짓는 걸 배우는 학교로 학생들이 하나둘 모여들었습니다. 이오덕 선생이 학교를 그만둔 뒤 언론 매체에서 교육을 말하는 모습을 보면, 그저 시골학교 교장 선생이 아니었습니다. 우리 말의 바른 줄기를 잡고, 허위의식에서 어린이들을 지키고자 대상이 누구건 잘못을 꾸짖고 물러서지 않았습니다.

"홍 선생, 나도 홍동에서 살고 싶어요."

만년에 그 말을 했습니다.

"예? 오셔서 무얼 하시게요?"

"농민들에게 글을 쓰게 하고 싶어요. 농사를 지으면서 겪는 괴로운 일, 억울한 일이 좀 많겠어요? 농민들이 글을 써야 민주주의가 돼요."

이오덕 선생의 그 꿈은 이루어지지 못했습니다. 나이도 드시고 건강 때문에 무너미에 있는 효심 깊은 아들 곁으로 가셨지요.

"요즘 이오덕 선생님이 어떻게 지내세요?"

이오덕 선생이 과천에 있을 때 그 이웃한테 물은 적이 있습니다.

"말도 마이소. 맨날 신문 펴 놓고 빨갛게 고치는 게 일이라예."

이 선생은 온통 계급의식, 사대의식으로 삐뚤어지고 만백성한테 통하지 않는 잘못된 말과 글을 지금도 어디서 빨갛게 고치고 있을 것 같습니다. 간교한 말, 앞뒤 안 맞는 말, 무지한 말, 감성에 깊이 닿지 않는 말이 판치면서 학교에서 청소년이, 농촌에서 농민이, 북한에서 동포가, 자연에서 새와 벌레가 시들어 가고 죽어 가고 있습니다.

덴마크가 위기에 빠졌을 때 그룬드비(19세기 중반, 덴마크가 슐레비히 전쟁을 겪고 피폐해졌을 때, '밖에서 잃은 것을 안에서 찾자'고 호소하며 국민들한테 희망을 심어 주었던 사람)가 위로하는 말, 힘을 주는 말로 덴마크를 살려 냈듯이, 바른 삶에서 나온 말과 진실이 담긴 글은 수레의 두 바퀴처럼 같아야 한다는 것을 이 선생은 누구보다 올곧게 믿고 그렇게 살았습니다.

9년 전 이오덕 선생이 세상을 떠난 8월 25일에는 비가 추적추적 내렸습니다. 문상객을 안 받는다고 유족들이 미리 알렸지만, 나는 그이 무덤 앞에 엎드렸습니다.

러시아를 구원하는 것은 진실한 민중일 것이라고 도스토옙스키는 말했습니다. 오늘의 어린이는 10년 뒤의 민중입니다. 윗사람부터 술수와 거짓과 헐뜯는 말이 판치는 사회가 아무리 우리를 슬프게 하더라도 일상 속에서 선의와 존경, 노동으로 자연과 이웃의 삶을 정직하게 함께 가꾸는 모든 백성들이 나누는 진솔한 말이 세상을 바꾸는 힘을 믿습니다.

* 2012년 5월에 발표한 글입니다.

홍순명

강원도 횡성에서 태어나 10대부터 교사 생활을 시작했다. 군대를 마친 뒤 충남 홍성에서 '더불어 사는 평민'을 목표로 하는 풀무학교 교사를 지냈다. 학교의 지역화, 지역의 학교화를 꿈꾸는 교사로, 교장으로, '주민교사'로 56년째 학생들과 지낸다. 지금도 '평생 시골 학교 교사'이자 홍동밝맑도서관 대표를 맡고 있다.

출판인으로 함께한 30년

/ 김언호

선생과 더불어 교육과 어린이문학, 책에 대해 이야기하는 날이면 늘 밤이 깊어지곤 했다. 때로는 긴 시간 전화로 생각을 주고받았다. 지금도 불현듯 이오덕 선생한테 전화를 걸어야지 하는 생각이 나곤 한다.

한길사는 교사들이 주고받은 편지를 모은 《우리 언제쯤 참선생 노릇 한번 해볼까》를 1986년 10월에 펴냈다. 이어 1988년 6월에 다시 《아이들을 하늘처럼 섬기는 교실》을 펴냈다. 나는 이 두 책을 참으로 소중하게 생각하고 있다. 교육 현장에서 참교육을 위해 헌신하고 있는 선생님들의 아름다운 실천과 정신을 읽을 수 있기 때문이다.

이 두 책을 이오덕 선생과 같이 기획하고 만들었다. 이오덕 선생을 만나면 우리 교육 현실과 어린이문학에 대해서 이런저런 이야기를 하곤 했다. 특히 선생은 편지와 일기가 얼마나 중요한지 말씀하셨고, 나도 거기에 동의했다. 편지와 일기를 중심으로 하는 무크지를 기획해 보자는 이야기를 주고받은 적도 있다.

이오덕 선생을 처음 만난 것은 1978년 봄이었다. 나는 창작과비평사에서 펴낸 선생의 아동문학 평론집《시정신과 유희정신》을 읽고 놀라운 감동을 받았다. 아동교육과 아동문학에 대한 '신천지'를 발견하는 것 같았다. 나는 선생을 직접 만나 말씀을 듣고 싶었다. 그렇게 해서 선생과 만나고 책을 만들기 시작했다. 1978년 12월에 '이오덕 교육 수상집'《삶과 믿음의 교실》을 내기 시작하면서 총 20여 권에 이르는 책을 펴냈다.

교육자 이오덕, 아동문학가 이오덕의 진면목은《이오덕 교육일기》에서 다시 볼 수 있을 것이다. 1962년 9월부터 1972년 7월까지 쓴 '교사 일기장'을 정리한 것인데, 나는 선생의 여러 책들을 기획했지만,《이오덕 교육일기》가 그 무엇보다 기억에 남아 있다. 가난한 시절, 산골 학교의 풍경을 이 책은 슬프고도 아름답게 그려 놓았다.

글쓰기야말로 가장 좋은 교육이라는 신념과 이론을 가지고 있었던 이오덕 선생은 글쓰기 교육을 하는 방법을 구체로 보여 주는《삶을 가꾸는 글쓰기 교육》을 썼다. 한길사는 1984년에 이 책을 펴냈는데, 판화가 이철수 씨에게 표지 그림을 부탁했다. 엄마 등에 업힌 아이가 잠들어 있고, 엄마는 책을 읽고 있다. 참으로 한국적인 어머니 모습이다. 이 책을 계기로 1980년대에 이철수 화백은 한길사와 잇따라 작업 했는데,《삶을 가꾸는 글쓰기 교육》의 표지 그림은 대표 작품이라고 생각한다.

아동문학과 교육에 대한 이오덕 선생의 인식, 발견, 실천과 우리 말과 우리 글에 대한 헌신과 작업은 빛나는 성과이다. 1980년대에 선생은 서울에 오면 안암동에 있는 우리 회사를 으레 방문하곤 했는데, 만나면 늘 우리 말과 글에 대해 토론하기 바빴다.

　이오덕 선생은 우리 말, 우리 글을 잘 쓴 분이 함석헌 선생이라는 말씀도 했다. 우리 말, 우리 글을 연구하고 쓰는 일이 당신에게 가장 중요하고도 큰일이라는 말씀도 했다. 그래서 이오덕 선생을 뵐 때마다 우리 말, 우리 글을 다루는 책을 써야 한다고 독려하곤 했다. 그렇게 하여 1989년에 《우리 글 바로 쓰기》가 출간되었다. 부모한테서 배운 말을 부끄럽게 여기고, 조국이 가르쳐 준 말을 잊어버리며 왜곡시키는 현실을 고쳐 나가고 바로 쓰게 하는 '운동'을 위해 이오덕 선생이 나선 것이었다.

　인권 변호사 조용환 선생은 언젠가 "이오덕 선생이 쓴 《우리 글 바로 쓰기》는 《해방전후사의 인식》 못지않게 중요한 역할을 했다"고 말한 적이 있다. 나는 이오덕 선생이 쓴 《우리 글 바로 쓰기》 《우리 문장 쓰기》를 기획한 것을 보람으로 생각한다. 우리 말, 우리 글을 제대로 쓰는 일은 이 세계화 시대와 영어 시대에 더욱 큰 의미를 갖게 되기 때문이다. 《우리 글 바로 쓰기》는 선생의 유고를 보완해서 2009년에 모두 다섯 권으로 묶어 냈다.

　1988년 한길사가 제정한 단재상이 이오덕 선생한테 주어졌다. 선생은 수상 소감에서 자신의 교육철학과 문학 사상 그리고 글쓰기 방법과 정신을 밝혔다. 문익환 목사를 비롯한 하객 200여 명은 이오덕 선생의 신념에 찬 연설을 숙연하게 들었다. 이날 있었던 연설은 녹음해서 전국에 있는 참교육자들도 들을 수 있게 했다.

　이오덕 선생은 2000년대에 들어서면서 건강이 급속도로 나빠졌다. 잠깐 건강이 회복되었을 때 여러 가지 구상을 말씀하기도 했다. 나는 회고록이나 자서전을 쓰시라고 권했고, 이오덕 선생도 '삶의 문학'으로서 자기 이야기를 써 보겠다고 했다. 나는 특히 1970~80년대 일기를 정리해 보시라고 했고, 선생도 그러자고 했지만 결국 이루어지지 않았다.

이오덕 선생은 편찮으시면서도 2001년 5월에 《농사꾼 아이들의 노래 : 권태응 동요 이야기》를 펴냈다. 1918년 충주에서 태어나 1951년에 33세로 요절한 권태응은 1945년부터 1950년까지 여섯 해 동안 병마와 싸우면서 동요만을 썼다. 그의 문학 세계를 428쪽이나 되는 분량으로 깊이 따지고 논하는 작업을 선생은 해낸 것이다.

1925년 경북 청송에서 농사짓는 집안에서 태어난 이오덕 선생은 2003년 8월 25일 새벽, 만으로 일흔여덟 해를 사시고 충청북도 충주시 신니면 무너미마을 고든박골에서 돌아가셨다. 선생은 돌아가시기 전에 마을 뒷산에 오르곤 했다. 뒷산 양지바른 곳에서 설핏 잠이 들었는데, 그때 선생은 손수건에 토끼똥 몇 알을 소담스럽게 싸서 손에 쥐고 계셨다. 선생은 "토끼똥이 요렇게 아름답지" 했다는 이야기를 그이의 아들 정우 씨가 말해 준 적이 있다. 선생은 지금 바로 그 뒷산에 누워 계신다.

이오덕 선생은 풀, 꽃, 나무, 흙, 바람, 그리고 무엇보다 어린이를 사랑했다. 그런 문학과 교육을 위해, 그런 문학과 교육을 하는 참문학인, 참교육자들과 함께 생각하고 연구하고 글을 쓰고 실천했다.

선생은 형식을 꾸미고, 일부러 하는 것을 한사코 마다했다. 장례를 조촐하게 치르라는 유언을 남기고, 번다하고 화려하게 칭송할까 봐 비명까지 미리 정해 주었다. 이오덕 선생이야말로 소박함의 철학을 몸으로 구현한 우리 시대 참스승이었다. 돌아가시기 직전에 아들 정우 씨한테 유언처럼 한 말씀을 남겼다고 한다. 젊은 시절 책 한 권을 빌렸는데, 나중에 그 책을 사기로 하고 책값을 절반만 치렀지만, 나머지는 주지 못한 것이 마음에 걸린다는 것이었다.

선생이 돌아가시기 전에 나는 케이비에스(KBS)에 있는 유동종 피디와 의논했다. 이오덕 선생 이야기를 담은 프로그램을 만들어야 하지 않겠느냐고. 이오덕 선생을 존경하는 유 피디가 그 작업을 시작했는데, 결국 선생을 추모하는 특별프로그램으로 방송되었다.

출판인으로서 나는 이오덕 선생과 30년을 만났다. 많은 이야기를 나누고, 수많은 책을 기획했다. 아니 지금도 만나 이야기하고 있다. 책 한 권을 만들어 세상에 존재시키는 일이란 아름답고도 존엄하다는 체험을 늘 한다. 하지만 선생과 더불어 교육과 어린이문학, 책에 대해 이야기하는 날이면 늘 밤이 깊어지곤 했다. 때로는 긴 시간 전화로 생각을 주고받았다.

지금도 불현듯 이오덕 선생한테 전화를 걸어야지 하는 생각이 나곤 한다. 이오덕은 나와 우리 모두의 가슴에 여전히 살아 있다!

* 2012년 6월에 발표한 글이다

김언호

대한민국문화예술상, 옥관문화훈장, 카톨릭매스콤상, 한국출판인회의 공로상, 중앙언론문화상을 수상했다. 청년 시절 신문기자로 일하다가 자유언론 수호·실천운동에 나섰다는 이유로 1975년 3월 동아일보사에서 해직되었다. 이후 또 다른 언론 운동이라고 할 수 있는 '책'을 만들기 위해 1976년 출판사 한길사를 세웠다. 지금은 그 대표를 맡고 있다.

어린이와 우리 말을 지키던
큰 느티나무

/ 김경희

1999년에 선생이 서울을 떠나기 직전 어느 날 "이 시기 우리 말을 살리는 운동은 독립운동이다" 하고 말씀하셨다.

　이오덕 선생을 처음 뵈었던 자리가 어디였는지 가물가물하다. 어쨌든 뵙자마자 선생님 말씀에 귀 기울이게 되었던 것은 분명하다. 그래서 내가 대표로 있던 지식산업사에서 이오덕 선생과 '어린이를 지키는 문학인 모임'이라는 이름으로 '이 땅의 어린이문학' 총서를 무크(단행본과 잡지 특성을 지닌 출판물) 형태로 내게 되었다. 1985년 4월에 첫 호 〈지붕 없는 가게〉를 펴냈고, 2년이 지난 1987년 2월에 두 번째 호 〈우리 모두 손잡고〉를 펴냈다.

　〈지붕 없는 가게〉에는 서른다섯 명이 쓴 시와 동화, 연작 동화, 소년 소설, 수필, 동극, 동요 들이 실렸다. 〈우리 모두 손잡고〉에는 동화, 소설, 소년 시, 실화, 수필, 좌담 들과 함께 첫 호 〈지붕 없는 가게〉를 읽은 어린이들과 어른들이 쓴 감상문도 실었다. 또한 권정생 선생이 쓴 시 '진달래 꺾어 들고'가 실려 있었다.

그런데 1985년 가을에 〈연합통신〉에 '동화 동시에도 민중 교육 침투, 좌경 의식화 교육'이라는 내용을 담은 기사가 나왔다. 그리고 이 기사를 케이비에스(KBS) 9시 뉴스에서 전국으로 방영하면서, 이오덕, 권정생 이름을 지목하고 권정생 선생이 쓴 시 '진달래 꺾어 들고'에 북녘 나라꽃인 진달래가 나온다는 것을 예로 들었다. 언제부터 북녘 나라꽃이 목란이 아니고 진달래였다는 것인지 그때도 지금도 나는 알지 못한다.

1997년 10월 하순 어느 날이었다. 이오덕 선생이 전화를 했다.

"김 사장이 쓴 글 '우리 말 속의 황소개구리'를 뒤늦게 읽었습니다. 지금까지 쓴 글 가운데 가장 좋았어요."

"정말입니까?"

내친김에 매달렸다. '우리 말 살리는 겨레 모임'을 만드는 데 선생께서 앞장서 달라는 간청을 드린 것이다. 이오덕 선생은 처음엔 한마디로 거절했으나, 내가 끈질기게 매달리자 그다음 해 5월에 드디어 나서 주었다.

이 모임을 이어 가는 동안, 이런저런 일에 부닥칠 때마다, 이오덕 선생은 운영위원들한테 채찍질을 하였다. 1999년에 선생이 서울을 떠나기 직전 어느 날 "이 시기 우리 말을 살리는 운동은 독립운동이다" 하고 말씀하셨다.

1998년 늦여름 권정생 선생한테서 전화가 왔다. 한번 다녀갔으면 좋겠다는 내용이었다. 그 무렵 우리 사회는 아이엠에프(IMF) 외환 위기가 와서 경기가 바닥이었다. 온 국민, 더욱이 서민들이 하루아침에 일터에서 쫓겨나거나 여기저기서 스스로 목숨을 버리고 있다는 보도가 날로 늘고 있을 때였다.

권정생 선생은 나를 보자마자 원고 뭉치를 내밀었다.

"될 수 있는 대로 서둘러 책으로 만들어 삶에 지친 이들에게 읽게 했으면 좋겠어요. 다만 광고나 선전은 일절 하지 말아 주세요."

덧붙여 권정생 선생 누나들이 '다른 이야기는 다 써도 이 이야기만은 쓰지 말라'고 한 것을 쓴 것이라는 말도 했다. 서울에 돌아오자마자 이오덕 선생께 자초지종을 말씀드렸더니 바로 과천에 있는 집으로 오라고 했다.

내가 원고 보따리를 풀자마자 이오덕 선생은 "내가 껑꺼이(안동 사투리)투를 적절히 풀어 교정을 보겠다"고 했다. 이 무렵 선생은 건강이 많이 나빠져서 한쪽 다리가 퉁퉁 붓고 몸놀림이 뜻대로 되지 않을 때였다. 그렇지만 밤낮을 가리지 않고 원고를 다 보신 며칠 뒤 연락을 주었다. 두 분이 나눈 우정과 존경심을 어느 정도 짐작하고 있었지만, 그때 느낀 짙은 감동은 잊을 수 없다.

과천에서 살던 몇 년(1986년부터 1999년까지)을 빼면 이오덕 선생은 시골에서 태어나고, 열아홉 살 나이에 교단에 선 뒤로 거의 모든 생애를 시골에서 보내면서 어린이를 보살피는 교육자로 일했다. 한때 부산이나 대구 같은 도시 학교에 근무한 적이 있지만, 스스로 도시를 벗어나 산간벽지와 농촌에서 일하는 아이들과 살기를 더 즐겼다.

이오덕 선생의 눈과 귀와 코는 일하는 어른들과 아이들 모습이나 노래, 땀 냄새를 좋아했다. 그 속에서 헐벗고 굶주리고 꿈에 주린 삶을 안타까

위하면서도 소중히 여겼다. 그래서 일하는 사람들 삶을 아끼고 보듬는 교육을 하고자 했다. 말을 제대로 하고 그것을 글로 옮겨 쓰도록 가르친 것이다. 이것이 이오덕의 교육 현실이자 이상이고 사상이었다.

삶을 가꾸는 교육에서 삶을 가꾸는 문학으로 확장되어 그이의 교육 사상이 된 것이 아닌가 한다. 교육의 목표가 사람을 사람답게 하는 것이라면, 이오덕 선생의 교육 도구는 사람의 말이요, 글이요, 그림이요, 음악이었다.

이오덕 선생의 '삶을 가꾸는 모든 것', 곧 이오덕 사상의 그루터기는 사람다움이다. 사람을 사람답게 하는 환경은 있는 그래도 두는 것이다. 그렇기에 자연보호와 자연 사랑이 그 사상의 바탕이었고, 어머니 배 속에서부터 듣고 익혀 온 제 나라 말, 곧 모국어 사랑이었으며, 제 나라 말을 술술 하고 조리 있게 엮으면 그것이 곧 시와 소설 따위가 되는 거라고 믿었다.

이오덕 선생은 20세기 후반 우리 나라에 문득 나타난 초등 교육의 큰 별이었고, 아동문학과 우리 말 지킴이들을 위한 큰 느티나무였다. 나도 그 그늘에서 많은 것을 배우고 의지할 수 있었던 것을 자랑하지 않을 수 없다.

* 2012년 7월에 발표한 글이다

김경희

1938년에 태어났고 서울대 사학과를 나왔다. 1960년대 을유문화사를 거쳐 지금까지 출판계에 몸담아 왔다. 지금은 지식산업사 대표이자, '우리 말 살리는 겨레 모임' 공동대표이다.

우리 겨레말은 겨레 얼이다

/ 이대로

위대한 우리 조국의 말, 배달말은 위대한 글자 한글을 낳았고, 이 말과 글은 내게 모든 것을 훤히 비춰 보여 주는 햇빛이었다.

—《우리 글 바로 쓰기》

이오덕 선생은 《우리 글 바로 쓰기》 3권 머리글에서 이렇게 밝혔다.

나는 우리 사회와 역사의 모든 실상과 거기 얽힌 문제를 푸는 열쇠를 말에서 찾아내었다. 내 책을 읽어 주는 분들도 부디 그렇게 되기를 바란다. 위대한 우리 조국의 말, 배달말은 위대한 글자 한글을 낳았고, 이 말과 글은 내게 모든 것을 훤히 비춰 보여 주는 햇빛이었다.

—《우리 글 바로 쓰기 3》(이오덕, 한길사, 1995년)

이오덕 선생은 우리 겨레말을 살리고 바르게 쓰는 것이, 겨레를 살리고 튼튼한 나라를 만드는 바르고 빠른 길이라고 보았다.

내가 이오덕 선생을 처음 만난 것은 1989년 서울 종로구 창덕궁 앞에 있는 한글문화원에서다. 한글문화원은 타자기나 셈틀(컴퓨터)에 한글을 어떻게 적용할 수 있을지 연구하는 공병우(1905~1995) 박사가 만든 곳이다. 1988년에 미국에서 돌아와 종로구 와룡동 옛 '공안과' 병원 자리에 한글문화원을 열었다. 공병우 박사는 일제강점기 때 우리 나라에서 처음으로 안과 병원을 열어서 이름난 분인데, 1945년 광복 뒤에 '한글 속도 타자기'를 발명하고 기계로 글을 쓸 수 있는 길을 개척하고 한글 사랑 운동을 한 분이다.

그때 공병우 박사는 셈틀로 한글을 적는 한글 문서편집 프로그램을 만든 이찬진, 정래권 같은 젊은이들과 전국국어운동대학생회를 이끄는 나한테 사무실을 공짜로 내주었다. 어느 날, 공 박사는 "이오덕 선생이 이끄는 한국글쓰기교육연구회가 옆방에 들어온다. 교육운동가인 이오덕 선생과 젊은 한글 운동가인 이대로 회장이 손잡고 한글 운동을 함께하면 좋겠다"고 말했다.

그때는 정부가 한글날을 공휴일에서 빼려고 하는 터라 한글과 우리 말글살이의 앞날이 불안했다. 그런 가운데 이오덕 선생이 '한길사'에서 낸 《우리 글 바로 쓰기》란 책을 읽어 보니 지금까지 내가 만난 학자들과 다른 이론과 주장을 하는 분이어서 함께하면 좋겠다 싶었다. 그래서 내가 아는 한글 학자와 한글 운동가, 이오덕 선생이 아는 아동문학가와 학교 선생님들한테 알렸고, 전국에서 많은 사람이 모였다. 전국을 아우르는 큰 시민운동모임이 순조롭게 태어나는 듯했다.

하지만 그것도 잠시, 모임 이름을 정하는 과정부터 어그러지기 시작했다. 이오덕 선생은 '우리 말 살리는 모임'으로, 한글 운동가들은 '한말글 사랑 겨레 모임'으로 하자고 하는데, 모두 개성이 강한 분들이라 합의가 안 되었다. 나는 처음부터 이오덕 선생을 모시고 따르려고 했기에 한글 운동가 쪽에 양보하자고 했으나 듣지 않았다. 할 수 없이 모여서 투표하니 '한말글 사랑 겨레 모임'으로 하자는 사람이 많았다.

그러나 이오덕 선생은 빠지겠다고 했다. 내가 잘 모시겠으니 대표를 맡아 이끌어 달라고 여러 번 말씀드려도 안 들으셨다. 어쩔 수 없이 이오덕 선생은 과천에서 '우리 말 살리는 모임'을 하고 나는 '한말글 사랑 겨레 모임'을 이끌게 되었다. 그런데 이오덕 선생이 《우리 글 바로 쓰기》 2권에서 마치 나 때문에 그 모임이 이루어지지 않은 것처럼 쓰셔서 섭섭한 마음이 들기도 했다.

1998년 초에 이오덕 선생이 '우리 말 살리는 모임'에서 일하는 신정숙 님과 함께 나를 찾아오셨다. 《우리 글 바로 쓰기》 3권에 서명해 주면서 다시 모임을 만들고, 우리 말을 살려서 얼빠진 나라를 구하자고 하셨다. 그때 이미 '지식산업사' 김경희 사장과 의논하고 오셨기에 잘 따르겠다고 했다. 그런데 내가 참석하지 않은 '우리 말 살리는 겨레 모임' 창립 자리에서 이오덕, 김경희 두 분과 함께 나를 공동대표로 뽑았다. 나는 내가 대표로 있던 단체를 해산하고 이오덕 선생 뜻을 따라 우리 말 살리기 운동을 함께 하게 되었다.

나는 김영삼 정부가 영어와 한자 조기 교육을 한다며 우리 말을 업신여기니 얼빠진 나라가 되어 국제통화기금의 경제 식민지가 되었다고 보았다. 이오덕 선생 생각도 그랬다. 이오덕 선생은 그전에 〈우리 말 우리 글〉이라는 회보를 낸 일이 있는데 이번에는 〈우리 말 우리 얼〉이라는 이름으로 달마다 회보를 냈다.

나는 우리 말을 어지럽히는 정책과 환경을 바꾸지 않고는 우리가 아무리 애써도 뜻을 이루기 힘들다는 생각을 하고 있었다. 그래서 해마다 우리 말을 살리는 데 도움이 되는 일을 하는 이에게 '세종대왕상'을 주고, 그렇지 않은 이한테는 '최만리상'을 주는 일을 하자고 했더니 선생님은 쾌히 그러자고 했다. 다만 그 일 이름을 '우리 말 지킴이와 훼방꾼 뽑기'로 바꾸어 시행하자고 해서 1999년부터 그 일을 하게 되었다.

첫해에 우리 말 으뜸 지킴이에, 공문서를 쉽고 바르게 쓰는 일을 한 한승헌 감사원장을 뽑고, 으뜸 훼방꾼에 일본처럼 한자를 같이 쓰는 정책을 펴려는 김종필 국무총리를 뽑았다. 이 일은 회보를 내는 일과 함께 우리 말 살리는 겨레 모임의 중대한 일이 되어서 지금까지 하고 있다.

이오덕 선생은 "할머니가 손자에게 하는 말, 농사꾼끼리 하는 말이 참된 우리 말이다. 많이 배운 이들이 하는 말이나 글은 일본말이나 미국말에 찌들고 뒤틀려서 우리 말이라고 할 수 없다"고 했다. 참으로 옳은 말이다. 그리고 "몸소 일하고 겪지 않고 남의 글이나 책만 읽고 베껴 쓴 글은 죽은 글이다. 지식인이라는 이들이 외국 말, 외국 글을 옮겨 와서 우리 말을 난장판으로 만들어 놓았다. 잘못된 말글살이가 교육도 망치고, 경제도 종교도 학문도 엉망으로 만들었다"면서 "우리 말을 살리고 바르게 쓰는 길은 우리가 살아날 수 있는 오직 한길이다"라고 외치셨다.

또 "어떤 말이 우리 말이 아닌가 가늠하기 어려울 때엔 책을 읽지 않고 농사만 지은 농민들이 그 말을 할까 안 할까 생각해 보라. 농사꾼 입에서 나온 말이 아니고 그들이 알아듣지 못하는 말은 우리 말이 아니니 쓰지 말고 그이들이 알아듣는 말이라면 마음 놓고 쓰라"고 말했다. 보통 사람들이 입으로 하는 말을 귀로 들어서 서로 알아들을 수 있는 말이 우리 말이고, 그 말을 글로 적는 쉬운 말 쓰기가 우리 말을 살린다고 했다. 이 일이 겨레와 나라를 살리는 일이고 온갖 문제를 푸는 해답이라고 보았다.

이오덕 선생은 우리 말이 죽어 가는 것은 흉년이나 전쟁보다 더 무섭다 하셨다. 그런데 아직 선생님 뜻이 이루어지지 않고 있다. 신문과 방송 제목부터 일본 한자말과 외국 말투가 판친다. 국회부터 우리 말글을 우습게 여기고 공무원들이 우리 말을 어지럽힌다.

이제 이오덕 선생은 안 계시지만 그 분의 뜻과 생각에 공감하는 분들이 함께 뭉쳐서 우리 말을 살리고 빛내자. 그래야 교육도, 정치도, 산업도 잘되고 남북통일도 빨리 할 수 있다.

* 2012년 8월에 발표한 글이다

이대로

1947년 충남 서산에서 태어났다. 1967년 전국국어운동대학생회를 만들어 우리 말 독립운동을 시작했다. 2006년 한글날을 국경일로 만드는 데 앞장섰고, 그 뒤 중국 절강월수외대에서 한국어를 가르쳤다. 2009년에 한글박물관을 짓고 광화문 둘레를 한글문화관광지로 만드는 일에 힘쓰고, 2012년엔 한글날공휴일지정범국민연합 상임대표로서 한글날을 공휴일로 만드는 데 힘썼다. 요즘 세종대왕나신곳찾기모임 대표로 열심히 활동하고 있다.

고집불통 이오덕 선생님

/ 이철수

순 한글로 글쓰기가 쉬운 일이 아닌데다가, 엄격한 이오덕 선생님의 기준에 드는 글쓰기는 더 어려웠습니다. 선생님은 글에 출몰하는 일어 잔재나 외래어도 미워하셨지만 실감 없는 글도 크게 못마땅해 하셨습니다.

한국 아동문학과 바른말 글쓰기의 새 지평을 연 공적만으로도 '이오덕 선생님'은 더할 나위 없이 큰 이름이신 걸 누구나 압니다. 이십 년 넘게 그 곁에서 지내면서 제가 겪은 일화가 꽤 많습니다. 오늘은 '고집불통 이오덕 선생님' 이야기입니다. 선생님 책에 표지며 삽화를 그리기도 여러 차례. 이오덕 선생님 단짝이었던 권정생 선생님과 고개를 맞대고 앉으면, 삽화와 글을 두고 신랄한 비평이 이루어지는 것을 자주 뵌 터라 일하면서 긴장하지 않을 수 없었습니다.

그 덕도 많이 보았지요. '소 귀와 뿔 자리를 바꾸어 그린 삽화가 다 있더라'는 말씀을 하면서 현장을 모르고 체험이 부족한 젊은 삽화가들을 성토할 때, 사실 저도 쇠뿔이 귀 위에 있나 아래에 있나 헷갈렸거든요. 모르면 실물 확인이나 사진 확인이라도 해야 하는 거였습니다.

순 한글로 글쓰기가 쉬운 일이 아닌데다가, 엄격한 이오덕 선생님의 기준에 드는 글쓰기는 더 어려웠습니다. 선생님은 글에 출몰하는 일어 잔재나 외래어도 미워하셨지만 실감 없는 글도 크게 못마땅해 하셨습니다.

어느 해인가 세상 물정 모르는 제가 유명한 일식당에서 겪은 값비싼 점심 이야기를 써서 칭찬을 들은 기억이 납니다. 글쎄 그 집 초밥 한 알이 시골 읍내 짜장면 한 그릇 값 가까이 되는 거였습니다. 세련된 일식당에서 분위기에 주눅이 들어 떨치고 나오지 못한 탓에 그 비싼 밥값을 치러야 했던 거지요.

제 못난 짓을 후회하는 내용으로 쓴 짧은 글이었는데 '이철수 선생이 쓴 글 가운데 가장 좋았다!'는 파격적인 칭찬을 들었습니다. 글도 솔직했고, 많은 사람들이 비슷한 경험을 했을 거라고 하셨지요. 그런 칭찬을 많이 듣고 싶었는데 결국 칭찬보다 야단을 듣는 일이 더 많았습니다.

권태응 선생이 쓴 '자주 꽃 피면 자주 감자 파 보나마나 자주 감자 / 하얀 꽃 피면 하얀 감자 파 보나마나 하얀 감자' 하는 동시 아시지요? 시골 살면서 감자 농사 안 하기는 어려워서 감자를 심어 키우다 보니 감자꽃 볼 기회가 많았습니다. 그런데 자주 감자도 하얀 꽃이 함께 피더라고요. 그래서 그 이야기를 했습니다.

선생님은 그럴 리가 없다는 쪽이었습니다. 저는 '파 보나마나가 아닌데' 하면서 넘겼는데 그 이야기가 거기서 끝이 아니었습니다. '이철수 선생이 그런 옳잖은 이야기를 하더라'고 여기저기서 말씀하신다는 겁니다. 권정생 선생님조차 난처해 하셨지요. 안동 일직에 있는 감자밭에서도 '파 보나마나 아닌' 감자들이 보였던 거지요. 권 선생님이 내놓은 중재안은 '시대가 달라져서 꽃가루 수정이 어지러워졌나 보다'였지만 중재안은 받아들여지지 않았습니다.

그 뒤에 있었던 일입니다. 이오덕 선생님이 《우리 글 바로 쓰기》를 펴내신 뒤였지 싶습니다. 관행처럼 쓰면서 이미 자연스러워진 외래어며 한자어는 용인하는 편이 낫겠다고 생각하는 제게는 마뜩잖은 대목이 있었습니다. 반박이 돌아올 만한 걸 가지고 걸고넘어졌다가는 본전도 못 건질 것 같아서, 결정적인 걸 찾아야겠다고 벼른 덕분인지(?) 맞춤한 오류가 하나 보였습니다.

'누드-맨몸'

"선생님, 누드는 알몸이라고 하셨어야지요."

"맨몸이면 안 됩니까?"

"맨몸은, 맨손처럼 무기나 도구 따위를 걸치거나 들고 있지 않은 빈 몸을 말하는 거잖아요. 누드는 벌거숭이나 알몸이 맞지요!"

"……."

더 말씀하시지 않으니 제가 이긴 거지요? 그래 봐야 당신의 고집스러운 한글화 원칙이 흔들릴 리는 없다는 걸 저도 잘 압니다. 사실은 괜한 소리를 해서 미운털 하나 더 박히게 되었다는 후회가 슬며시 들었습니다.

어느 책엔가 잘못 쓴 글 사례로 도종환 시인의 글은 물론 제 글도 들어 있노라고 도 시인이 일러 주었을 때 크게 후회했습니다. 후회막급! 이 대목에서 선생님께서 또 제 덜미를 잡으시네요.

'이 선생, 후회막급은 빼는 게 좋겠습니다. 후회막급이라니요? 그런 한 자말이 꼭 필요합니까? 참 걱정입니다!'

그리고 뒷날, 당신께서 세상을 떠나신 뒤 무너미 언덕배기 흙에 묻히시던 날, 꽃상여 앞에 선 길잡이 깃발(붉은 명정)에 붓글씨로 쓰여진 당신의 신원은 이랬습니다.

慶州李公五德之柩(경주이공오덕지구)

영정 앞 위패도 마찬가지였습니다. 그날 제가 쓴 '나뭇잎 엽서'에, '저승사자들은 아직 한자 전용으로 살아가고 있는가 보다'라고 썼네요. 그래서 더욱 힘주어 드리는 말씀입니다. 이오덕 선생님의 바른 글쓰기, 우리 말 제대로 하기는 죽 계속되어야 합니다.

* 2012년 11월에 발표한 글이다

이철수

판화가이다. 1980년대 내내 판화를 통한 현실 변혁운동을 펼쳐 민중판화가로 널리 알려졌다. 점차 자기 성찰과 생명의 본질에 대한 관심으로 판화 영역을 확대해 왔다. 지금은 제천 시골 마을에서 아내와 함께 농사를 짓고, 판화를 새기고, 책을 읽으면서 지내고 있다.

누가 세월이 약이라고 했던가?

/ 정낙묵

이오덕 선생님은 참교육자를 넘어 민주주의의 큰 스승이다. 이오덕 선생님의 삶과 쓴 책들은 교육자들뿐만 아니라 전 국민이 읽고 배워야 한다.

이오덕 선생님이 돌아가신 지 어느덧 열 돌이 되는구나. 세월이 참 빠르다. 온갖 말도 안 되는 사건 사고에 묻혀 세월이 가는지 오는지 몰랐다. 이오덕 선생님이 꽃상여 타고 아기가 되어 엄마 품으로 돌아가던 그날 나는 만장을 들었다. 무너미 산과 들에 울리던 상엿소리가 아직도 귀에 생생한데 벌써 열 해가 지났다니 세월이 참 야속하다.

누가 세월이 약이라고 했던가? 지금 세상에서 나날이 벌어지는 기가 막히는 일들을 보면 세월이 약이란 말은 맞지 않다. 그러면 지난 세월은 무심하다고 해야 하나, 무상하다고 해야 하나. 무심이나 무상이 근심 걱정 없는 덧없는 마음의 경지를 말한다면, 이도 아니다. 지금 세상 사람들 가슴은 부글부글 끓는다. 다들 기막힌 심정으로 살아간다. 그럼 세월이 무정하다고 해야 하나? 아니다. 잔인한 세월이다. 모진 세월이다. 이오덕 선생님이 돌아가신 지 열 해 만에 세월은 거꾸로 뒷걸음쳐 피가 흐르는 고난의 땅이 되었다. 민주주의 시계는 거꾸로 가고 있다. 거꾸로 가는 민주주의 시계 초침에 찔린 목숨들의 신음이 4대강에 울려 퍼지고, 밀양 송전탑 아래 농가에도 가득하다.

이게 무슨 날벼락인가. 박근혜 정부가 전교조(전국교직원노동조합)를 해산하란다. 전교조가 있기에 이 땅에 참교육의 깃발을 올릴 수 있지 않았는가. 내가 한국글쓰기교육연구회 회원으로 활동하면서 만난 선생님들은 거의 다 전교조 조합원이었다. 그 선생님들을 만나면서 진정 교육의 참뜻을, 아이를 사랑하는 마음을 배웠다. 그 전교조는 어떻게 태어났나. 이오덕 선생님의 사상적 거처에서 싹텄다. 이오덕 글쓰기 교육 철학이라는 자궁에서 머리를 내민 것이다.

지금도 기억난다. 1980년대 광화문 앞 광장을 가득 메운 전교조 조합원들은 한 손에는 참교육 깃발을 들고, 한 손에는《참교육으로 가는 길》(이 책은 내가 대표로 있는 고인돌출판사에서《민주교육으로 가는 길》로 새로 펴냈다)을 들고, 전두환, 노태우 군사 독재 정권과 싸워 교육 민주화를 일궈 냈던 것이다. 전교조를 해산하라는 것은 이 땅에서 이오덕 선생님을 추방시키자는 것 아닌가. 우리 나라 민주주의의 푯대를 꺾어 버리자는 것 아닌가. 아이들을 무한 경쟁의 감옥 속에 처박아 놓자는 것 아닌가. 이오덕 선생님 돌아가신 지 십 년 만에 우리 나라 민주주의는 벼랑 끝에 내몰려 한 발이라도 뒤로 헛짚으면 수천 길 낭떠러지로 떨어질 찰나다.

상처만 오래 남는 건 아니다. 좋은 기억도 세월이 갈수록 살찐다. 이오덕 선생님이 쓴 책을 처음 만났을 무렵 나는 달동네에서 살고 있었다. 1980년대 서울 산자락 곳곳에는 달동네가 자리 잡고 있었다. 그곳에는 사장과 노동자가 같이 일하는 작은 공장이 참 많았다. 주로 옷 만드는 공장이었다. 어머니, 아버지가 다 일하러 가면 아이들은 혼자 남았는데 그 아이들을 돌보겠다고 대학생들이 많이 들어와 있었다.

대학생들과 시집 안 간 누이들이 아이들을 돌보는 '탁아방'을 만들었다. 그 탁아방이 모여 지역탁아소연합회가 만들어졌다. 내가 작은 공장에서 일할 때 탁아방 교사인 대학생들이 아이를 데리러 왔다. 언젠가 그 교사들 가운데 한 명이 나더러 읽어 보라고 내민 책이 이오덕 선생님이 쓴 《삶과 믿음의 교실》이었다. 아기들 똥 기저귀 빨면서도 콧노래를 부르던 대학생 교사가 그 책을 건네줄 때 마주친 선한 눈길은 지워지지 않는 좋은 기억이다.

1990년대 나는 보리출판사에서 일했는데 그때 만난 사람들이 어린이도서연구회나 동화읽는어른모임, 어린이전문서점 사람들이다. 이때 어린이책 전문가 조월례 선생도 알게 되었다. 그리고 〈어린이문학〉 발행인 이주영 선생도 알게 되었다. 이분들에게 귀동냥으로 얻어들은 배움으로 어린이책에 대해 조금이나마 눈을 뜨게 되었다. 이분들이 한결같이 권하는 책이 《어린이를 지키는 문학》(고인돌출판사에서 《삶을 가꾸는 어린이문학》으로 새로 펴냈다)이나 《시정신과 유희정신》이었다. 그때 우리 나라 곳곳에 생겼던 어린이전문서점은 다 어디로 갔는지 지금은 몇 개만 명맥을 유지하고 있을 뿐이다. 새로운 문화를 꽃피워왔던 동화읽는어른모임도 요즘은 시들하다. 이오덕 선생님 없는 세월은 이렇게 찬바람이 부는 것인가.

이오덕 선생님이 살아 있던 세월은 구비구비 고난의 삶이었지만 그래도 서로 보듬는 사랑이 있었고, 함께하는 협동이 있었고, 억압과 정의롭지 못함에 서로서로 어깨 걸고 저항하는 맞섬이 있었다. 이오덕 선생님 없는 십 년 동안 우리는 사랑 없는 시간, 믿음과 나눔 없는 시간, 진실과 정의 없는 시간을 보내고, 삶을 까먹은 거다. 녹슨 세월이었다. 자본에 사육된 시간이었다.

자본이 던져 주는 밥술에 길들여지면서 어느새 우리 앞에 나타난 식민지 망령들, 분단 망령들, 유신 망령들에 몸서리치는 거다. 잔뜩 겁에 질려 웅크리고 있다 보니 민주주의 시계가 거꾸로 가도 함께 외치는 함성이 없다. 침묵 속에 식민지 망령, 분단 망령, 유신 망령들만 내 세상 왔다고 활개 치고 다닌다.

지난해 이맘때 이오덕 선생님 아드님이자 '이오덕 학교' 교장인 이정우 선생님, 화가 박건웅 선생과 함께, 이오덕 선생님이 살던 곳과 아이들을 가르쳤던 초등학교를 둘러보고 왔다. 폐교가 된 산골 초등학교 녹슨 철문을 비집고 들어가니 운동장에 잡초만 우거져 있었다. 깨진 유리창 사이로 교실 안을 들여다보니 칠판에 분필로 삐뚤삐뚤 아이들 글이 쓰여 있었다.

환청이었나, 갑자기 아이들 떠드는 소리가 교실 가득 메아리쳤다. 울컥했다. 눈물이 앞을 가려 더 이상 교실 안을 볼 수 없었다. 운동장 언저리로 가 담배 한 대 피워 물고 하늘을 쳐다보았다. 하늘이 멀게 느껴지지 않고 내 눈 앞에 내려와 있었다. 그때 누군가가 나를 포근히 감싸 주는 느낌이 왔다. 깜짝 놀라 둘러보니 곁에 오래된 아름드리 느티나무가 서 있는 게 아닌가. 나무는 아주 씩씩하게 서서 내가 바라봤던 하늘을 보고 있었다. 이정우 선생님한테 나무가 참 좋다고 말했더니, 이오덕 선생님이 심은 나무란다. 나뭇가지에 흐드러지게 매달린 잎사귀가 바람에 흔들리는 소리가 꼭 아이들 재잘거리는 소리로 들렸다.

한번은 이오덕 선생님이 편찮으실 때 제주 한라봉을 사다 드린 적이 있다. 이오덕 선생님은 한라봉보다 밤이 더 맛있다고 하셨다. 그렇지만 사온 정성이 있으니 드시겠다며 한쪽을 까 드시고 '정 사장은 아침나절에 주운 밤 몇 톨 먹고 가라' 하시며 밤을 내놨다. 밤이 달았다. 오드득오드득 깨물어 씹는 소리가 왜 그렇게 크게 나는지.

고인돌출판사는 다산 정약용 선생 이후 가장 주체적이고 실천적인 사상가인 이오덕 선생님의 삶과 쓴 책들을 '이오덕 교육문고'로 한 권 한 권 묶어 잇달아 펴내고 있다. 삶을 바로 가꾸지 않고 사회제도와 정치권력만 바뀐다고 인간답게 살 수 있는 참세상은 오지 않는다. 이오덕 선생님은 참교육자를 넘어 민주주의의 큰 스승이다. 이오덕 선생님의 삶과 쓴 책들은 교육자들뿐만 아니라 전 국민이 읽고 배워야 한다.

* 2013년 12월에 발표한 글입니다.

정낙묵

한국글쓰기교육연구회와 민족미술협의회 회원이다. 고인돌출판사를 운영하며 〈이오덕 교육문고〉와 이호철 선생님의 '어린 시절 이야기 동화'를 책으로 펴내는 일에 힘쓰고 있다. 지은 책으로는 《냠냠 한글 가나다》가 있다.

어린이 글짓기 교육에
훌륭한 동반자

/ 김종상

교육을 모르는 문인들, 더구나 시골 어린이들의 실상을 잘 모르는 서울의 문학가들이
어린이 글을 심사한다는 것은 잘못이라는 것이었다.

이오덕의 고향 청송과 내 고향 안동은 바로 이웃이다. 그런데도 우리가
만난 것은 1957년 상주에서였다. 우리는 상주에서 서로 생각을 조금씩
달리하면서도 이마를 맞대고 십여 년 동안이나 어린이 글짓기 운동을 같
이했다.

나는 1955년 3월 상주 외남초등학교에 부임했다. 아까시나무와 벚나
무 숲에 싸인 아늑한 학교였다. 학교 건물은 일제강점기 때 지어진 것으
로, 바깥벽은 나무판자를 고기비늘처럼 덧대어 붙였고, 추녀 끝에 물이
떨어지는 자리에는 자갈이 깔려 있었다. 학교 뒤에는 실습지가 있고 그
위쪽에 볏짚으로 지붕을 얹은 흙벽돌집이 한 채 있었다. 방 네 칸이 일자

형으로 된 사택인데 객지에서 온 선생님들이 살았다. 나도 거기 방 한 칸에 둥지를 틀었다.

6·25전쟁 뒤라서 미국이 보내 주는 옥분(옥수수 가루)과 분유를 끓여 어린이들의 주린 배를 채우던 때라 그 해를 '사이쌍팔년(似夷雙八年)'이라고 했다. '사이(似夷)'는 오랑캐 같다는 뜻이고 '쌍팔년'은 욕처럼 비아냥거리는 말이었다. 그해가 단기로 4288년이기 때문이었다. 외남초등학교는 열여덟 학급에 학생이 천 명에 가까웠지만(지금은 여섯 학급에 이십여 명이라고 한다) 특색이 없었다.

나는 전교생에게 일기 쓰기와 글짓기를 시키자고 했다. 교장은 송유만이라는 분인데 흔쾌히 결재했다. 학년별로 일기 쓰기 단계를 정했다. 1학년은 그림일기, 2학년은 만화 일기, 3학년은 편지 일기, 4학년은 주제 일기, 5학년은 자유 일기, 6학년은 비평 일기를 한 것 같다. 또 글짓기 희망자를 모아 문예반을 만들어 특별 지도도 했다.

1956년에 신현득이 의성에서 상주 청동초등학교로 와서 문예반을 만들고 글짓기 지도를 했다. 청동초등학교는 외남초등학교와 이웃이라서 우리는 일요일에도 문예반을 데리고 두 초등학교를 오가며 글짓기를 가르쳤다. 그렇게 지도한 작품을 신현득은 〈청동〉이라는 문집으로 엮고, 나는 〈먼동〉이라는 학교신문에 실어 읽을거리로 삼았다.

1957년에 이오덕이 군북중학교 교감을 그만두고 상주 공검초등학교 교사로 왔다. 이오덕은 어린이 글을 문집으로 펴내며 교육 잡지 〈새교육〉에 1학년 어린이 시 지도 이론을 발표했다. 나는 글짓기 지도를 하면서도 이론을 갖고 있지 못했는데, 이오덕과 만남은 어린이 글짓기 교육에 훌륭한 동반자를 얻은 셈이 되었다. 그래서 우리는 자주 만나서 글짓기 지도 이론과 방법에 대한 이야기를 나누었다.

이오덕은 어린이 글은 사투리 하나도 고치면 안 된다고 했다. 어린이들 말은 그 자체가 삶이고 정신이기 때문에 표준어로 고치거나 어법이 맞지 않는다고 어른들 생각대로 바로잡으면 이미 그 어린이 글이 아니라는 것이었다. 문집에도 어린이들이 써낸 글을 글자 하나 바꾸지 않고 그대로 실었다.

나는 글짓기에서 표준어 교육을 해야 한다는 생각이었으므로 종종 논쟁을 하기도 했다. 나와 신현득은 어린이들의 경쟁심을 자극하고 사기를 높여 주기 위해서는 대외적인 글짓기 활동이 필요하다고 했으나 이오덕은 반대했다. 우리는 보완 관계로 글짓기 교육의 이론과 실제를 발전시켜 나갔다. 상주 글짓기 교육의 씨앗은 그렇게 싹터 자라나기 시작했다.

외남초등학교는 교장이 바뀌면서 국어과 연구 학교가 되었다. 새로 온 교장은 연구 공개 때 글짓기로 실적을 보이려고 글짓기 대회나 현상 공모에 참여하기를 권했다. 그래서 1957년부터는 대외적인 글짓기 행사에서 많은 입상자를 냈다. 외남·청동·상주초등학교가 경쟁하듯 대외적인 글짓기 활동에 힘을 썼다. 공검초등학교에 있던 이오덕은 대외적인 활동은 하지 않아서 외남·청동·상주초등학교의 글짓기 교육만 널리 알려졌다.

1958년 12월에 〈대구일보〉 남욱 기자가 상주 글짓기 교육 현장을 돌아보고 1959년 1월 1일 '꽃 피는 동시의 마을'이라는 신년 특집 기사로 꾸몄다. 그러자 1959년 5월에는 〈한국일보〉 장정호 기자가 현장 취재로 '어린 문사의 고장-여류작가의 묘판'이라는 제목으로 〈한국일보〉 사회면에 세

번에 걸쳐 보도했다. 그러자 상주 교육구에서는 '상주문예교육연구회'를 만들고 적극 지원하기 시작했다. 그해에 이오덕은 공검초등학교에서 읍내 상주초등학교로 옮기고 상주교육연구소에서 출판 관계된 일을 보면서 상주문예교육연구회 일을 도왔다.

그러다가 1961년에 이오덕은 청리초등학교로 갔다. 청리초등학교에서 이오덕은 어린이들한테 일기를 쓰게 하고 글짓기를 지도하며 주마다 〈흙의 어린이〉라는 한 장짜리 문집을 펴냈다. 학년 말에는 일 년간 지도한 글을 모아 〈봄이 오면〉 〈푸른나무〉 같은 어린이 시집도 엮어 냈다.

지금은 더하지만 그때도 남한테 보이기 위한 겉치레를 잘하는 교사가 훌륭한 교사였고, 어린이들을 잘 가르치기보다 환경을 보기 좋게 잘 꾸미고, 교실 바닥이 윤기가 나도록 청소를 잘 시켜야 우수 교사였다. 그런데 이오덕은 그렇지 못했다. 교실 벽은 어린이들이 쓰고 그린 조잡한 글과 그림으로 채워졌다. 출입구에는 때가 꼬질꼬질하게 묻은 수건이 걸려 있어 장학사들 눈살을 찌푸리게 했다. 세련된 솜씨로 쓰고 그려서 교실을 도배하고, 어린이들은 수건에 손도 못 대고 남한테 보이기만 하는 선생들은 이오덕을 못마땅해했다. 이오덕은 어린이들이 교실 주인이니까 환경이나 살림살이는 어린이를 위한 어린이의 것이어야 한다는 생각이었다.

1962년에 신현득은 대구로 가고 나는 읍내 상영초등학교로 전출을 했다. 나는 상주 남산 밑 남성동 단칸 셋방에 살았는데 이오덕은 퇴근 뒤 종종 우리집으로 와서 글짓기 교육과 문학에 대한 이야기를 참 많이 나누었다. 상주의 글짓기 교육은 자연스럽게 나와 이오덕이 이끌게 되었다. '상주문예교육연구회' 이름을 '상주글짓기회'로 바꾸고 내가 책임을 맡게 되었다. 나는 학교신문과 문집 발간, 시화전 개최, 회지 〈푸른잔디〉 간행, 대외 글짓기 대회 적극 참가 같은 일들을 추진했다. 글짓기 교육의 일반화를 위해 '경북어린이글짓기대회'를 주최하고, 1963년에는 서울 배영사에서 상주 어린이 당선 작품집 《동시의 마을》을 출판했다.

이오덕은 1963년에 '경북아동문예교육연구회'를 창립하는데 참여했고, 이듬해에는 상주 이안 서부초등학교 교감으로 승진되어 갔다. 하지만 상급 기관의 눈치나 보고 겉치레 교육에만 급급한 현실에 적응하지 못하는 이오덕은 상주교육청에 교사 강등 신청을 했다. 그러면서도 상주글짓기회 활동에는 적극 참여했다.

1965년에는 경북어린이글짓기대회를 확대하고, 경북 전체를 일곱 개 지구로 나누어 각 지구별로 시관을 파견하여 실시했는데 이오덕(대구), 이철하(김천), 이무일(경주), 강세준(포항), 최춘해(경주), 김종상(안동), 이천규(상주)가 시관으로 파견됐다. 대회 글짓기 제목은 한국글짓기회 이원수 회장이 내고, 심사는 서울 배영사 편집위원들이 맡아 주었다.

이해에 이오덕은 교육 잡지 〈새교실〉에 처음으로 우리 말에 관련된 글 '우리 말에 대하여'를 썼으니, 이것이 그가 임종 때까지 해 온 우리 말 다듬기 운동의 시작이었다. 이어서 《글짓기 교육: 이론과 실제》를 출간해서 상주글짓기회 회원 연수 교재가 되었다.

1966년에는 내가 상주글짓기회 회장을 연임하면서 제6회 경북어린이 글짓기대회를 여덟 개 지구로 넓혀 열었다. 그때까지는 최대한 공정을 기한다며 작품 심사를 서울로 보내거나 중앙의 문인들을 초빙해서 맡겼는데, 이오덕을 중심으로 몇몇 회원들이 이것을 반대했다. 어린이 글을 문학적인 잣대로 평가해서는 안 된다는 것이었다. 따라서 교육을 모르는 문인들, 더구나 시골 어린이들의 실상을 잘 모르는 서울의 문학가들이 어린이 글을 심사한다는 것은 잘못이라는 것이었다.

그동안 상주글짓기회는 연수에서 글짓기 교육이 자기 생활을 외면하고 음풍농월하는 옛날 유생 흉내 내기를 지양하자고 공감하고 있었던 터라 작품 심사를 상주글짓기회 회원들이 하기로 했다. 그래서 어린이들의 생활 모습이 담긴 글, 남의 눈을 의식하지 않은 개성이 뚜렷한 글, 자기 입말로 정직하게 써낸 글을 우선한다는 원칙을 세워 놓고 심사를 했다. 그러자니 작품마다 심사표를 따로 써야 할 형편이었다. 그러느라 심사에만 다섯 날이 걸렸다. 그 결과 안동 서부초등학교와 상주 상산초등학교가 단체 최우수상을 받게 되었다.

이오덕은 다음 해인 1967년에 경주로 갔으니 이오덕과 나는 11년 동안 상주에서 어린이 글짓기 운동을 함께했던 것이다.

* 2014년 2월에 발표한 글입니다.

김종상

1958년 〈새교실〉에 소설이 뽑힌 뒤 한동안 소설을 쓰다가. 1960년 〈서울신문〉 신춘문예에 동시 '산 위에서 보면'이 당선되면서 동시를 썼다. 학국아동문학가협회장, 한국시사랑회 회장, 국제펜한국본부 부이사장을 지냈고 지금은 〈문학신문〉 주필, 국제펜한국본부와 한국문인협회 및 세계문인협회, 현대시인협회에서 고문을 맡고 있다.

3부
작가라는 이름으로

말 못하는 촌놈이
입을 열고 글을 쓰게 된 까닭

/ 윤태규

사투리를 쓰지 말라니요? 그러면 안 됩니다. 사투리를 많이 살려 써야 합니다. 사투리는 아주 귀한 우리 재산입니다. 그 고장 재산이며 나라의 문화유산입니다.

　첩첩산중 두메산골에서 나서 자란 촌놈이라서 그런지, 아니면 그런 유전자를 가지고 태어나서 그런지 나는 정말이지 지독한 졸장부였다. 내 기억으로는 공부 시간에 "저요" 하고 손을 번쩍 들고 발표해 본 적이 없다. 나는 음악 시간을 아주 싫어했다. 노래를 잘 못 부르는 까닭도 있겠지만 그것보다는 음악 시간이면 번호대로 앞에 나와서 노래를 부르게 해서 싫었던 것이다. 남 앞에 서는 게 정말이지 죽도록 싫었다. 내 차례가 돌아오면 가슴이 벌렁벌렁했고, 얼굴이 빨개지면서 화끈거렸다. 그러니 어찌 노래를 잘 부를 수 있겠는가. 목소리가 모기 소리처럼 기어들어 가고, 마구 떨려서 나오고 그랬다. 그때 음치가 되어 버린 것인지도 모르겠다.

남 앞에 서지 못하는 졸장부 버릇은 중학생이 되어서도 마찬가지였다. 그것 때문에 망신을 당한 일이 한두 번이 아니었다. 몇몇 동무들 꼬드김을 뿌리치지 못하고 전교 부회장 선거에 나갔던 적이 있다. 달달 외워 가지고 덜덜 떨면서 발표를 하다가 결국 망신만 당한 그때 그 무서운 장면, 생각하면 지금도 가슴이 벌렁거린다.

어른이 되어서도 고쳐지지 않았다. 선생이 되어서는 선생답게 말을 잘해야겠다는 생각 때문에 더욱 움츠러들었다. 여러 사람이 모여 차례로 간단하게 자기소개 정도 하는 자리에서도 여지없이 그 병세는 도졌다. 아무리 숨을 길게 내쉬어 봐도 소용이 없었다. 차례가 가까워 올수록 앞사람이 하는 말이 한마디도 귀에 들어오지 않았다. 오직 내가 할 말을 속으로 연습하고 또 연습하고 그랬다.

그런데 이제 그렇지 않다. 그 병이 다 나았다. 이젠 여러 사람 앞에 뻔뻔스러울 만큼 아주 잘 선다. 얼굴이 화끈거리지도 않고, 목소리가 떨리지도 않는다. 별로 아는 게 없어서 그렇지, 아무리 많은 사람 앞에서도 거리낌 없이 이야기를 한다. 싹 달라진 것이다. 언제부터 왜 그렇게 되었을까?

정확히 기억은 안 나지만 1980년도 초반이었지 싶다. 안동문화회관이라는 곳에서 이오덕 선생님 강연이 있었다. 그때는 이오덕 선생님을 몰랐다. 아마도 경북글짓기지도연구회라는 단체에서 하는 연수 자리였을 거다. 나는 그 모임 회원은 아니었지만 회원 한 사람이 소개해 주어 함께 가게 되었다. 이오덕 선생님이 긴 이야기 가운데 이런 말씀을 하셨다.

"사투리를 쓰지 말라니요? 그러면 안 됩니다. 사투리를 많이 살려 써야합니다. 사투리는 아주 귀한 우리 재산입니다. 그 고장 재산이며 나라의 문화유산입니다."

'뭣이? 사투리를 살려 써야 한다고?'

나는 깜짝 놀랐다. 그때까지만 해도 국어 시간에 표준말은 맞고 사투리는 틀리다고 가르치던 때였다. 그런 공부를 가르치는 선생이니 놀랄 수밖에. 그렇지만 아버지(○), 아부지(×), 이렇게 배운다고 말이 당장 '아버지'로 고쳐지지 않으니 우리는 여전히 '아부지'라는 나쁜 말을 쓰는 촌놈일 수밖에 없었다.

사투리를 살려 쓰자는 이오덕 선생님의 그 말씀이 집으로 돌아오는 버스 안에서 자꾸만 큰 울림으로 다가왔다. 처음에는 충격이었지만 어느덧 자꾸만 고개가 끄덕여졌다.

그렇다고 당장 국어 시간에 '표준말(○), 사투리(×)' 공부를 없애 버리거나, 또는 사투리도 맞다고 고쳐서 가르치지는 않았지만, 그때부터 말하기에 자신감이 붙어 간 것은 틀림없다. 사투리는 촌놈이나 쓰는 나쁜 말, 버릴 말이 아니라 귀하디 귀한 문화유산이라고 깨달으면서부터 내 졸장부 병은 고쳐지기 시작한 것이다.

사투리는 가위표로 나쁜 것이고, 버려야 하는 것이라는 생각이 어릴 때부터 쌓여 굳어지면서 떨쳐 내야 할 괴물로 자리 잡았을 것이다. 졸장부에서 벗어날 때가 된 어른이 되어서까지 가슴 깊숙이 박혀서,

선생님이라는 사람이 부끄러운 사투리를 쓰네, 어른이 되어도 촌놈 말을 그대로 하네 하고 끈질기게 방해를 했던 것이다. 이러니 남 앞에서 말을 해야 할 때 나도 모르게 '이 말이 사투리가 아닐까? 남이 비웃지나 않을까?' 하고 망설였던 게 틀림없다. 그게 몸에 배어 있어서 졸장부 병은

윤 태 규 선생님

이번에 연들 모임 준비하느라고 수고가 많으시고,
거구나 훌륭한 교육 실천 사례를 발표해 주셔서 고맙
습니다. 그날 들었던 모든 회원들이 깊은 감명을
받았을 것입니다.
  여기 서울과 인근 지역 회원들은 그날 버스로 잘
올라갔습니다. 오면서도 이번 모임에 대해 여러 가지로 이야
기를 했습니다.
  한 가지 부탁이 있습니다. 윤 선생님 발표하던 내용
을 우리 회보로 더 많은 사람들에게 알리고 싶은
데, 좀 써 주실 수는 없을까요? 다 쓰시지 말고, 몇
명이 몇 가지만 쓰셔도 됩니다. 길이는 원고지 10장으로
하시든지 20장으로 하시든지 해 주십시오, 이래서 이런
교육을 전망하고, 또 안들이 예리한 교육 실천 기록들을,
윤 선생님 자신 글을 본보기로 보여서 모으려고 합니다.
바쁘신 줄 알면서 부탁하기 대단히 미안하지만, 이 일을
윤 선생님이 가장 잘 하실 수 있겠다 싶어 부탁하
는 것이니 부디 수고하여 주시면 고맙겠습니다.
  그럼 다시 또 연락하겠습니다.

          1987년 8월 10일, 이오덕
                      이 오 덕

  바쁘시면 몇 가지 보기만 들어 10장 정도 써 주십시오
  이달 안으로 보내 주시면 됩니다.

고쳐지지 않았을 게다. 치료는 간단했다. 걸림돌 하나 치우니까 되었다. 나는 그렇게 믿는다.

가끔 있는 일인데 내 이야기를 들으면서 사람들이 많이 웃을 때가 있다. 나는 내 이야기가 재미있는 모양이구나 생각했는데 나중에 들어 보니 그게 아니었다. 경상도 사투리가 우스웠단다.

'이런! 사투리가 귀한 문화유산이며 사람들한테 재미도 주네.'

사투리에 자신감을 갖는 또 하나 좋은 까닭이 되었다. 이오덕 선생님이 내 졸장부 병 고치는 약을 주신 게 하나 더 있다. 그게 뭔고 하니, 삶 쓰기다. 삶을 꾸밈없이 진술하게 쓰는 글쓰기 교육이다. 또한 말이 곧 글이라는 가르침이다. 그게 바로 자신 있게 말하는 지름길이었다.

나는 어디 가서 이야기를 할 때 교실 이야기를 가운데 두고 해 나간다. 일기 쓰기 강의를 할 때도 그렇고, 학부모들한테 강의를 할 때, 대학생들한테도 마찬가지인데 교실에서 있었던 일을 이야기한다. 모두들 그렇게 좋아할 수가 없다. 동화 몇 편 썼다고 문학 이야기를 하자 할 때도 역시 교실 이야기를 한다. 내 동화가 곧 교실 이야기이니까 그렇다.

남 앞에서 말을 못하는 졸장부 병은 사투리 살려 쓰자는 강의를 듣는 것으로 고쳐졌지만 동화를 쓰게 된 까닭은 좀 다르다. 이오덕 선생님이 칭찬해 주시고 가르쳐 주셨다. 교실 이야기인지 동화인지도 헛갈리는 내 교실 이야기를 읽으시고는 이렇게 말씀하셨다.

"윤 선생님, 우리 나라 동화 작가 가운데서 아이들 형편을 이렇게 잘 살펴서 이야기로 쓰는 사람은 별로 없습니다. 선생님 글을 아이들이 참으로 좋아할 겁니다."

이오덕 선생님에게 이런 넘치는 칭찬을 받았는데도 아직 글을 제대로 쓰지 못하는 걸 보면 글쓰기 재주가 없기는 없나 보다.

학교에 처음 발을 디딘 어느 새내기 선생님이 학급경영록 목표를 쓰는 칸에, '말을 못하는 ○○○를 말을 하게 한다'라고 써 놓은 것을 보고 부처님이나 예수님이라도 되느냐고 놀려 댔던 적이 있다. 그렇지만 이오덕 선생님은 말을 잘 못하는 졸장부 촌놈 입을 열게 했고, 학교 다닐 때 글쓰기로는 상장 한 번 탄 일 없는 둔재가 동화를 쓰게 했다. 아무리 생각해도 참으로 놀라운 일이다.

어느 스님 말에 따르면, 새해가 되면 모두들 "복 많이 받으세요" 하는데 복은 누가 주는 게 아니라 스스로 짓는 것이니 "복 많이 지으세요" 해야 올바른 말이란다. 그런데 나는 아니다. 참으로 복을 많이 받았다.

* 2010년 2월에 발표한 글입니다.

윤태규

1950년 경북 영주에서 태어났다. 오랫동안 경북과 대구에 있는 초등학교에서 아이들을 가르쳐 왔다. 한국글쓰기교육연구회 회원으로 삶을 가꾸는 글쓰기 교육을 실천하면서, 교사와 학부모를 위한 새로운 일기 지도 길잡이 《일기 쓰기 어떻게 시작할까》, 1학년 아이들이 쓴 일기 모음집 《내가 처음 쓴 일기》, 그리고 《초등 1학년 교실 이야기》를 냈다. 동화 《아이쿠나 호랑이》《신나는 교실》《입큰도사 손큰도사》도 냈다. 지금은 대구 상원초등학교에서 아이들과 지내고 있다.

책 읽지 마세요

/ 서정오

문학 한다는 사람이 책상머리에 앉아 책만 읽으니 마음이 병들어 이상한 말만 하게
되지요. 몸을 움직여 일하는 사람들은 절대 그런 말장난 하지 않아요.

지금부터 한 30년 전, 내가 이오덕 선생님을 처음 만나고 얼마 안 되어
서입니다. 한번은 여러 사람이 모인 자리에서 이오덕 선생님이 '글은 곧
삶'이라는 말을 힘주어 한 일이 있습니다. 아직 철이 덜 들었던 나는, 그것
을 '자신이 몸으로 겪은 일만 글로 써야 한다'는 뜻으로 받아들이고 딴죽
을 걸었습니다.

"선생님, 꼭 자기 삶만을 글로 써야 합니까? 이를테면 책을 읽고 영감을
얻어 글을 쓴다든지 할 수도 있지 않습니까?"

그러자 선생님은 나를 한심하다는 듯 바라보다가 이렇게 말했습니다.

"서 선생은 책 좀 덜 읽으세요."

하지만 나는 그게 무슨 말인지 잘 알아듣지 못했습니다.

그로부터 열 몇 해 뒤, 선생님이 과천에서 무너미로 거처를 옮기고 나서입니다. 하루는 모임을 마치고 댁에 들렀더니 며칠 전에 만난 한 젊은 문학가 얘기를 했습니다. 그 젊은이가 도무지 알 수 없는 어려운 말을 늘어놓는 통에 애를 먹었다는 얘기 끝에 선생님은 이렇게 덧붙였습니다.

"그 사람은 아무래도 책을 너무 많이 읽은 것 같습디다."

나는 그 말뜻을 대강 짐작했지만, 그 자리에 있던 다른 사람들은 좀 어리둥절해 하는 눈치였습니다. 책을 많이 읽는 건 좋은 일 아닌가? 너무 많이 읽었다는 건 지나치다는 뜻 같은데, 책 읽는 데도 지나침이 있단 말인가? 이런 생각 때문이었겠지요. 그런 공기를 알아차렸는지 선생님은 한 마디 덧붙였습니다.

"문학 한다는 사람이 책상머리에 앉아 책만 읽으니 마음이 병들어 이상한 말만 하게 되지요. 몸을 움직여 일하는 사람들은 절대 그런 말장난 하지 않아요."

그 말을 들은 몇몇 사람은 고개를 끄덕였지만, 몇몇 사람은 아직도 어리둥절한 얼굴로 선생님을 바라보고 있었습니다.

그러고 나서 몇 해 뒤, 내가 도회지에서 시골로 학교를 옮기고 나서 선생님을 찾아갔을 때입니다. 선생님은 '남들 다 가고 싶어 하는 도시를 떠나 농촌으로 간 용기'를 두고 덕담 한마디를 하고 나서, 시골에 살아 보니 어떻더냐고 나한테 물었습니다. 나는 누구한테나 하는 말로 대답했습니다.

"공기 좋고 물 좋고, 무엇보다도 조용하게 책도 읽고 생각도 할 수 있어서 좋습니다."

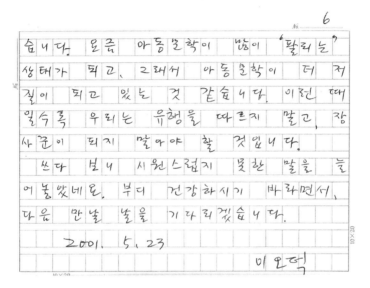

습니다. 요즘 아동문학이 많이 '팔리는' 상태가 되고, 그래서 아동문학이 더 저질이 되고 있는 것 같습니다. 이런 때일수록 우리는 유행을 따르지 말고, 장사꾼이 되지 말아야 할 것입니다.

쓴다 보니 시원스럽지 못한 말을 늘어놓았네요. 부디 건강하시기 바라면서, 다음 만날 날을 기다리겠습니다.

2001. 5. 23

이오덕

이오덕 선생님이 서정오 선생님 옛이야기를 칭찬하며, 어린이문학의 질이 떨어지고 있는 걸 걱정하고, 유행을 따르지 말고 장사꾼이 되지 말자고 다짐하는 편지를 보냈다.

그러자 선생님은 물끄러미 나를 바라보더니 이렇게 말했습니다.

"서 선생! 방에 들어앉아 책만 읽고 생각만 하지 말고, 바깥에 나가 농사일도 좀 하고 그러세요."

그때 나는 그만 얼굴이 화끈거려 쥐구멍이라도 찾고 싶었습니다. 선생님은 돌아가시기 몇 해 전부터 틈만 나면 가까운 사람들한테 간곡하게 타일렀습니다.

"책을 읽지 마세요. 몸을 움직여 일을 하세요."

여러분은 이 말을 듣고 아마 놀랄지도 모릅니다. 이오덕 선생님이 책을 읽지 말라고 했다고? 그게 정말이야? 도대체 무슨 뜻으로 그러신 거지? 이렇게 말입니다.

이오덕 선생님보다 조금 더 일찍 세상을 떠난 성철 스님도 제자들한테 그런 비슷한 유언을 남겼다고 합니다. 책을 읽지 마라, 땀 흘려 일을 하라고요. 왜 그랬을까요? 내가 감히 그 뜻을 헤아리기는 힘들지만, 나름대로 짐작이야 해 볼 수는 있습니다.

먼저 책을 읽지 말라는 가르침을 남긴 이오덕 선생님이나 성철 스님이, 정작 자신은 이루 셀 수 없을 만큼 책을 많이 읽었다는 사실을 생각해 봅니다. 이오덕 선생님이 살아 있는 동안 읽은 책은 지금 큰 도서관을 이루었고, 성철 스님은 무려 일곱 나라 말로 된 수많은 책을 읽었다 하니 그게 어디 보통입니까? 그렇다면, 여러분은 혹시 이렇게 생각하나요?

'아니, 자기는 책을 그렇게 많이 읽었으면서 우리더러는 읽지 말라니 그게 말이 돼?'

그게 말이 될 뿐만 아니라 그럴 수밖에 없는 까닭을 얘기해 보지요. 그

분들이 살아 있는 동안 그 많은 책을 읽지 않았더라면 책이 사람한테 얼마나 이로운지 해로운지 알 수도 없었을 것입니다. 수많은 책을 읽은 덕분에 책이 갖는 장점뿐 아니라 흠까지도 알아낸 것이 아닐까요? 그럼 우리는 다시 물어야 합니다. 도대체 책이 갖는 어떤 점이 흠이란 말인가?

이 또한 내가 말하기는 주제넘은 일이지만, 나름대로 생각해 본 것을 그냥 얘기하겠습니다. 요새 하루가 멀다 하고 쏟아져 나오는 많은 책들을 보십시오. 줄잡아 절반은 말장난이요, 그 가운데 절반은 속임수입니다. 별것도 아닌 걸 그럴듯하게 분칠하고 부풀려서 대단한 것이라도 되는 양 떠드는 책, 뭔가 그럴듯하긴 한데 무슨 말을 하고 있는지 아리송해서 갈피를 못 잡게 하는 책, 무슨 어마어마한 이론이라고 들고 나오지만 대체 이런 얘기를 왜 하는지 모르겠는 책……

이런 책들에 파묻혀, 그런 뜬구름 잡는 얘기만 읽다 보면 마음이 병드는 건 당연하겠지요. 좀 거칠게 견주자면, 바로 옆에서 사람이 죽어 가는데도 먼 산을 바라보며 단풍과 구름을 두고 말씨름을 하는 것입니다. 바로 옆에서 아이들이 비명을 지르는데도 한눈을 팔면서, 문학이 본디부터 가진 성질이 한눈팔기니 어쩌니 말만 그럴듯하게 늘어놓는 것입니다.

애당초 그런 책을 읽지 않았으면, 또는 좋은 책만 읽었으면 그런 일도 없을 테지요. 이오덕 선생님은 바로 그것을 경계한 것입니다. 다시 말해 이오덕 선생님이 읽지 말라고 한 책은 삶을 떠난 말장난과 속임수로 꿰어 맞춘 글입니다. 삶에서 우러난 글, 진심을 담은 책은 많이 읽을수록 좋겠지요. 그러니까 결국 이 말은 좋은 책을 가려 읽으라는 말과 다름없습니다. 그걸 누가 모를까 생각할지 모르지만 이것이 말처럼 쉬운 일은 아닙니다.

　좋은 책을 가려 읽는 일과 함께 우리가 소홀히 해서는 안 되는 일이 또한 가지 있습니다. 언제나 몸을 움직여 땀 흘리며 일하는 것이지요. 일을 얕잡아 보고, 일하는 사람을 업신여기고서야 어찌 사람다운 삶을 산다고 할 수 있겠습니까?

* 2010년 10월에 발표한 글입니다.

서정오

1955년 경북 안동에서 태어났다. 초등학교에서 오랫동안 아이들을 가르쳤다. 옛이야기를 새로 쓰고 들려주는 일을 해 오고 있다. 펴낸 책으로 〈옛이야기 보따리〉(모두 10권) 《옛이야기 들려주기》《정신 없는 도깨비》《딸랑새》〈철 따라 들려주는 옛이야기〉(모두 4권) 들이 있다. 옛이야기를 공부하면서 차곡차곡 쌓아 둔 우리 말 이야기를 다달이 풀어 놓고 있다.

슬픔이 기쁨으로, 절망이 희망으로

/ 서정홍

이오덕 선생님은 아무도 없는 썰렁한 사무실에서 〈우리 말 우리 글〉 회지를 접고 계셨습니다. 회지를 보니 컴퓨터로 쓴 것이 아니라 손으로 또박또박 정성스레 쓴 것이었습니다. 참 놀랐습니다.

얼마 전, 초등 국어 교사 연수 때 두 시간 남짓 마음을 나누는 시간이 있었습니다. 저는 그때, 이오덕 선생님 말씀을 떠올리며 교사들에게 이렇게 물었습니다.

"이 세상에는 헤아릴 수 없이 많은 직업이 있습니다만 자연과 사람을 괴롭히지 않는 직업은 다 소중한 직업이라 생각합니다. 그 가운데서도 없어서는 안 될 소중한 직업이 있는데, 선생님들께서는 무엇이라고 생각합니까?"

삼백 명쯤 되는 교사들이 있었는데 아무도 선뜻 대답하지 않았습니다. 그래서 제 생각을 말했습니다.

"저는 농사를 지어 사람들의 목숨을 이어 주는 농부라고 생각해요. 그리고 우리가 고된 일을 마치고 편히 쉴 수 있게 집을 지어 주는 사람이 그렇고, 살아가는 데 없어서는 안 되는 옷과 신발과 온갖 물건들을 만들어 주는 사람이 꼭 필요하지요. 우리가 살아가기 위해 신세지고 있는 사람들입니다. 그런데 이렇게 소중한 농부와 노동자들이 옛날이나 지금이나 정당한 대접을 받지 못해요. 그러다 보니 농부나 노동자가 되고 싶어 하는 사람도 줄어듭니다.

여태 우리는 일하지 않는 사람이 쓴 시(글)를 읽고 배우며 살아왔어요. 그래서 일하는 사람들이 일하지 않는 사람의 생각에 놀아나게 되었습니다. 우리도 모르게 그들의 생각대로 어떻게 하면 일하지 않고 떵떵거리며 살 수 있을까를 머릿속에 그리며 살고 있지요. 또 그렇게 아이들을 가르쳐 왔는지 모르겠습니다. 이 따위 어리석고 비겁한 생각 때문에 땀 흘려 일을 한다는 것이 우리에게나 아이들에게 더 이상 신나고 즐겁지 않게 되었어요. 땀 흘리지 않고 쉽게 먹고사는 법을 배우기 위해 학교에 가고 죽어라 공부를 해야 한다고 가르치고 배워왔던 것은 아닐까요?

졸업식 날, 교장 선생님이나 담임 선생님이 '꼭 필요한 사람'이 되라고 했을 때도, 땀 흘려 일하지 말고 '높은 자리'에 앉아 편안하게 사는 사람이 되라고 하는구나 싶었습니다. 그래서 우리 역사는 일하지 않는 사람이 일하는 사람 위에 앉아 마음대로 짓밟고 부리는 일을 자연스럽게 여겨왔던 겁니다.

이제부터라도 일하는 사람들이 세상을 이끌어 가야지요. 그래서 학교 안이나 밖이나 일하는 사람이 쓴 살아 있는 글을 읽고 배워야 합니다. 이 세상에 먹지 않고 살 수 있는 사람이 없는데 왜 힘든 농사일은 노인들만 해야 하는지, 집을 지어 주는 사람은 왜 자기 집은 짓지 못하고 남의 집만 지어 주다가 세상을 떠나야 하는지, 공장에서 해로운 먼지와 냄새를 맡으며 온갖 물건을 만드는 노동자는 왜 가난에 찌들어 살아야 하는지, 왜 일하는 사람들이 이런 어려움을 겪으면서 살아야 하는지 제대로 알아야 합니다. 그래야만 비뚤어진 세상을 바로잡아 아름다운 세상을 만들 수 있으니까요."

마음에 두고 있던 이야기들을 이렇게 저렇게 풀어놓고 제 책에 사인을 하는 시간이 되었습니다. 그런데 한 시간 남짓 사인을 하는 동안 내내 한 여선생이 제 곁에 서 있었습니다. 사인을 끝내고 일어서려는데 그 여선생이 어린애처럼 눈물을 뚝뚝 흘리며 제게 말을 건넸습니다.

"서정홍 선생님, 오늘 강의를 듣고 전 우리 아버지를 생각했습니다. 우리 아버지는 남의 집을 지어 주는 목수입니다. 힘든 일 때문에 늘 술을 드시고 들어오는 아버지를 저는 여태껏 한 번도 이해하려 하지 않았습니다. 선생님의 강의 덕분에 남의 집을 지어 주는 일이 소중한 일이란 것을 깨달았어요. 온갖 힘들고 위험한 일을 무릅쓰고 저를 이날까지 길러 주셨는데 아버지를 원망만 했던 제 자신이 너무나 부끄럽고 죄송했습니다. 선생님, 고맙습니다. 연수 마치고 돌아가면 아버지 앞에 무릎 꿇고 용서해 달라고 말씀드릴 겁니다."

우리는 여태 그렇게 살아왔습니다. 서로 편하게 잘 먹고 잘살자고 발버둥 치며, 부모고 형제고 이웃이고 돌아볼 새도 없이 그저 바쁘게 살아온 것입니다. 시간에 쫓겨 늘 위험을 무릅쓰고 바쁘게 다니는 버스 기사들을 위해, 고무 냄새 본드 냄새 가득한 신발 공장에서 일하는 노동자를 위해, 농사를 지을수록 빚만 늘어 가는 안타까운 농민을 위해, 한평생 남의 집을 지어 주고도 자기 집 한 채 갖지 못하는 가난한 목수를 위해, 무거운 그릇들을 하루 내내 이고 들고 다니며 손님 밥상을 차리는 식당 아주머니를 위해, 언제 우리가 따뜻한 눈길 한 번, 말 한마디, 혹은 숨은 기도라도 한 번 드린 적이 있습니까?

세상이 이렇게 비틀어졌는데 여태까지 무사히 살아왔다는 것은 아이들에게, 아니 사람들에게 죄를 짓지 않고는 불가능한 일이 아니겠습니까? 산골 마을에서 농사짓고 사는 저도 무엇 하나 모자람 없이 살고 있으니, 어찌 죄를 짓지 않고 이런 편안함을 누릴 수 있겠습니까? 부끄럽고 또 부끄러울 뿐입니다.

1993년 겨울, 첫 시집 《윗몸일으키기》을 내려고 원고를 들고 과천에 있는 '우리 말 살리는 모임'을 찾아갔습니다. 이오덕 선생님은 아무도 없는 썰렁한 사무실에서 〈우리 말 우리 글〉 회지를 접고 계셨습니다. 회지를 보니 컴퓨터로 쓴 것이 아니라 손으로 또박또박 정성스레 쓴 것이었습니다. 참 놀랐습니다. 젊은 나이도 아니신데…….

"선생님, 저는 진주에 살고 있는 서정홍이라 합니다. 이십 년 남짓 노동자로 살면서 틈틈이 써 둔 시가 있어 선생님께 보여 드리고 좋은 말씀을 듣고 싶어 찾아왔습니다."

"먼 길을 오느라 얼마나 고생이 많으셨습니까? 내 잠시 다녀올 테니 기다리고 계십시오."

"선생님이 오실 동안 저는 회지 접는 일을 해도 괜찮겠습니까?"

말을 살려야
우리말 우리글
겨레가 산다

제12호
94. 5. 18

우리 말 살리는 모임
과천시 별양동 벽산 종합상가 3층 309-2호
우편 427-040 전화 504-1621, 502-4960

말을 살리는 길   이오덕

얼마 전 연세대 총학생회에서, 그 학교 교문 앞에다가 "마광수는 결코 인도와도 바꿀 수 없다"는 걸개막을 20여일 동안이나 내걸었다가 인도 대사관에서 항의가 있어 걷어 내렸다는 신문기사를 읽었다. 나는 마광수 교수의 글을 읽은 적이 없고, 그의 문제에는 관심이 없지만, 학생들이 내걸었다는 그 걸개막에 대해서는 한 마디 안할 수가 없다. 가령 마 교수가 쓴 글이 아무리 굉장한 것이라 하더라도 어째서 인도와 바꿀 수 없다고 했는지 생각할수록 어이가 없고, 너무나 한심해서 말을 못할 지경이다. 이것이 우리 대학생들이 가지고 있는 정신상태인가 싶어 한숨이 저절로 나온다. 도대체 대학에서는 뭘 배우고 뭘 가르치는가? 그런 철없는 (철이 없다고 해도 말이 안된다) 짓을 하는 학생들이 있다면 좀 생각을 제대로 하고 있는 학생들이 타일러서 (타이를 게 아니라 야단을 쳐서) 당장 뜯어 없애야 할 터인데, 대관절 학생들이 한다는 운동은 무엇을 하는 것인가? 영국 사람이나 할 말을 (영국 사람도 오늘날에는 그 따위 말을 감히 입 밖에 낼 사람이 없을 것이다) 자랑스럽게 대학교 교문 앞에다가 내걸었다는 그 젊은이들에 대해 나는 분노가 아니라 차라리 불쌍하다는 느낌을 갖는다. 인도 대사관의 항의가 있고서야 그걸 뜯어 내렸다고 하니, 이래 가지고 우리 학생들이 얼굴을 들고 다닐 수 있는가? 학생들뿐 아니라 온 국민이 부끄러운 일이요, 나라 체면이 말이 아니다.

우리 젊은이들이 왜 이렇게 되었는가? 책 때문이다. 이놈의 책이란 것이 서양말과 서양말법을, 서양사상과 서양 이론과 서양 정서를 우리들 뇌속에 주사해 넣는다. 아주 어렸을 때부터 이런 책만을 죽자살자 읽고 쓰고 외우고 했으니, 어른이 되어도 머리 속에서 나오는 생각이란 것이 서양사람이나 할 말을 제것인양 토해 내는 것이다. 옛날에는 중국글을 하늘같이 여겼는데, 그 중국숭배가 일본숭배로 이어지고, 다시 서양숭배로 되었다. 제것을 천하게 여겨서 짓밟아 없애고 싶어하는 이 고약한 버릇, 서양 것이면 똥도 좋다고 핥아 먹고 싶어하는 이 슬픈 버릇이 사람들의 뼈 속까지 스며 들어 있는데, 그 근원은 책이고 글이다. 책과 글이 우리 겨레를 망치고 나라를 망친다. 책과 글이 우리를 깨우치고, 문명이란 것을 흉내내게 하고 도시를 만들었지만, 한편 책과 글이 우리의 얼을 빼고, 우리를 병신으로 바보로 만들고, 괴물 같은 존재로 만들고 있는 것도 사실이다. 우리는 지금 분명히 겨레의 얼을 빼는 교육을 하고 있고, 나라를 망치는 병든 식민지 글문화를 만들기에 온통 미쳐 있다.

몇 해 전부터 "뜨거운 감자"란 말이 쓰이더니, 요즘은 이 말이 오게

이오덕 선생님이 손으로 또박또박 쓴 〈우리 말 우리 글〉 회지.

"아이구, 그래 주면 고맙지요."

회지를 접는 나를 한참 내려다보던 선생님이 회지는 그렇게 함부로 접으면 안 된다며 시범을 보여 주셨습니다. 양쪽 끝을 잘 맞추어서 정성껏 접어야 한다고 하셨습니다. 한 삼십 분 남짓 혼자서 회지를 접고 있는데 선생님이 손에 무언가를 들고 오셨습니다.

"먼 데서 손님이 왔는데 대접할 것이 마땅치 않아 시장에 가서 귤을 조금 사 왔습니다. 먹으면서 이런저런 이야기를 나누지요."

"선생님, 날씨가 이렇게 추운데 그 먼 길을 걸어서……."

그날이 선생님과 첫 만남이었습니다.

'이름도 없는 나 같은 사람까지 이렇게 소중하게 반겨 주시다니. 얼마나 사람을 귀하게 여겼으면.'

혼자 이런저런 생각을 하면서 선생님을 바라보니 저절로 고개가 숙여졌습니다.

지금 텔레비전이나 신문, 잡지들이 우리 삶과는 전혀 다른 엉뚱한 것을 보여 주고 들려주는데도 우리는 그것을 보고 듣는 재미에 깊이 빠져 깨어날 줄을 모릅니다. 이런 안타까운 현실을 생각할 때마다 이오덕 선생님이 그립습니다. 그리운 사람이 있다는 것은 그나마 자신을 곧게 지켜 나가는 데 큰 힘이 되리라 생각하며 저는 '오늘'을 삽니다.

먹고사는 일에 목을 매달고 밤낮도 잊은 채 일만 하던, 일밖에 모르던 제가, 이오덕 선생님을 알고부터 시를 쓰게 되었습니다. 시를 쓰는 일이 그리 대단한 일은 아닙니다만, 시를 쓰면서부터 부끄러운 삶을 가꿀 수 있게 되었고, 이웃과 자연과 세상을 조금 더 깊고 넓게 보는 눈을 가지게 되었습니다. 슬픔이 기쁨으로 바뀌고, 절망이 희망으로, 노동은 고통이 아니라 즐거움으로 바뀌었습니다.

일하는 사람이 글을 써야 세상을 아름답게 바꿀 수 있다고 가르쳐 주신 이오덕 선생님은 "우리 나라가 통일 되면 나라 이름을 '참꽃 나라'라고 하면 얼마나 좋겠나" 하고 어린애 같은 생각을 하기도 하고, "내가 죽으면 다른 어떤 꽃보다도 참꽃이 온 산에 물들여 피는 그 나라에 다시 태어나 살고 싶다"고도 하셨습니다.

이오덕 선생님은 돌아가셨지만 해마다 참꽃이 피면 다시 살아나실 것입니다. 살아서, 끝끝내 살아서, 지켜보실 것입니다. 사람이 땀 흘리며 일은 하지 않고 무슨 학문이니 철학이니 예술이니 문학이니 종교니 떠벌리면서 거짓과 속임수로 살지 않고, 저 풀숲에서 우는 벌레만큼 고운 울림으로 자연 속에서 어울려 사는 날을!

* 2011년 9월에 발표한 글입니다.

서정홍

경남 마산에서 태어났다. 지금은 합천 황매산 자락 작은 산골 마을에서 농사지으며 '열매지기공동체'와 '청소년과 함께하는 담쟁이 인문학교'를 열어 배우며 깨달으며 살고 있다. 이오덕 선생님이 펴낸 책을 읽으며 글을 쓰게 되었으며 전태일문학상과 서덕출문학상을 받았다. 동시집 《윗몸일으키기》《우리 집 밥상》《닳지 않는 손》《주인공이 무어, 따로 있나》, 시집 《58년 개띠》《아내에게 미안하다》《내가 가장 착해질 때》《밥 한 숟가락에 기대어》 들을 펴냈다.

참삶으로 교육 혼을 정화시켜 주신 분

/ 박경선

아무것도 받지 않고 음식물 쓰레기도 말려서 부피를 줄이며 사시는 것을 보고, 또 한 번 내 삶이 정화되어야겠구나 하고 생각했다.

내가 교단 초년생일 때 이름 없이, 정직하게, 가난하게 아이들을 키우는 글쓰기를 가르치는 분을 만났으니 큰 성공이요, 큰 은혜를 입었다. 나뿐 아니라 내 제자들 삶에도 무지 큰 영향을 끼치게 되었으니 말이다.

내 꿈은 초등학교 때부터 선생님이 되는 것이었다. 그래서 교육대학을 갔고 1975년에 경북에 있는 산골 학교에 발령을 받았다. 그때부터 학급 문집을 만들고, 학교 문예부를 맡아 지역 대회에서 상을 휩쓸어 왔다. 초등학교 때부터 글쓰기 선수로 대회 때마다 불려 나간 실력으로 나는 아이들한테 글쓰기를 하는 기교와 기법을 가르치고 있었다.

어느 날 경북 의성에서 열린 글쓰기 연수회에 갔다. 그때 교장 선생님한 분이 '삶을 가꾸는 글쓰기 교육'에 대해 강의를 했다. 그분 이야기를 들으면서 지금까지 내가 아이들한테 기교만 가르쳐 글쓰기 선수를 키우고 있었다는 사실을 깨닫고 그 자리에 있기 부끄러워졌다. 돌아와 그분이 쓴 《삶을 가꾸는 글쓰기 교육》과 일본 교사가 쓴 《어린이 시》라는 책을 구해 읽으며 삶과 영혼을 키우는 교육에 눈을 떴다.

그 뒤로 나는 달마다 32쪽짜리 학급문집 〈색동〉을 만들어 그분께 보내 드렸다. 그분은 우리 학급문집에 실린 글들을 한국글쓰기교육연구회에 소개하고 《산으로 가는 고양이》에도 실어 주었다. 내가 글쓰기를 할 때마다 선생님 이야기를 한 탓인지 우리 반 아이들도 '우리 선생님의 선생님은 이오덕 선생님이다'라고 알게 되었다.

한번은 이오덕 선생님이 한국글쓰기교육연구회에서 글쓰기 지도 공로자한테 주는 상을 전하겠다고 대구로 오셨다. 나는 우리 집 꼬맹이 녀석이랑 찻집에 나갔다. 거기서 웅변대회 이야기를 꺼냈다. 그즈음 반공 웅변대회가 많이 열리곤 했는데 내가 가르친 아이들도 전국 대회에 나가고 나도 일반부 연사로 참여했다. 하지만 이번 전국웅변대회에서는 상을 타지 못했다고 의기소침하게 말씀드렸다.

그런데 선생님은 그거 참 다행이라고 하셨다. 웅변대회는 지도교사가 써 준 원고를 들고 나가 꼭두각시처럼 말하게 하는 교육이란다. 선생님 말씀을 듣고 내가 당황하는 동안 우리 집 꼬맹이가 혼자서 커피 두 잔을 다 마셔 버렸다. 이오덕 선생님과 나는 찬물만 마시고 왔다. 그때 선생님 앞에서 찬물 먹고 정신 차려서 웅변 지도교사라는 관록도 차츰 털어 버리게 되었다.

담임을 하면서 나는 늘 내 능력이 모자라는 걸 느꼈다. 부모가 없는 아이, 제대로 걷지 못하는 아이, 우리 반 아이들이 어렵게 사는 모습을 보면 도깨비 방망이가 하나쯤 있으면 좋겠다는 생각이 들었다. 아픈 마음이 쌓여 앓다가 곪으면 동화를 썼다. 모자란다고 학급에서 따돌림 당하는 아이 이야기를 동화로 써서 읽어 주면 아이들이 눈물을 흘리곤 했다. 그런 이야기를 들으면서 아이들은, 모두가 소중한 사람으로 함께 살아가야 한다고 마음을 모아 주었다.

그러고 보면 동화가 우리 아이들과 내가 소통할 수 있는 길이 되었고, 마음을 함께 보듬을 수 있는 약이 되었다. 나는 둘레 사람들을 돌아보면서 늘 부족한 사람들 편에 서서 글을 썼다. 어린 날 불우이웃돕기 쌀을 얻어먹고 자란 가난이 나를 이들 편에 서게 한 것 같다.

〈동전 두 개〉라는 단편 동화로 등단한 뒤, 내가 쓴 동화를 이오덕 선생님한테 보여 드리고 싶었다. 그래서 소포로 보냈는데 원고 교정까지 봐 주시고 선뜻 지식산업사 김경희 사장님께 추천사까지 써 주셨다.

'나는 교실에서 어린이들을 사랑으로 대하고 열심히 가르치는 선생님만은 그저 덮어놓고 믿습니다. 내 믿음이 잘못되지 않았다는 사실을 이 책이 잘 말해 줄 것입니다.'

나는 너무 고마워서 남편이랑 과천에 있는 선생님 댁으로 찾아가 뵈었는데 좁은 아파트에 집 안이 온통 책으로 가득 차 있어 놀랐다. 빈 공간이라고는 선생님이 겨우 몸을 눕힐 정도뿐이었다. 채식을 하고 있어서 감자를 주로 드신다는 선생님께 벌건 핏물이 흐르는 쇠고기를 사 간 것이 너무 부끄러웠다. 아무것도 받지 않고 음식물 쓰레기도 말려서 부피를 줄이며 사는 것을 보고, 또 한번 내 삶이 정화되어야겠구나 하고 생각했다.

내가 쓴 첫 동화집《너는 왜 큰소리로 말하지 않니》(지식산업사, 1994년)에 이어 신라문화연구가 윤경렬 선생님 이야기를 다룬《신라 할아버지》(지식산업사, 1995년)가 나왔을 때 그 원고를 보신 이오덕 선생님은 "이런 고귀한 생각을 가지고 사는 분이 계셨군요" 하고 감탄하시며 윤경렬 선생님을 만나러 경주까지 내려가셨다. 최윤정 평론가가《책 밖의 어른 책 속의 아이》라는 평론집에서 이 책이 가진 가치를 높이 샀고, 이오덕 선생님은〈한국일보〉'요즘 읽은 책'이라는 꼭지에 이렇게 써 주셨다.

"이 장편 동화는 한 공예가가 우리 것을 찾기 위해 걸어온 이야기다. 나는 이 책을 읽고 곧 머리에 떠오르는 것이, 왜놈들에게 짓밟힌 우리 말이다. 우리는 36년 동안 일본말, 일본글로 살았다. 바위에 박아 놓은 쇠말뚝은 뽑으려고 하는데, 저마다 머릿속에 박힌 쇠말뚝인 일본말 버릇은 고치려고 안 하니, 이래서는 민주고 통일이고 다 헛말이 될 수밖에 없다. 요즈음 아이들에게 권하고 싶은 책이 드문 형편에서 우리 겨레의 마음을 심어 주는 이런 좋은 동화책이 나온 것은 여간 반가운 일이 아니다."

– 〈한국일보〉 1995년 7월 28일

선생님은 '우리 말 살리는 겨레 모임'을 이끌었는데 덕분에 우리 말 살려쓰기에도 관심을 가지고 공부하게 되었다. 선생님은《우리 문장 쓰기》《우리 글 바로 쓰기》같은 책을 내셨는데 그때마다 서명을 한 책을 소포로 보내 주셨다. 선생님은 우리가 그 책을 보며 이 땅 아이들을 바로 세워 주기를 바라면서 나눠 주신 것이다.

나는 본래 어릴 때부터 없이 살아서 남을 돕고 살고 싶었는데, 나눔을 실천하는 선생님 교육 철학을 배우면서 더욱더 선생님처럼 살고 싶었다. 그래서 지금껏 인세는 생활비에 보태지 않는다는 철칙을 가지고 산다. 청구문학상으로 받은 상금은 제자가 자취방을 구하는 데 주었고, 영남 아동문학상금은 소년소녀 가장 돕는 일을 하는 초원 봉사회에 보냈다. 김대건 신부 전기인 《김대건》(파랑새, 2007년)을 써서 받은 원고료는 성당 건립 기금으로 냈다.

나는 대학원에서 아동문학을 가르치는데 수업 첫 시간에는 반드시 우리 말 바로 쓰기 강의부터 한다. 문학 이전에 우리 말, 우리 글을 바로 써야 한다는 신념에서이다. 지금 교장으로 있는 초등학교에서도 아침마다 교문 앞에서 아이들을 맞이하며 아이들을 사랑한 이오덕 선생님 정신을 기리며 살려고 노력하고 있다.

* 2012년 9월에 발표한 글입니다.

박경선

1954년 대구에서 태어나 교육대학을 졸업하고 교사가 되어 학급문집 〈색동〉을 10년 동안 만들었고, 지금까지 글쓰기 지도서 3권, 전기문 1권, 동화책 18권, 총 22권 책을 냈다. 현재는 대구대진초등학교 교장, 대구교육대학교대학원 아동문학과 강사로 출강하고 있다.

내 인생의 안내자,
그리고 문학의 스승

/ 공재동

'아이들 마음이 자라도록 아이들 편에서 글을 쓰고 있는가? 그들이 즐겁게 받아들이도록 작품을 형상화하고 있는가?' 부드러우면서도 단호한 선생님 목소리가 귀에 들리는 듯하다.

1974년에 이오덕 선생님을 처음 만났다. 그때 나는 부산 해운대에서도 30여 분을 꼬불꼬불 해안 길을 달려야 갈 수 있는 바닷가 마을에 있는 송정초등학교 햇병아리 교사였다. 고등학교 때 나는 시를 써서 학교 대표로 백일장에 나가 상을 타기도 하고 〈현대문학〉을 손에서 놓아 본 적이 없는 문학도였다. 그런데 초등학교 교사가 되어서야 처음으로 '동시'라는 어린이를 위한 시가 따로 있다는 걸 알았다.

1972년 첫 발령을 받고, 교단 잡지 〈새교실〉과 〈교육자료〉에서 동시 작가를 추천하는 것을 보고 무턱대고 동시라고 써서 보냈다. 동시 여섯 편을 추천 받아 아동문학을 하게 되면서 자연스레 이오덕 선생님에 대해 관심을 갖게 되었다. 얼떨결에 시작한 아동문학이지만 아이들과 함께해야 할 문학이라는 생각에 누군가의 도움이 절실하던 때였다.

1974년 어느 늦은 밤, 나는 이오덕 선생님께 긴 편지를 썼다. 인생 이야기부터 아동문학에 이르기까지 많은 이야기를 담은 긴 편지였다. 선생님은 내게 친절하게 답장을 써 주셨고, 이렇게 해서 몇 차례 편지를 주고받았다.

그러다 선생님이, 안동에서 문학 행사가 있으니 참석해 보라고 하셨다. 그게 1975년쯤으로 기억한다. 한여름 나는 버스를 타고 안동으로 갔다. 그곳에서 처음으로 선생님을 만나 뵈었다. 단아한 체구에 형형한 눈빛이 인상적이었다. 권정생 선생님과 이현주 목사님도 그때 만났다. 흰 고무신을 신고, 베 조각을 덧댄 하얀 광목 셔츠를 입은 권정생 선생님이 아직도 눈에 선하다. 거기 있었던 사람들은 모두가 성자와 같은 엄숙한 표정이었던 것으로 기억한다.

그 뒤로 몇 년이 지났을까. 부산 당감초등학교로 옮긴 뒤 어느 해 여름, 나는 미리 연락도 드리지 않은 채 무작정 선생님을 찾아 나섰다. 먼저 대구에 있는 경북교육청에 들러 선생님이 근무하고 있는 곳을 확인하고 버스를 탔다. 안동에 있는 대성분교를 찾아 떠났던 것이다.

토요일 오후, 버스는 포장도 안 된 시골길을 흙먼지를 일으키며 한참을 달렸다. 안동에 도착했을 때는 이미 해가 진 뒤였다. 가까운 여관을 찾아 잠자리를 정하고 여관집 주인한테 대성분교가 어디에 있는지, 교장 선생님은 그곳에 계신지 이것저것 궁금한 것을 물었다. 여관 주인은 대성분교로 가는 버스는 없다고 했다. 게다가 교장 선생님은 방학을 맞아 대구에 있는 본가에 가 계신다고 했다. 미리 연락을 드려야 하는 것이 상식인데 젊은 기분에 무모한 행동을 한 것이었다.

이튿날 선생님 뵙는 것은 포기하고 있었는데, 마침 그쪽으로 가는 트럭이 있다기에 그 편에 사과 한 상자를 사서 이오덕 선생님 댁으로 보냈다. 덜컹거리는 시골 버스에 몸을 싣고 돌아오면서 선생님을 만났다면 얼마나 좋았을까 하고 생각했다. 지금도 아쉬운 마음이 든다.

나는 그때 동시집 두 권을 냈는데《꽃밭에는 꽃구름 꽃비가 내리고》(새로출판사, 1979년)와《새가 되거라 새가 되거라》(남경출판사, 1981년)이다. 그러고 나는 심한 침체기에 빠져 있었다. 사르트르가 '나의 문학이 굶주린 이들한테 한 조각 빵보다 못하다'고 한 말이 내게 큰 충격이 되었던 것이다. 내가 쓰는 동시가 이 땅 아이들한테 과연 무엇을 줄 수 있다는 것인가. 이럴 때 이오덕 선생님은 내게 큰 스승이 되어 주셨다.

선생님 추천으로 동시집《별을 찾습니다》(인간사, 1984년)를 내게 되었다. 이 동시집은 우리 아이들이 겪고 있는 갈등과 고민을 담담하게 펼쳐 보여, 내 딴에는 동시의 새로운 세계를 모색해 보려 애쓴 실험이었다.

선생님은 내게 저서 몇 권을 보내 주셨는데 그 가운데 대성분교 어린이들 시를 모은 동시집《일하는 아이들》과 평론집《시정신 유희정신》이 있다.《일하는 아이들》에 담긴 대성분교 아이들의 꾸밈없는 생각들이 천진스럽다. 아이들 시를 손대지 않고 경북 지방 사투리 그대로 살려 썼다. 나는 이 시집을 마치 고전처럼 아꼈는데 자주 이사를 하는 통에 잃어버린 것을 참으로 애통해하고 있다.《시정신과 유희정신》에는 지금도 선생님이 직접 써 주신 서명과 '1977. 9. 1' 날짜가 뚜렷이 남아 있다. 이원수 선생님이 책머리에 쓴 글도 감회를 더해 준다.

실로, 이오덕 씨의 평론은 아동문학 50년의 역사에 일찍이 없었던 본격적인 것으로, 이로 말미암아 혼돈 상태에 있는 아동문학 이론에 많은 영향을 끼치고 있으며, 작가와 시인들에게 밝은 진로를 보여 주고 있는 것이다.

이원수 선생님 말씀대로 이 평론집은 아동문학사에 길이 남는 책이 틀림없다. 이오덕 선생님이 같은 해에 낸 《이 아이들을 어찌할 것인가》에는 아이들을 깊이 사랑하는 마음이 고스란히 담겨 있다. 뒤이어 나온 수상집 《삶과 믿음의 교실》은 교육자로서 철학을 밝힌 중요한 책이다.

1970년대에는 라이머가 쓴 《학교는 죽었다》, 일리치가 쓴 《탈학교의 사회》, 실버번이 쓴 《교실의 위기》 같은 교육에 대한 책이 나왔다. 학교교육에 대한 위기의식이 전 세계에 퍼져 있던 시기였다. 《삶과 믿음의 교실》은 우리 나라 학교교육이 가진 문제점을 분석하고 대안을 제시했다.

이오덕 선생님이 돌아가시기 몇 해 전, 부산 송정에 있는 청소년 수련원에서 글쓰기 연수에 참석하러 가는 길인데 한번 만나고 싶다고 연락이 왔다. 나는 한달음에 달려갔다. 바다가 내려다보이는 밥집에서 천천히 밥을 먹으며 선생님과 많은 이야기를 나누었다.

그날 선생님과 나눈 대화를 오래도록 기억하고 있다. '우리가 쓰고 있는 동화와 동시를 읽어 줄 아이들, 그 아이들은 과연 어떤 아이들인가? 우리는 그 아이들이 어떻게 살아가기를 원하고 있는가? 아이들 마음이 자라도록 아이들 편에서 글을 쓰고 있는가? 그들이 즐겁게 받아들이도록 작품을 형상화하고 있는가?' 부드러우면서도 단호한 선생님 목소리가 귀에 들리는 듯하다.

이제는 나도 오랜 교직 생활을 접고 퇴임을 했다. 문학과 교육 사이에서 방황하던 젊은 시절에 이오덕 선생님은 내 인생의 안내자요, 문학의 스승이다. 평생을 통해 가르침을 받을 만한 스승이 없는 사람처럼 불행한 사람은 없다고 했는데, 그러고 보니 나는 참 행복한 사람이다. 이 글을 쓰면서 새삼 깨닫는다.

* 2012년 10월에 발표한 글입니다.

공재동

1949년 경남 함안에서 태어났다. 1979년 〈아동문학평론〉에서 동시로 등단하고, 중앙일보 신춘문예에서 시조가 당선되었다. 세종아동문학상, 이주홍아동문학상, 최계락문학상, 방정환아동문학상 들을 수상했다. 《꽃씨를 심어 놓고》를 비롯해 동시집과 시조집을 여러 권 냈다. 부산시 교육연수원장을 거쳐 2011년 8월에 부산 신곡초등학교장으로 정년퇴직하고 지금은 시골에서 살고 있다.

선생님 믿음으로 나온 첫 동화집

/ 박상규

> 그때부터 나는 작품을 몇 번씩 고치고 다듬어 내보내는 습관을 갖게 되었습니다. 이 것은 이오덕 선생님이 내게 가르쳐 준 무언의 교훈이었습니다.

내가 이오덕 선생님을 알게 된 것은 1980년 〈서울신문〉 신춘문예 동화에 당선된 뒤였습니다.

어느 날 밤, 이오덕 선생님이 전화를 했습니다. 여러 신문에서 당선된 신춘문예 동화들을 모두 읽어 보았는데 박 선생 작품이 가장 마음에 들었다면서 열심히 글을 쓰라는 격려를 해 주었습니다. 유명한 분이 친절하게 먼저 전화를 걸어 준 것이 무척 고마웠습니다.

신춘문예에 동화가 당선되고 나니까 여기저기서 전화하는 사람이 꽤 많았습니다. 문단에서 이름을 날리는 사람도 축하한다며 앞으로 자기와 같은 문인 단체에 들어와 활동을 하자고 했습니다. 나는 이오덕 선생님도 어떤 모임으로 나를 끌어들이기 위해 연락을 한 것이 아닌가 하고 오해하기도 했습니다. 그러나 곧 선생님은 오직 작품만으로 그 작가를 평가한다는 것을 알았습니다.

얼마 뒤 선생님이 전화해서 책을 내고 싶지 않느냐고 물었습니다. 신춘문예에 당선되면 작가로 인정받는다는 것을 알고 있었지만 몇 달 만에 책을 내는 것이 좀 무리인 것 같았습니다. 그런데도 나는 무조건 책을 내고 싶다고 대답해 버렸습니다.

이오덕 선생님은 여섯 달 동안 말미를 주면 원고지 800매 정도 글을 마련할 수 있느냐고 물었습니다. 나는 무조건 할 수 있다고 대답했습니다. 전화를 끊고 나니 눈앞이 캄캄했습니다. 책을 낼 수 있는 기회를 놓치고 싶지 않다는 욕심 때문에 앞일을 생각하지 않고 대답한 것이 후회스러웠습니다. 유명한 어른과 한 약속을 어긴다면 앞으로 작가로서 신뢰를 잃어버리는 일이기에 어떻게든 지켜 내야 한다고 결심했습니다.

그때 내가 가지고 있던 원고는 신춘문예에 응모하려고 써 둔 원고와 습작으로 연습지에 초고로 써 놓은 400매 정도 있었습니다. 그러니 반 정도는 준비된 형편이었습니다. 학교에 근무하면서 시간 나는 대로 원고를 쓰고 고치고 다듬는 일에 온갖 정성을 다했습니다. 그래서 이오덕 선생님이 기한을 준 여섯 달 동안 원고지 800매를 만들었습니다.

자신은 없었지만 원고를 선생님한테 우편으로 보냈습니다. 보내고 나서도 퇴짜 맞을 것 같은 생각에 불안했습니다. 선생님은 내 글을 꼼꼼하게 읽고 의심나는 점은 꼭 전화로 물어보고 넘어갔습니다. 한번은 이런 것을 물었습니다.

"박 선생 작품에 '건천에 버렸다'란 말이 나오는데 '건천'은 어떤 곳인지 잘 모르겠습니다."

나는 이렇게 대답을 했습니다.

"저는 어려서 남한강이 흐르는 동네에 살았습니다. 강가에는 여기저기 강으로 흘러드는 개울이 많은데, 이 개울은 가뭄에 물이 말라 자갈밭이 되기도 하고, 장마가 지고 나면 원래 흐르던 개울의 물길이 바뀌기도 하지요. 그러면 그전 물길은 바짝 말라서 못 쓰는 땅으로 변하게 됩니다. 우리 고향에서는 그런 땅이나 버려지고 못 쓰는 땅을 건천이라고 부릅니다."

"그렇군요."

"다른 말로 바꿀까요?"

"아닙니다. 여러 고장의 토박이말을 살려 쓰는 것이 좋습니다."

나는 그때 이오덕 선생님이 상당히 꼼꼼한 성격인 것을 알았습니다. 그리고 경력이 없는 풋내기 작가가 쓴 작품도 대충 넘어가지 않고 하나하나 제대로 짚고 넘어가는 분이란 것을 깨달았습니다. 그때부터 나는 작품을 몇 번씩 고치고 다듬어 내보내는 습관을 갖게 되었습니다. 이것은 이오덕 선생님이 내게 가르쳐 준 무언의 교훈이었습니다.

이오덕 선생님한테 보낸 원고는 다음 해 《고향을 지키는 아이들》(창비, 1981년)로 세상에 나왔습니다. 신춘문예에 당선된 지 1년 만에 동화책을 내니 많은 사람이 놀랐습니다. 그것도 작가들이 내고 싶어 하는 유명한 출판사에서 낸 것을 두고 "도대체 누구 백으로 그런 출판사에서 처녀 출판을 했느냐?" 하면서 묻는 작가들이 한둘이 아니었습니다. 그렇게 묻는 말에는 '이오덕 선생님의 백으로' 하고 대답해야겠지만, 그렇게 말하면 선생님을 모독하는 일이란 것을 잘 알기 때문에 "이오덕 선생님이 도와주셨어요." 하고 답했습니다.

"이오덕 선생님한테 잘 보였나 봅니다."

"……."

잘 보이긴커녕 한 번도 만나 보지 않은 선생님인데 '잘 보였다'는 말은 맞지 않아서 대답을 하지 않았습니다.

이오덕 선생님은 사람을 보고 추천하는 분이 아닙니다. 오직 작품으로 평가하고 도와주는 분이란 것을 그때부터 알게 되었습니다. 사실 많은 작가들이 이오덕 선생님한테 잘 보이고 싶어 했습니다. 이오덕 선생님이 작품을 잘 평가해 주면 그 작가는 그만큼 실력을 인정받는 것이기 때문입니다.

그러나 이오덕 선생님은 아무리 친한 사람도 작품에 대한 평가는 엄중했습니다. 옳은 것은 옳다고 얘기하고 그른 것은 그르다고 말씀하는 데는 조금도 흔들림이 없었습니다.

사람들은 이오덕 선생님 앞에서는 거짓말을 못했습니다. 이오덕 선생님은 지금 말하고 있는 것이 진실인지 거짓인지 꿰뚫어 보는 눈을 가졌습니다. 거짓투성이인 작품은 선생님 앞에서 바로 탄로가 납니다.

내가 신춘문예에 당선되고 1년 만에 책을 내도록 이끌어 준 이오덕 선생님 덕분에 첫 동화집 《고향을 지키는 아이들》은 31년이 지난 오늘까지 세 번이나 책 모양이 바뀌었고 지금도 많은 사람들이 읽어 주고 있습니다. 책을 읽은 아이들이 감동을 받았다고 이야기하는 것을 보면 좋은 작품은 유행을 타지 않는다는 생각이 듭니다.

이오덕 선생님이 이끌어 주셔서 가능했던 일이기에 지금도 잊지 않고 늘 감사하게 생각하고 있습니다. 지금도 이오덕 선생님이 살던 무너미 마을에서 행사가 있을 때마다 선생님 무덤 앞에 가서 머리를 숙입니다. 그리고 선생님이 생활하고 글을 쓰고 사람들을 만나던 돌집을 둘러봅니다. 그럴 때면 마당에 있는 밤나무에서 떨어진 알밤을 주워 나한테 주면서 먹으라고 하던 정다운 선생님 모습이 떠올라 그립습니다.

이오덕 선생님은 기획하는 모임이나 출판에 나를 꼭 끼워 주셨고 열심히 글을 쓰게 해 주었습니다. 사람을 한 번 믿으면 끝까지 믿어 주셨던 선생님을 이제는 다시 볼 수 없으니, 팔 하나가 떨어져 나간 것처럼 허전하기만 합니다.

* 2012년 12월에 발표한 글입니다.

박상규

1980년 〈서울신문〉 신춘문예 동화 부문 당선으로 작가가 되었다. 스무 권 남짓 책을 내고 '한국어린이문학협의회' 회장을 지냈다. 42년 동안 초등학교에서 아이들을 가르치다가 1999년에 퇴직했다. 지금은 충주에서 틈틈이 동화를 쓰며 조용히 살고 있다.

선생님과 함께했던 귀한 시간들

/ 권오삼

선생님은 내가 찾아뵐 때마다 정치, 사회, 교육, 문화, 문학, 문단, 아이들 글쓰기, 권정생 선생에 대한 이야기까지 많은 말씀을 해 주셨다. 주로 일요일에 찾아뵈었는데, 어느 때는 오후 3시에 들러 밤 10시까지 머문 적도 있었다.

'선생님이 직접 겪으셨던 이오덕 선생님 이야기'를 써 줄 수 없느냐는 뜻밖의 전화에 순간 당황했다. 주어진 날짜가 내가 맡은 어떤 일과 겹친 것도 그렇거니와 그보다는 마음에 여유가 필요했다. 하지만 이오덕 선생님을 생각하면 도리가 아닌 것 같아서 승낙을 한 뒤, 막상 글을 쓰려고 하니 어디서부터 이야기를 풀어 나가야 할지 막막하다.

다음은 내가 1999년 〈시와 동화〉 여름 호에 썼던 '내가 본 이오덕 선생'에 대한 글의 한 부분이다.

선생님이 계시는 무너미로 전화를 올렸다. 전화를 받으시는 선생님의 목소리가 전과 같지 않았다. "편찮으십니까" 했더니 내일부터 일주일이나 열흘쯤 서울에 있는 병원에 입원해야 할 형편이라고 말씀하셨다. 선생님은 요 몇 년째 건강이 아주 안 좋으시다. 내가 최근에 선생님을 뵌 것이 설을 막 지난 무렵이었으니 벌써 두 달 전이다.

돌이켜 보면 선생님이 1985년에 과천으로 오시고, 내가 과천과 가까운 안양에서 살던 1995년까지가 선생님과 가까이 지냈던 귀한 때였다. 그때 나는 한 달에 두어 번씩 선생님 댁을 드나들며 선생님의 아까운 시간을 축내곤 했다.

선생님도 전화로 곧잘 나를 부르셨다. "권 선생, 오늘 송현 씨와 윤동재 씨가 놀러오겠다고 하니 권 선생도 오실랍니까?" 하고 말씀하시면 바쁜 일이 있어도 뒤로 미루고 달려갔다. 선생님과 내가 이렇게 빠르게 가까워진 것은 선생님이 퇴직하고 과천으로 오신 다음부터였다. 그 전까지는 한국아동문학인협회 총회 때나 뵙고 인사나 하는 정도였다. 하지만 나는 오래 전부터 선생님을 마음속으로 흠모하고 있던 터였다.

내가 선생님을 처음 뵌 것은 1976년 1월이었다. 경북 영천에서 초등학교 선생을 하고 있을 즈음 〈월간문학〉 신인상에 당선되었는데(1975년), 심사위원을 했던 이원수 선생님을 뵐 때였다. 김종상 선생님과 함께 시내 음식점으로 갔는데, 그때 이오덕 선생님이 이원수 선생님과 먼저 약속을 하셨는지 점심을 잡숫고 계셨다. 그게 이원수 선생님과 내가 처음 만난 자리이면서 또한 이오덕 선생님과 첫 만남이기도 했다.

그리고 나서 1976년 겨울인가 대구아동문학회 모임에 갔을 때였다. 모임이 끝나자 동시나 동화로 갓 등단한 나 같은 몇몇 문우들과 어울려 가까운 다방으로 갔다. 그런데 모임에서는 뵙지 못했던 이오덕 선생님과 김녹촌 선생님이 마주 앉아 이야기를 나누고 계시는 게 아닌가. 어찌나 반가운지 얼른 다가가 인사를 드렸다.

김녹촌 선생님은 1965년에 내가 영덕군에 있는 작은 어촌 학교에 일할 때 장학사로 계셨는데, 문학을 하는 평교사들과 함께 〈꽃조개〉란 동인지를 만들 때 앞장서 일하셨기 때문에 잘 알고 있었다. 그러나 곧 내가 군대를 가게 되면서 김녹촌 성생님이 나를 기억할 정도로까지 인연을 맺지는 못했다.

어쨌든 이미 알고 있던 두 분을 한자리에서 뵙게 되었으니 나로서는 반갑기 그지없었다. 친구들과 떨어져 두 분 곁에서 이야기를 듣다가 '동시는 어떻게 써야 하느냐'고 물을 참이었는데, 문우들이 오더니 눈짓으로 나가자고 보채는 게 아닌가. 아쉬움을 뒤로 하고 자리를 뜬 게 지금도 기억에 생생하다. 그때 순간 느낀 것이 모두 두 분을 피한다는 거였다. 까닭을 짐작할 수 있었다.

내가 등단하기 전 한국아동문학인협회 기관지나 대구매일, 영남일보에 실린 선생님의 평론 글을 본 적이 있었다. 그때 일찍이 경험하지 못했던 충격과 감동을 느꼈는데, 다른 이들은 거부감을 가진 것 같았다.

1978년 2월에 나온 이오덕 선생님 책《일하는 아이들》은 내게 아이들한테 시 쓰기를 어떻게 가르쳐야 하는가를 보여 준 교본이어서 아이들 시 쓰기 지도에 원전으로 삼았다. 그러다 그해 6월 교직을 떠나면서 선생님을 가까이 할 기회는 아주 멀어지고 말았다. 그런데 7년 뒤 과천에서 얼마든지 뵐 기회를 얻었으니 이보다 큰 행운은 없는 것이다.

이삿짐 정리를 대충 끝낸 선생님 댁에 들러 내 딴에는 심각하게 선생님께 던진 질문이 이러했다.

"어떻게 사는 게 바르게 사는 것입니까?"

선생님은 내가 찾아뵐 때마다 정치, 사회, 교육, 문화, 문학, 문단, 아이들 글쓰기, 권정생 선생에 대한 이야기까지 많은 말씀을 해 주셨다. 주로 일요일에 찾아뵈었는데, 어느 때는 오후 3시에 들러 밤 10시까지 머문 적도 있었다. 이런 때는 두어 사람이 함께 자리했을 때인데 주로 송현, 윤동재 선생이 함께했다.

때로는 혼자 선생님 댁을 방문하여 오랜 시간 이야기를 나누곤 했다. 끼니때가 되면 선생님이 밥을 시켜 주셨는데, 집에 두고 있는 술까지 아낌없이 내주시는 따뜻함을 보여 주셨다. 나는 선생님 앞에서 담배를 피우기도 했는데, 몇 번 그런 일이 있고 나서 송구한 마음이 들어 선생님 앞에서는 담배를 피우지 않았고, 얼마 뒤에는 아예 끊어 버렸다.

1995년에 형편이 안 좋아 수원으로 이사하게 되었다. 선생님은 내색은 안 하셨지만 매우 서운한 기색이었다. '사는 곳이 멀어지면 정도 멀어진다'는 말도 있듯이 수원으로 이사하고부터는 전처럼 자주 찾아뵐 수 없어 마음이 편치 않았다. 선생님도 건강이 날로 나빠져 몇 해 뒤 아예 무너미로 옮겨 가시니 선생님과 더욱 멀어진 느낌이었다.

아동문단에서는 나를 '이오덕 맹종자'로 낙인찍고 나만 보면 선생님 험담을 해 대곤 했다. 어느 해에 선생님이 한국아동문학인협회 세미나에 참석하러 가셨다가 어떤 동시인으로부터 '이 빨갱이!' 어쩌고저쩌고하는

1986년 7월 29일 권정생 선생님 집에서 어린이문학에 대한 좌담을 준비할 때 모습. 권정생, 권오삼, 이오덕(왼쪽부터) 선생님.

봉변을 당하신 뒤 다시는 그 단체에 나가지 않으셨다.

그 뒤에 선생님이 중심이 되어 1989년 10월 29일에 만든 단체가 '한국 어린이문학협의회'이다. 그때 나는 생업과 관계된 일에 어려움을 겪고 있었지만, 단체를 만들기 위해 선생님과 함께하는 시간을 전보다 더 많이 가졌다.

그러나 이듬해 끝내 생업을 정리할 수밖에 없어 상임이사를 계속하기가 어려웠다. 그때 선생님은 누구로부터 무슨 말씀을 들으셨는지 내가 부덕한 탓이라는, 자책하는 편지를 보내셨다. 급히 댁으로 찾아뵙고 자세히 말씀을 드렸지만 마음이 아팠던 기억이 새롭다.

지하에 계신 선생님이 탄식할 정도로 한자말과 영어말이 활개 치는 오늘날 현실을 보면 더욱 선생님이 생각나고 그립다.

* 2013년 1월에 발표한 글입니다.

권오삼

1975년 〈월간문학〉 신인상, 1976년 소년중앙문학상에 당선하면서 등단했다. 동시집으로 《고양이가 내 뱃속에서》《도토리나무가 부르는 슬픈 노래》《똥 찾아가세요》《진짜랑 깨》들이 있으며 방정환 문학상, 권정생 창작기금을 받았다.

이오덕이 당신 애인이야?

/ 윤동재

옳은 것은 옳고 틀린 것은 틀리다고 분명하게 말해 주는 이오덕 선생님이 언제나 좋았다. 선생님은 단 한 번도 체면치레, 인사치레로 말한 적이 없었다.

이오덕 선생님이 1986년 경북 성주에서 과천으로 옮겨 오고 나서 나는 선생님이 사는 과천 주공아파트에 자주 들렀다. 내가 근무하는 학교가 잠실종합운동장 맞은편에 있고, 지하도를 건너면 바로 과천으로 가는 버스를 탈 수 있기 때문에 자주 찾아가서 이야기를 나누었다.

이오덕 선생님과 이야기를 나누다 보면 선생님은 옥수수 튀밥이나 검은콩 볶은 것을 내놓고 먹으라고 했다. 더러는 사과나 배를 손수 깎아 주기도 했다. 과일을 깎을 때는 늘 왼손으로 깎았다. 밥 먹을 때가 되면 날된장과 양파, 잡곡밥을 내놓고 같이 먹자고 했다.

이오덕 선생님은 술을 마시지 않는데 가끔은 가게에 가서 맥주를 사와서 따라 주기도 했다. 밤이 늦으면 자고 가라고 해서 둘이서 잔 적도 꽤 있다.

우리 집사람이 나한테 "이오덕이 당신 애인이냐? 이오덕이 당신 부인이냐?" 하며 여러 번 핀잔을 주었다. 그때마다 나는 "당신은 부인이고, 이오덕은 애인이오" 하고 답해 주었다. 그리고 덧붙여서 "부인은 곧잘 싫증이 나지만 애인은 싫증이 나지 않는 법이오" 하고 대꾸해 주었다. 우리 집사람은 기가 찬 모양이었다.

내가 선생님을 처음 만난 것은 1981년 가을이었다. 경북 의성초등학교 과학실에서 만났다. 선생님은 이때 의성군 초·중·고등학생 백일장 심사위원으로 왔다. 학생들이 글을 쓰는 동안 선생님은 인솔 교사를 의성초등학교 과학실에 모아 놓고 경북글짓기지도연구회 회보를 나누어 주고 글쓰기 지도에 대한 이야기를 했다. 이오덕 선생님의 이야기가 끝나자 나는 곧바로 따지듯이 물었다.

"선생님 말씀을 들어 보니 글은 꾸밈없이 정직하게 써야 한다고 하셨습니다. 그런데 나누어 주신 회보는 '경북글짓기지도연구회 회보'라고 되어 있습니다. 선생님 말씀대로라면 회보 이름도 '글짓기'라는 말을 빼고 '글쓰기'라고 해야 하지 않나요? '글짓기'라는 말에는 '꾸밈없이 정직하게'라는 뜻보다는 '거짓으로 꾸며 내고 지어내다'라는 뜻이 들어 있습니다."

"그렇지요. 선생님 말씀이 맞습니다. 글짓기라고 하면 지어내다, 꾸며 내다는 뜻이 들어 있지요."

이오덕 선생님이 다음에 낸 회보를 보니 'ㅇ' 선생님이 '글짓기'를 '글쓰기'라는 말로 고쳐야 한다는 주장을 했다고 정리해 놓은 게 실려 있었다. 그리고 1983년 여름, 이오덕 선생님은 한국글쓰기교육연구회를 만들었다. 과천 영보수녀원에서 창립총회를 했는데 나도 그 자리에 갔다. 이오덕 선생님은 돌아가실 때까지 '글쓰기'라는 말을 썼다.

1980년대 중반 이후로 이오덕 선생님이 사는 과천 집에서 권오삼, 송현, 노경실을 종종 같이 만났다. 1989년 어느 날 선생님이 어린이문학 단체를 만들어야겠다고 했다. 나는 권오삼 선생과 둘이서 반대했다. 어린이문학은 단체를 만들어야만 잘할 수 있는 게 아니다, 우리가 할 수 있는 일은 작품을 쓰는 일이다, 작품은 각자가 열심히 쓰면 되는 거라고 말이다. 어린이문학 단체도 많은데 단체를 만들지 말고 차라리 동인지를 내자고 했다.

그러나 선생님은 어린이문학, 어린이 음악, 어린이 미술, 어린이 연극, 어린이 책, 어린이 글쓰기 교육을 하는 어린이와 관계된 일을 하는 사람들을 한자리로 모으는 일이 필요하다면서 단체를 꼭 만들겠다고 했다. 그래서 만든 것이 '한국어린이문학협의회'다. 창립총회를 하는 날 이오덕 선생님은 강연을 해야겠다고 했다. 강연 원고는 2백 자 원고지로 60장 정도 되는데 내가 타자를 치고 복사를 해서 참석자들한테 나누어 주었다. 멀리 안동에 살던 권정생 선생도 창립총회 때 올라왔다.

한국어린이문학협의회 살림은 권오삼 선생이 맡았다. 나는 1990년부터 한국고전번역원 교수였던 장재한 선생한테 한문을 배우러 다니고, 고려대학교 대학원에서 현대문학으로 박사과정을 밟는 통에 한국어린이문학협의회 모임은 거의 빠졌다.

한국어린이문학협의회를 만들고 제1회 연수회를 가졌을 때 첫 발표를 이재복이 맡게 되었다. '어린 민중의 목자'라는 제목으로 이원수 동화를 공부한 내용을 정리해 발표했다. 그런데 이오덕 선생님은 '민중'이란 말이 옳은지 그른지를 따졌다. 연수회 오기 직전에 대학교수 한 분을 만났는데 민중이란 말이 일본말이라서 '백성'이란 말을 써야 한다고 했다.

나는 일어서서 백성이란 말은 왕조시대 말이고 전제군주의 상대어다, 이 민주 시대에 굳이 백성이란 말을 골라 써야 하느냐, 민중은 의식 지향, 가치 지향이 들어 있는 말이다, 더군다나 일본말이라는 증거가 어디에 있느냐고 했다. 이오덕 선생님은 단단히 화가 나셨다.

한번은 과천 이오덕 선생님 집에서 이야기를 하다가 둘이서 '간간(侃侃)'이란 말을 두고 다툰 적도 있다. 이 말을 이오덕 선생님은 일본말이라고 했고, 나는 아니라고 했다. 이 말은《논어》〈선진〉편 본문에 나오는 말이라 자신있게 말했다. 선생님은 일어 사전을 펼쳐서 찾았고, 나는 옥편에서 찾은 내용을 선생님한테 보여 주기도 했다.

이오덕 선생님과 나는 나이 차가 많다. 무려 서른 살 넘게 차이가 난다. 그런데도 어린 나를 스스럼없이 대해 주었다. 그래서 나는 선생님께 내 생각을 주저 없이 말할 수 있었다. 선생님은 내가 하는 말을 귀담아들어 주었고, 옳다고 생각하는 것은 받아들였고, 틀리다고 생각하는 것은 사정없이 나무라고 꾸짖었다. 나는 이런 선생님이 좋았다. 옳은 것은 옳고, 틀린 것은 틀리다고 분명하게 말해 주는 이오덕 선생님이 언제나 좋았다. 선생님은 단 한 번도 체면치레, 인사치레로 말한 적이 없었다.

'소박한 생활, 굳건한 믿음과 실천' 이것이 이오덕 선생님이 살아온 삶이 아닌가 한다. 이오덕 선생님은 언제나 소박하게 살아왔고, 어린이문학, 글쓰기 교육, 우리 말 우리 글 바로 쓰기에 대해서는 굳건한 믿음과 실천을 보여 주었다. 그 길을 나도 이제 흔들림 없이 따라 걷고 싶다. 너무 늦었는가, 아니다. 늦고 이른 것이 대수인가. 당장에라도 제대로 따라 실천하는 일이 중요하지 않겠는가.

* 2013년 2월에 발표한 글입니다.

윤동재

1982년 〈현대문학〉에서 추천 받아 등단했다. 동시집 《재운이》《서울 아이들》《동시로 읽는 옛이야기》를 이오덕 선생님 도움으로 냈으며, 시그림책 《영이의 비닐우산》을 냈다. 시집 《아침부터 저녁까지》《날마다 좋은 날》《대표작》을 냈고, 학술서 〈한국현대시와 한시의 상관성〉을 냈다. 이 땅 어린이들한테 참삶을 일깨워 줄 수 있는 좋은 동시를 써서 보여 주고 싶다는 바람을 갖고 있다.

절대로 따라하지 마이소

/ 장문식

아동문학이 우리의 전통을 왜곡하거나 파괴하는 일은 말할 것도 없고, 상업주의로 타락하여 저속화되거나 외국물의 모조품들을 양산하는 일, 또는 성인 문학의 탈을 쓰고 행세하고 싶어 하는 일체의 불순한 경향들을 경계합니다.

"절대로 따라하지 마이소."

이 말은 이오덕 선생님이 편지로, 또는 만날 때마다 나한테 가장 많이 한 당부이다. 이 글을 쓰자니 지금도 귓가에 쟁쟁하다. 이 말은 당시 우리 나라 아동문학의 시대 흐름과 그것을 우려하는 당신의 진정을 담고 있는 절규와 다름없다. 선생님은 기회만 있으면 '사람의 삶과 민족의식'을 말씀 하셨다. 따라서 우리 나라 아동문학도 우리 어린이들의 삶과 민족의식을 외면하거나 왜곡해서는 절대 안 된다는 것이 선생님의 확고한 사상이었 다. 이 명제에 재론의 여지가 있겠는가.

내가 이오덕 선생님을 처음 뵌 것은 1977년도이다. 서울에서 열린 한국아동문학가협회 정기총회 자리였다. 〈전남일보〉에 당선되었던 〈형제〉라는 내 동화를 이야기하면서 칭찬했던 것으로 기억한다. 당시 심사는 이원수 선생님이 하셨는데 심사평에서 사실성을 높이 샀다고 했다. 산골에 사는 바보 형과 정상인 동생 사이의 갈등과 화합을 있는 그대로 그려 낸 점이 이오덕 선생님 생각과 들어맞아 이 작품을 기억하고 격려를 해 주었으리라 본다.

이오덕 선생님은 그때 한국아동문학가협회 원로였기 때문에 선생님의 격려는 나한테 큰 영광이었다. 그 뒤로는 선생님을 직접 만나 뵐 기회가 거의 없어서 대신 수많은 편지를 주고받았다. 안부 인사도 드리고, 아동문학에 대하여 여쭙기도 하고, 아동문학 단체에 대한 이야기도 듣고, 작품집 출간에 대한 안내도 받았다.

이런저런 편지를 서른 통 넘게 보내고 또 답장을 받았다. 선생님은 내가 보낸 어떤 편지든지 반드시 답장을 주셨다. 원고지에다 굵은 만년필로 글씨를 또박또박 써서 보내 주셨다. 내가 지금까지 살아오면서 아내와 결혼 전에 주고받았던 편지 말고, 이렇게 많은 편지를 주고받은 사람이 없다. 선생님 편지는 가장 반가운 편지였고, 늘 기다리는 편지였다. 그래서 받으면 서너 번은 읽고, 세월이 지난 뒤에도 이따금 꺼내 다시 읽었다. 그 편지를 30년 넘도록 고스란히 지니고 있었는데 4년 전에 없애 버렸다.

자연법대로 이오덕 선생님께서도 가시고, 나는 불법(佛法)을 만나 무애(無碍)의 삶을 원하며 소유한 것들을 버리기 시작했다. 그때 나는 동화집과 동시집을 1,500권 넘게 가지고 있었다. 지금 사는 집으로 이사 올 때 이삿짐을 정리하면서, 이 책들을 내 방에 쌓아 두는 것보다는 한 권이라도 아이들이 읽는 편이 더 낫겠다고 판단해 시골 학교 도서관에 모두 기증했다. 그날 선생님 편지뿐만 아니라 다른 편지들도 모두 태웠다. 그런데 지금 이 글을 쓰려 하니 못내 안타깝다. 그 편지를 되읽어 가면서 쓴다면 훨씬 생생한 사연과 절절한 감정을 들춰낼 수 있었을 텐데 말이다.

1982년 가을, 이오덕 선생님은 나에게 동화집 출간을 할 수 있게 도와주셨다. 그 무렵 지방 신출내기가 서울에 있는 출판사에서 개인 작품집을 출간한다는 것은 거의 불가능했다. 나보다 훨씬 가까이 교류하는 중견 작가들도 많았을 텐데, 자주 보지도 않고 멀리 떨어져 사는 신인을 그토록 배려해 주셨을까. 정말 정이 많은 분이셨다. 나는 고맙고 죄송할 따름이었다. 한편으로는 내 작품을 인정해 주었다는 생각에 내심 우쭐하기도 했다.

이렇게 동화 원고 열일곱 편이 《도둑 마을》(인간사, 1983년, 1991년 산하출판사에서 다시 나옴)로 출판되었다. 선생님은 출판사와 의논해 '오늘의 아동문학'이라는 기획을 했는데 거기에 내 동화집을 넣어 주었다. 이오덕 선생님은 이 출판 기획에 '어린이의 삶'과 '민족의식'을 담고자 했다. 다음 기획 취지문을 보면 잘 알 수 있다.

'오늘의 아동문학'은 어린이의 삶을 정직하게 보여 줍니다. 어떠한 공상도 삶의 뿌리에서 싹터 난 것이어야만 어린이의 것일 수 있습니다. 삶을 보여 주는 문학만이 어린이를 즐겁게 할 수 있고, 어린이를 키워 갈 수 있습니다.

우리는 문학으로써 어린이들을 우리 민족의 어린이로 키워 가려고 합니다. 그러기에 아동문학이 우리의 전통을 왜곡하거나 파괴하는 일은 말할 것도 없고, 상업주의로 타락하여 저속화되거나 외국물의 모조품들을 양산하는 일, 또는 성인 문학의 탈을 쓰고 행세하고 싶어 하는 일체의 불순한 경향들을 경계합니다.

이와 같은 이오덕 선생님의 아동문학관은 서구 모방 풍조와 동심천사주의 흐름에 마음이 기울어 가는 나를 깨우쳐 주었다. '절대로 따라하지 마이소'란 말은 나를 지극히 아껴 하신 말씀이었다. 누구를, 무엇을 따라하지 말라는지 나는 잘 안다. 그 뒤로 나는 어린이 삶과 민족의식을 내 동화의 바탕으로 삼고 지금까지 변함없이 글을 쓰고 있다. 이오덕 선생님을 만나 깨달은 최고의 교훈이다.

이오덕 선생님은 나에게 그저 베푸시기만 한 분이었다. 나는 그 은덕을 톡톡히 받았다. 1986년 웅진아동문고로 출간한 장편《출렁이는 물그림자》로 제13회 한국아동문학상을 받았다. 이 상의 심사위원장이 이오덕 선생님이었다. 이 작품은 물에 잠긴 고향 이야기였는데 이오덕 선생님이 좋게 평가한 것이다. 시상식이 끝나고 내 손을 잡으며 "절대로 따라하지 마이소" 하고 또다시 말씀하셨다.

그날 아내와 우리 아이들이 처음으로 선생님께 인사를 드렸다. 이때 우리 아이들을 어찌나 다정히 대해 주셨던지 그 애들이 커서도 이오덕 선생님을 기억했다. 그날 밤에 식당에서 수상 축하 잔치가 있었다. 이런 자리는 자기과시, 생색내기, 인맥 만들기, 세 확장 같은 호기와 허언이 난무하기 일쑤다. 얼마쯤 지나서야 술 한 잔 올리려고 선생님을 찾았으나 일찍 가셨다 한다. 이런 자리에서 선생님이 오래 계실 턱이 없다. 상금도 받았으니 택시라도 잡아 드려야 했는데 참 죄송했다.

3년쯤 지난 뒤 선생님께서 광주에 오셨다. 오셨다는 소식을 듣고 찾아 갔더니 시내 변두리 어느 식당에 계셨다. 선생님은 어떻게 알고 왔냐며 반갑게 맞아 주셨다. 그 자리에는 광주의 선배 문인들과 또 다른 몇 분이 계셨다. 지난번 시상식 때 일도 생각나고 해서, 이번에는 꼭 대접해 드리고 차표라도 사 드리려 했다. 그런데 선생님께서 극구 마다하며 가시는 바람에 아무것도 못했다.

1980년대 말쯤 이오덕 선생님으로부터 한국어린이문학협의회 창립에 관한 문건을 받았다. 나는 고민하다 끝내 참여하지 못했다. 그 까닭은 딱 하나, 이미 가입한 협회에 등 돌릴 수 없었기 때문이었다. 이제 와 생각하니 나는 선생님께 은혜만 입고 한 번도 보답해 드린 적이 없다. 사실 나와 이오덕 선생님과는 유별난 이야기가 없다. 그렇지만 원고 청탁을 서슴없이 들어준 것은 선생님에 대한 죄송한 마음을 이 기회에 고백하고 싶어서였다. 이오덕 선생님, 정말 죄송합니다.

* 2013년 3월에 발표한 글입니다.

장문식

1948년 전남 화순에서 태어났다. 전남대 교육대학원에서 국어교육을 전공했다. 1976년 전남일보 신춘문예, 1980년 한국일보 신춘문예에 동화가 당선됐다. 제13회 한국아동문학상, 제24회 세종아동문학상을 받았으며, 동화집 《신기료 할아버지》《도둑 마을》《누나와 징검다리》《출렁이는 물그림자》《희미하게 찍힌 사진》 들을 냈다.

신념대로 살았던 사람

/ 이영호

최근 아동문단에서 전원문학이 논의되고 있는데, 온종일 땅을 파고 짐을 지고 밤에
도 내일을 걱정하는 농촌 사람들을 목가적인 시각으로 보는 전원문학은 반농민적이
요, 반서민적인 태도이기 때문에 꾸짖어야 마땅하다.

    이오덕 선생과 처음 만났던 것은 1966년 여름, 답십리에 사는 이원수
선생님 댁에서였다. 내 첫 창작동화집 《배냇소 누렁이》(태화출판사, 1966년)
머리말 원고를 받으러 이원수 선생님 댁을 방문했더니 그곳에 이오덕 선
생이 와 있었다. 이원수 선생님이 이오덕 선생을 경북 어느 초등학교에서
일하며 동시를 쓰고 글쓰기 운동을 열심히 하는 분이라고 하기에 '경상
도에 사는 분이 무슨 일로 서울까지 오셨지?' 하는 생각이 들었지만 처음
만난 그이에게 물어보지는 못했다.

    이오덕 선생과 두 번째로 만난 것은 그로부터 5년이 지난 뒤였다. 1971
년 한국문인협회(문협) 아동문학분과 회장 선거에서 아쉽게 낙선한 박경

용이 의견을 내놓아 그해 2월 이원수 선생이 회장을 맡은 한국아동문학가협회가 창립되었다. 그리고 이듬해 아동문학 세미나를 처음으로 연 자리에서 이오덕 선생을 다시 만났다.

세미나 주제가 '아동문학의 전통성과 서민성'이었는데 내가 발제 강연을 하고, 이오덕, 이재철, 박홍근 몇 분이 토론자로 나서게 되었다. 토론자인 이오덕 선생은 보충 의견 형식으로 발제자 의견보다 훨씬 강하게 서민성 문제를 강조해서 눈길을 끌었다. 그 뒤에 출판된 《동시, 그 시론과 문제성》(신진출판사, 1975년)에 그때 발언 내용이 담겼는데 이를 요약해 보면 다음과 같다.

첫째, 오늘날 우리 문화는 외래적이고 표피적이며 경망하고, 반민족적으로 몰아가고 있는데 이러한 반서민적이고 반민족적인 것과 대립되는, 일하는 사람들의 땀과 고뇌가 담긴 진실한 세계를 현실을 통해 판별하고 인식하는 작품을 써야 한다.

둘째, 서민성이란 생산노동에 몸담고 있는 사람들이 느끼고 행동하는 세계를 말하는 것으로 우리는 항상 이런 땀 흘리며 일하는 사람 편에 서서 사물을 보고 느끼고 생각하는 작품을 써야 한다.

셋째, 최근 아동문단에서 전원문학이 논의되고 있는데, 온종일 땅을 파고 짐을 지고 밤에도 내일을 걱정하는 농촌 사람들을 목가적인 시각으로 보는 전원문학은 반농민적이요, 반서민적인 태도이기 때문에 꾸짖어야 마땅하다.

그때까지만 해도 이오덕 선생이 갖고 있는 문학에 대한 신념이나 사상이 어떤 것인지 거의 알려져 있지 않았던 때였다. 발제자인 나는, 땀 흘려 일하는 생산 노동자와 농민을 더 귀하게 생각해야 한다는 생각은 같지만 그렇지 않은 작품을 깡그리 반서민적, 반민족적, 반농민적인 작품으로 꾸짖어야 한다는 강경론에 적잖이 거부감을 느꼈다. 문학의 다양성을 부인하는 듯한 의견이었기 때문이다. 많은 회원들이 나와 같은 생각을 하는 분위기였던 것으로 기억된다.

이오덕 선생과 있었던 일 가운데 가장 기억에 남는 일은 1975년 8월에 터진 필화 사건이다. 내가 협회 상임이사를 맡아 협회 기관지 〈한국아동문학〉 편집까지 책임을 맡고 있을 때였다. 편집회의에서 그즈음 널리 문제가 되고 있는 동시 표절 문제를 정면으로 다루기로 하고 나를 비롯해 여섯 사람이 수집한 자료를 바탕으로 이오덕 선생한테 집필을 부탁했다. 그런데 이오덕 선생은 원고지로 100매 가까운 '표절 동시론'과 함께 거의 같은 분량으로 쓴 '부정의 동시'라는 논문을 보내왔다.

같은 기관지에 한사람 이름으로 비슷하고 무거운 주제를 다룬 원고를 두 편이나 싣는 것은 문제가 있다고 판단했다. 그래서 이오덕 선생한테 양해를 구하고 여러 사람한테 자료를 받아 대표로 쓴 '표절 동시론'을 이현주 회원 이름으로 싣기로 했다. 만약 문제가 생기면 다 같이 책임을 진다는 뜻으로 원고 끝에 나와 이오덕, 김종상, 박경용을 비롯해 자료를 준 여섯 사람 이름도 함께 밝혔다.

그 글이 실린 〈한국아동문학〉이 나오자 세상이 발칵 뒤집혔다. 일간 신문 문화면에 기사가 크게 난 건 물론이고, 지금은 폐간된 〈신아일보〉는 문화면 한 면을 몽땅 그 내용으로 도배하는 일이 일어난 것이다. 그런데 '신춘문예 표절 작품'을 논한 글 끝에 1959년 〈국도신문〉 신춘문예 당선작인

송명호 씨가 쓴 〈시골 정거장〉과 최계락 선생 작품 〈가을〉을 나란히 보이며 〈시골 정거장〉이 〈가을〉을 '너절하게, 그리고 통속적이고 유행가처럼 늘어놓은 듯한 느낌이 드는 모작'이라고 한 대목이 문제를 일으켰다. 표절 작가라는 오명을 쓴 송명호 씨가 글을 쓴 사람과 함께 자료를 준 사람 모두를 명예훼손죄로 형사 고발하는 사태가 벌어진 것이다.

모작인지 아닌지는 보는 사람 관점에 따라 다르게 평가될 수 있는 일이어서 충분히 문제가 될 수 있는 내용인데다 '너절하게, 그리고 통속적이고 유행가처럼'이라는 표현까지 쓴 그 부분을 편집에서 걸러 내지 못한 것이 큰 실수였다. 수사가 진행되면 이름을 빌려 주었던 이현주 선생은 물론, 명백한 표절 작품만 자료로 제공한 회원들은 명예훼손 사건과는 무관하다는 사실이 밝혀질 일이었다.

결국 가장 크게 책임을 져야 할 사람은 처음 편집회의 때는 없었던 모작 혐의 작품에 대한 글을 덧붙인 이오덕 선생이고, 그런 내용을 걸러 내지 못한 편집 책임자인 나와 판권에 펴낸이로 이름을 올린 이원수 회장이라고 할 수 있었다.

검찰에서 출두 통지를 받고 맨 먼저 편집 책임이 있는 내가 담당 검사와 대면했다. 나는 이번 사건이 명예훼손으로 형사 고발할 사안이 아니라 문학적으로 논쟁할 거리라고 주장했다. 하지만 검사는 양측이 합의를 하지 않으면 조사할 수밖에 없다는 입장을 분명히 했다. 그래서 문협 분과 회장에 당선된 전 상임이사 이재철 선생한테 송명호 씨를 만나 소를 취하하는 합의를 하라고 했다. 그러나 송명호 씨를 만나고 온 이재철 선생이 전해온 상황은 어렵기만 했다. 송명호 씨는 5대 일간지 한쪽 전면에 사과 광고를 내기 전에 소송을 물리지 않겠다고 한다면서 중재자 역할을 포기했다.

참으로 난감한 일이었다. 가장 큰 책임을 져야 하는 이오덕 선생은 공무원 신분인데다 서울 나들이도 쉽지 않은 처지였다. 그 일로 검찰에 불려와 조사를 받는 것도 그렇지만, 만약 형사 처분이라도 받게 된다면 적잖은 타격을 입을 일이기 때문이다.

결국 그 사건은 날카롭게 대립하고 있던 우리 단체의 이원수, 한국아동문학회 김영일 두 회장이 손을 맞잡고, 조연현 한국문인협회 이사장까지 나서서 협회 기관지와 일간 신문 한 곳에 한 단짜리 크기의 사과 광고를 내는 것으로 마무리되었다.

다음 해 1월 총회 때 이오덕 선생을 만나 그 사건이 화제에 올랐지만, 이오덕 선생은 자기 신념을 굽히지 않았다. 그런 선생한테 대놓고 많은 사람들을 곤혹스럽게 만든 데 대한 핀잔이나 불평을 할 수는 없었다. 이오덕 선생은 이렇듯 자기 신념을 굽힐 줄 모르는 사람이었다.

* 2013년 4월에 발표한 글입니다.

이영호

1996년 경향신문 신춘문예 당선, 1967년 현대문학 소설 추천으로 문단에 등단했다. 펴낸 책으로는 창작 동화집 《배냇소 누렁이》, 장편 소년소설 《거인과 추장》, 장편 전기소설 《세계를 누비며》들이 있다. 신인예술상, 세종아동문학상, 대한민국 문학상, 방정환문학상 들을 받았으며 한국아동문학가협회 회장, 한국문인협회 아동분과 회장 및 상임이사, (사)어린이문화진흥회 회장을 맡았고, 지금은 이 단체들에 고문으로 있다.

4부
이름 없이, 정직하게,
가난하게

이오덕 2세대로 살기

/ 강삼영

20대에 만난 선생님은 나에게 많은 것을 남기셨다. (줄임) 무엇보다 '이름 없이 가난하게 사는 삶'을 기쁘게 여기는 많은 동무들을 주셨다. 나도 동무들처럼 그렇게 살 수 있도록 삶을 되돌아보며 천천히 살 것이다.

한국글쓰기교육연구회는 회칙 말고 '모둠살이 규칙'이라는 것이 있다. 2000년 겨울연수회 자리에서 이오덕 선생님이 회원들한테 내놓은 글이다. 아마 회원들이 '우리 말과 삶을 가꾸는 글쓰기'라는 말이 무엇을 뜻하는지 혼란스러워한다고 생각하셨던 것 같다. 선생님은 규칙 3조에 삶을 가꾼다는 것이 무엇을 뜻하는지 환하게 밝히셨다.

제3조 삶을 가꾼다는 것은 사람답게, 올바르게 살아가는 것을 뜻한다. 이 것을 좀 더 풀이하면 다음과 같은 말이 될 수 있다.
① 남을 해치지 않고, 함께 어울려 살아간다.

② 자연을 잘 알아서 자연을 도와주고, 자연과 어울려 살아간다.

③ 일하고 공부하고 노는 것이 하나가 되는 삶을 즐긴다.

④ 이름 없이 가난하게 살아가는 데서 기쁨을 느낀다.

⑤ 어린이와 같은 거짓 없고 깨끗한 마음으로 살아간다.

⑥ 어린이를 사람답고 건강하게 키운다.

내가 이오덕 선생님을 처음 만난 것은 대학을 다닐 때 읽었던 책에서였다. 《어린이를 지키는 문학》이라는, 겉장이 빨간 책이었다. 그러다 총학생회에서 주관하는 강연회에서 선생님을 처음 뵈었다. 선생이 되고 3년이 지나 지금 있는 삼척 한국글쓰기교육연구회에 나가면서 글쓰기 공부를 시작했고, 여름과 겨울에 열리는 연수에도 꼬박꼬박 나갔다. 연수에 가면 가까이서 선생님 말씀을 들을 수 있었다.

선생님은 연수 마지막 날 자료집을 꼼꼼하게 읽고 도움말을 주셨다. 회원들이 연수 기간에 벌여 놓은 일들에 대해서도 생각을 밝히셨다. 회원들은 한마디도 놓치지 않으려고 침만 꼴딱꼴딱 삼키면서 숨을 죽였다. 회원들 글에 나타난 삶을 태도에서부터 띄어쓰기 하나까지도 허투루 넘어가지 않았다. 나는 그런 분위기에 잘 적응하지 못했고 답답하게 느꼈다. 오래된 몇몇 회원들이나 용기 있는 새내기 회원들만이 선생님과 이야기를 나누었다.

선생님이 돌아가시기까지 10년 가까이 연수 때마다 선생님을 뵈었지만 나는 선생님께 말 한마디 건네지 못했다. 그러고 한동안은 선생님 건강이 아주 좋지 않았고, 선생님 말씀을 직접 들을 기회도 줄어들었다.

2003년, 무더운 여름 끝자리에 선생님은 우리 곁을 떠나셨다.

"이름 없이 가난하게 살아가는 데서 기쁨을 느낀다."

다른 사람이 이 글을 소리 내어 읽거나, 혼자 조용히 이 말을 되뇌면 가슴이 찡하고 울린다. 지금 나는 그렇게 살고 있는지 자꾸만 돌아보게 만드는 말이다. 내가 알기로 한국글쓰기교육연구회에서 만난 많은 분들이 이렇게 살고 있다. 어떤 분들은 시골에 터를 잡고 가난한 삶을 실천하기도 하고, 또 다른 많은 분들은 자연 속에 사는 것은 잠깐 뒤로 미루고 지금 이 자리에서 보도블록 사이에 핀 민들레처럼 살기도 한다.

올해는 봄이 참 늦게 왔다. 진달래와 개나리도 보름이나 늦게 피었고 쌀쌀한 날씨에 일찍 낸 모종이 얼어 죽기도 했다. 4월 말까지 산 쪽으로는 눈이 날렸다. 5월에 들어서면서 갑자기 날씨가 달라졌다. 새순이 막 움트면서 산빛도 달라졌다.

나도 이제야 정신을 차리고 고구마와 강낭콩, 고추모를 심었다. 4월 초에 심었던 감자는 한 달이 다 되니 싹이 올라왔다. 논은 내 힘으로 하기 힘들어서 모내기까지는 동네 분한테 부탁을 해 놓았다. 봄바람 심하게 부는 날 논에 가서 지난해 미처 걷어 내지 못한 볏짚을 묶어 내면서, 씨감자 눈을 따고 밭에 심으면서, 나는 내가 지금처럼 살고 있는 것이 참 대견하다 싶었다.

어릴 때부터 바다가 가까운 농촌에 살았지만 바다 일도 농사일도 해 보지 않았다. 가끔 동무들이 하는 일을 거들어 주는 것이 다였다. 그런 내가 지금 이렇게 살고 있는 것은 분명 한국글쓰기교육연구회를 만나고 이오덕 선생님 말씀을 들었기 때문이라 생각한다. 한국글쓰기교육연구회에서 만난 동무들을 빼면 나처럼 살아가고자 하는 이는 둘레에 없지 싶다. 거의 다 몸을 놀려 하는 일을 하찮게 여기면서 기회만 되면 조금이라도 큰 도시에서 살기를 원한다.

나는 내가 '이오덕 2세대'라는 재미있는 생각을 한다. 선생님을 뵈었지만 말 한마디 나눠 보지 못하고 먼발치에만 서 있었다. '이오덕 1세대'는 선생님과 함께 참교육 운동을 하고, 우리 글 바로 쓰기와 삶을 가꾸는 글쓰기, 어린이 책 운동, 아동문학 활동을 했던 분들이 아닐까 싶다. 그리고 이제 선생님 책을 통해 말씀을 듣고 사람답게, 올바르게 살아가는 것이 무엇인지 배우고 실천하려는 이들이 '이오덕 3세대'가 될 것이다.

나는 '이름 없이 가난하게' 사는 삶을 소망한다. 가끔씩 내가 그렇게 살고 있는지 되짚어 본다. 전교조 활동을 하고, 지역 문화 운동을 하고, 생협 활동을 하고, 글쓰기 공부를 하면서, 내 이름을 내려고 하는 일들은 아닌지 돌아본다. 그러지 않으면 언제든지 헛된 욕망에 사로잡혀 길을 헤맬 수 있기 때문이다.

이오덕 선생님이 일깨워 준 '사람답게 올바르게 사는 삶'을 나는 이렇게 그려 본다. 월간 〈작은책〉 읽기 모임을 하면서 일하는 사람들 삶을 이해하고, 내가 일하는 사람이라는 것을 깨닫는다. 참교육 정신으로 어린이를 사람답고 건강하게 키우려는 운동을 게을리하지 않는다. 글쓰기 공부를 하면서 어린이와 같은 마음으로 삶을 가꾸려고 한다. 그리고 또 하나, 지역 생협 활동과 농사일을 하면서 자연과 어울려 살아가려 한다. 그렇게 하루하루를 살다 보면 일하고 공부하고 노는 것이 하나 되는 삶을 즐길 수 있지 싶다.

20대에 만난 선생님은 나에게 많은 것을 남기셨다. 우리 말과 글이 지닌 가치를 일깨워 주셨고, 어린이문학에 즐거움을 느낄 수 있는 바탕을 만들어 주셨다. 그리고 교사로서 아이들과 함께 사는 삶이 얼마나 아름다운 것인지도 알려 주셨다. 그리고 무엇보다 '이름 없이 가난하게 사는 삶'을 기쁘게 여기는 많은 동무들을 주셨다. 나도 동무들처럼 그렇게 살 수 있도록 삶을 되돌아보며 천천히 살 것이다.

* 2010년 6월에 발표한 글입니다.

강삼영

한국글쓰기교육연구회 회원으로 강원도 동해시에서 6학년 아이들과 행복하게 살려고 노력하고 있다. 춘천교육대학교 대학원에서 아동문학을 공부하고 있고, 아직까지 아이들이 좋아하는 '시'를 쓰고자 하는 꿈을 버리지 않고 있다.

자기 혁명 하는 마음으로

/ 이무완

우리가 아이들에게 가르칠 것은 가르쳐야 하겠지만, 아이들한테서 도로 배워야 한다는 사실을, 더구나 겨레말 교육에서 크게 깨달아야 할 것이다.

— 《우리 글 바로 쓰기》

〈개똥이네 집〉 '이오덕 다시 보기' 꼭지에 글을 써 달라는 부탁에 그러겠노라 하고, 전화를 덜컥 끊고는 난감했습니다. 곰곰 생각할수록 더 그렇습니다. 충주 무너미에서 편집회의 할 때 두어 차례 선생님을 만난 일, 연수회 때 서너 차례 이만큼 떨어져 앉아 뵌 일 빼고는 이오덕 선생님을 두고 딱히 기억이라고 할 게 없습니다. 그때나 지금이나 나는 먼발치에서 아무렇지도 않은 얼굴로 마치 돌멩이처럼 다른 사람 틈에 섞여 선생님 말씀 듣기를 좋아했으니까요. 괜한 짓했다 싶었지요. 딱 잘라서 마다하지 못한 게 후회스러웠습니다. 그러다가 《우리 글 바로 쓰기》를 읽으면서 내 생각을 키우고 삶을 가꾸어 온 이야기를 해 보려고 용기를 냅니다.

내가 아주 어렸을 때 일입니다. 초등학교 1학년 교실에 어린 '내'가 있습니다. 부끄럼 많이 타던, 말수 적은 아이. 나는 학교에만 가면 더욱 주눅이 들었습니다. 타고난 천성 탓도 있겠지만 내가 쓰는 말도 마음에 걸립니다. 우리 선생님이 쓰는 말은 내 투박한 말하고 아주 다릅니다. 나긋나긋하다고 할까, 표준말입니다. 거기에 대면 우리 집에서 쓰는 말은 배운거 없는 무지렁이라 여기는 사람들이 쓰는 말만 같았습니다. 더러 나도모르게 튀어 나오는 사투리가 부끄러워 얼굴이 확 달아오를 때도 있었습니다.

삶이 고단한 아버지 어머니한테 배운 말 버리기, 그 길이야말로 나를 살리고 키우고 드높이는 길이라고 어린 마음에 굳게 믿고 살았습니다. 가난하게 살아가는 부모님 삶은 부끄럽다 여겨 덮어 버리고, 바탕이 다른 남을 충실히 흉내 내는 것으로 열등의식에서 벗어나보려는 발버둥인 셈이지요. 아마 그게 내가 하는 '말'을 고민한 첫 경험이 아닐까 싶어요.

그 아이가 자라 교육대학 국어교육과에 갔습니다. 딴에는 남들보다 우리 말과 글에 대해 제법 안다며 거들먹거리고 살았습니다. 그러다가 대학 3학년 때 우연찮게 《우리 글 바로 쓰기》를 읽었습니다.

정말 이제는 겨레말 살리는 일을 서로 일깨우고 서로 배우면서 하고, 스스로 살펴서 자기 혁명을 하는 마음으로 실천하지 않으면 안 되는 때가 온 것이지요. 말을 살리는 일이 바로 목숨을 살리는 일임을 모두가 깨달았을 때 비로소 우리는 이 땅에서 당당하게 살아남을 겨레가 될 것이라 생각합니다.

−《우리 글 바로 쓰기 1》(이오덕, 한길사, 1992년)

언제인지 모르지만 밑금을 그어 놓은 게 보입니다. 눈앞이 환하게 밝아지는 느낌. 오늘날 말이 글을 따라가는, 거꾸로 된 세상으로 흘러간다면서 남들 눈치 보고 남의 것만 따라다니는 얼빠진 종살이 버릇을 우렁우렁한 목소리로 선생님은 나무랍니다. 어쩌면 이쯤이 내가 쓰는 '말'을 진지하게 고민한 두 번째 기억입니다. 그러고는 두 권 마저 읽으면서, 이렇게 생각하는 사람이 다 있구나 싶은 게 혼자 몰래 신이 났습니다. 그 얼마 뒤 나는 삼척으로 선생 발령을 받았습니다.

우리가 아이들에게 가르칠 것은 가르쳐야 하겠지만, 아이들한테서 도로 배워야 한다는 사실을, 더구나 겨레말 교육에서 크게 깨달아야 할 것이다.
　　　　　　　　　　　－《우리 글 바로 쓰기 3》(이오덕, 한길사, 1995년)

처음 읽으면서는 말글살이에 뿌리박혀 있던 잘잘못을 깨우쳤다고 한다면 그 뒤로는 내가 선생 노릇을 어떻게 해야 하는지, 제 말을 잃어 가는 아이들하고 어떻게 살아야 할지를 생각했습니다. 언제나 그렇듯 이오덕 선생님은 에둘러 말하거나 꾸며서 말하는 법이 없습니다. 연수 때나 회보 편집 일로 가끔 뵈었을 때, 책으로 만났을 때 선생님은 때로 쪼잔하고 자잘하다 여겨질 만큼 말이든 글이든 삶이든 그 누구라도 잘잘못을 그 자리에서 또박또박 짚어 주었습니다. 작은 목소리지만 그게 진실이기에 언제나 힘이 느껴졌습니다.

말이 길어졌지만, 여태껏 내가 지금 같은 생각을 어떻게 갖고 살게 되었을까를 말하려고 이토록 길게 휘돌아 왔습니다. 지난 여름 홍세화 선생이 쓴《생각의 좌표》를 읽었습니다. 책에서는 '내 생각과 욕망의 주인은 누구인가' 하고 묻습니다. 지금 내가 하는 생각은 태어날 때는 없던 것인데, 이 생각들이 언제, 어떻게 내 것으로 만들어지고 어떻게 변하고 있는지 묻습니다. 나는 뒤통수를 얻어맞은 듯, 화들짝 놀랐습니다. 이제껏 한 번도 해 보지 않은 생각입니다. 생전 처음 지금 내가 가지고 있는 생각들이 어디서 비롯됐을지 생각했습니다.

가끔이지만 십수 년 넘게 선생 노릇 하면서 요즘처럼 힘들다고 생각해 본 적이 없습니다. 누가 우리 교실을 들여다보면 '저게 제 정신 가진 선생일까' 하고 욕할지 모르겠습니다. 이런저런 아이들 잘못을 하나하나 들추어내면서 눈살을 찌푸리고 싫은 소리를 끊임없이 해댑니다. 오늘 무얼 했나 하고 되돌아보면 혼자 생각에도 낯 뜨거울 때가 허다합니다. 그래도 그나마 아이들한테 죄 덜 짓고 이만큼이라도 아이들 눈치를 살피면서, 아이들 하는 일이나 말 하나하나를 눈여겨 살필 수 있는 여유를 갖고 선생 노릇 하는 게 다 이오덕 선생님 덕분이지 싶습니다. 우리 말 질서에 맞는 깨끗한 우리 말을 쓰려고 하는 마음도 그렇고요.

요즘《우리 글 바로 쓰기》를 다시 책장에서 꺼내 읽습니다. 새삼 말과 글과 삶의 임자가 누구일까를 생각합니다. 이오덕 선생님은, 책 속에 파묻혀 팔자 좋게 글만 읽으며 남의 것을 본받아 살아가려는 사람들을 매섭게 꾸짖으셨습니다. 그래서 일하면서 살아가는 농사꾼 말, 조금이라도 덜 오염된 아이들 말을 살려야 한다고 힘주어 말합니다. 요령에 가까운 말과 껍데기 삶으로 가득 채운 교과서에 갇히지 않고 몸으로 일하는 사람들의 말과 글, 삶을 살려야 겨레가 살고 나라가 산다고 하셨습니다. 마음속에 가득 차 오르고 부글부글 끓어올라 마침내 터져 나오는 말을 마음껏 할 수 있는 사람으로 키워야지, 그렇지 않으면 우리 사는 세상도 병들고 말 것이라고도 합니다.

없는 사람, 못 배운 사람, 힘 없는 사람들을 향한 따뜻한 눈길이랄까, 속 깊은 사랑이랄까, 여하튼 그런 걸 느낍니다. 말이 될지 모르겠지만 나는 《우리 글 바로 쓰기》가 단순히 말과 글 문제만 다루고 있는 게 아니라 이름 없는 사람들이 가꾸어 가는 말과 글, 삶에 대한 애정을 담은 책으로 대접받아야 한다고 생각합니다.

겨울밤이 깊어 갑니다. 모두가 '자기 혁명' 하는 마음으로 이오덕 읽기를 함께 하면 좋겠습니다. 선생님은 우리 어깨를 다독거리며 놓쳐서도 잊어서도 안 되는 삶에 대해 살아생전처럼 조곤조곤 우리에게 말을 건네실 것입니다.

* 2010년 12월에 발표한 글입니다.

이무완

강원도 동해에서 나고 자랐다. 한국글쓰기교육연구회 회원. 2010년 강원일보신춘문예에서 동시 당선으로 등단했다. 지금은 삼척 서부초등학교에서 6학년 아이들하고 살고 있다.

감자빛이 되고 흙빛이 되고

/ 주순영

이오덕 선생님은 사시사철 아니, 평생 감자를 즐겨 드셨으니 그 삶은 미루어 짐작해 볼 수 있지 싶다. 물질과 자본과 지위와 명예와는 거리가 먼, 소박한 삶을 사셨던 선생님은 얼굴도 마음도 감자빛, 흙빛이 되셨다.

겨울 날씨가 추워야 한다지만 이번 겨울은 추위도 너무 춥다. 오늘 이른 아침에 눈을 뜨자마자 온도를 보니 영하 22도다. 따뜻한 부산도 영하 17도라니 96년 만에 찾아온 매서운 추위라고 한다. 온 나라가 꽁꽁 얼어붙었다. 밖으로 나다닐 엄두도 못 내겠다. 아, 이런 날은 집 안에 콕 틀어박혀 식구들끼리 한 이불 덥고 아랫목에 모여 앉아 뜨끈뜨끈한 감자나 고구마를 삶아 먹어야 되는 거 아닌가?

이런 생각을 하고 있자니 문득 이오덕 선생님이 쓴 《감자를 먹으며》가 생각났다. 이사 온 지 얼마 되지 않은 터라 아직 풀지 않은 책 묶음이 있었는데 한참 만에야 그 속에서 책을 찾아냈다. 어찌나 반가운지. 그렇지

맞아, 이렇게 수수한 책이었지. 《버찌가 익을 무렵》《감자를 먹으며》이 두 책을 보면 이오덕 선생님이 강직하고 올곧은 학자나 교육 사상가가 아니라 따뜻한 이웃 할아버지 같은 느낌으로 다가온다. 아이들을 사랑했던 선생님, 인간에 대한 따스함의 뿌리가 여기에 닿아 있지 싶은 생각이 드는 책이다.

> 우리 어머니 아침마다 저녁마다
> 정지에서 밥을 풀 때
> 솥뚜껑 열고 밥에 얹힌 감자
> 맨 먼저 한 개 젓가락 꽂아 나를 주셨지.
> 겨울이면 정지 샛문 열고 내다보는 내 손에 쥐어 주며
> 꼭 잡아 꼭!
> 봄 가을이면 마당에서 노는 나를 불러
> 김 무럭무럭 나는 그 감자를 주며
> 뜨겁다 뜨거, 후우 해서 먹어!

아, 생각만 해도 이 겨울 추위가 달아나는 듯 따뜻해진다. 선생님 어머니가 그리하셨듯 내 어머니도 밥을 하실 때면 그 위에 꼭 감자 너덧 알을 깎아 넣어 밥을 하신다. 밥을 풀 때 깨지지 않도록 살짝 꺼내어 다른 그릇에 따로 담아 상에 올리기도 하지만 파삭파삭 주걱으로 으깨어 밥에 고루 섞이게도 하신다. 감자만 따로 먹는 것도 좋지만 밥 속에 섞여 있을 땐 감자가 더 많이 든 밥을 차지하고 싶은 마음이 든다.

사정이 생겨 이번 방학 전에 한 달 동안 우리 네 식구는 부모님 집에서 얹혀살았다. 이때 어머니는 잡곡이 좋네, 현미밥이 좋네 해도 일삼아 감자밥을 해 주셨다. 부모님 집을 떠나올 때 눈물 바람으로 우리를 보내던 어머니 모습이 떠오른다.

후우 후우 불면서 먹든 그 맛
잘 익어 터진 북해도 흰감자
껍질을 홀홀 벗기면서 아이 뜨거!
야무진 자주감자 껍질을 벗기면서 아이 뜨거!
뜨거워서 이 손에서 저 손으로 공 받듯이 받다가
한입 가득 넣으면 입안에 녹아드는 그 향기 그 맛
팍신팍신 달고소한 그 감자 맛

선생님은 감자를 어찌 이리도 맛나게 드셨을까? 먹는 것을 보면 그 사람을 알 수 있다고 했지. 그 사람이 어떤 사람인가를 알려면 그 사람이 무엇을 먹는지 보면 알 수 있다고 했다. 몸과 맘은 다른 게 아니다. 우리는 마음도 먹는다. 또한 먹어서 맘도 생긴다. 몸과 마음은 서로 떨어져 있는 게 아니다.

이오덕 선생님은 사시사철 아니, 평생 감자를 즐겨 드셨으니 그 삶은 미루어 짐작해 볼 수 있지 싶다. 물질과 자본과 지위와 명예와는 거리가 먼, 소박한 삶을 사셨던 선생님은 얼굴도 마음도 감자빛, 흙빛이 되셨다. 오늘 우리들 게걸스런 식탐은 구제역이라는 시대의 재앙을 불러들였다.

이 끔찍한 돌림병을 만들어 낸 우리 낯빛은 어떤 빛일까? 붉은 핏빛이 아 닐까 싶다. 오늘을 사는 우리네 인간들은 정녕 흙빛을 되찾을 수 있을까?

후우 후우 감자를 먹으면서
나는 또 책을 읽었다.
감자를 먹으면서 글을 썼다.
감자를 먹고 학교 선생이 되어서는
감자 먹고 살아가는 산골 아이들을 가르쳤다.
나는 지금 할아버지 나이가 되었는데도
아직도 어린애처럼 후우 후우 감자 먹기를 좋아해서
감자 먹는 아이들을 생각하고
감자 먹고 살아가는 사람들이 모여 있는 마을에 가서
오두막집 지어 사는 꿈을 꾼다.

이번 겨울에 한국글쓰기교육연구회 연수를 경상북도 상주에서 했다. 경북 상주 청리초등학교. 그래, 어디서 많이 들어 본 이름. 이오덕 선생님 이 1960년대 초에 아이들을 가르쳤던 학교였지. 내가 이 땅에 목숨을 얻 어 나오기도 전에 선생님은 학교에서 아이들을 가르치고 계셨던 거다. 운 이 좋았던 게지. 1994년부터 선생님이 돌아가시던 2003년까지 10년 동 안 연수에 가서 선생님 귀한 가르침을 받을 수 있었다.

연수 동안 선생님은 뒷자리에 조용히 앉아 계시면서 후배들 발표를 귀 담아 들으셨다. 자료집 속 글을 미리 꼼꼼히 읽고 오셔서 마지막에 하나

하나 깐깐하게 짚어 주셨지. 잠깐 쉬는 시간이 되면 선생님 곁으로 조심스레 다가가 이것저것 묻고 배우고 하던 선생님들이 많이 있었는데 나는 그런 엄두는 내 보지도 못했다. 말 한마디 제대로 여쭈어 본 일이 없다. 내가 있는 자리에 선생님이 함께 계시다는 것, 아니 선생님이 계신 자리에 내가 있다는 것이 그저 소중할 뿐이었다. 내겐 어려운 어른이셨고 너무도 큰 스승님이었다.

그런데 이번 겨울연수 때는 왠지 모르게 선생님이 가깝게 여겨졌다. 이오덕 선생님이 상주 청리초등학교에 있을 때 하나하나 손으로 써서 엮은 문집 〈봄이 오면〉 〈흙의 아이들〉도 선물로 받았다. 40년 전, 선생님이 감자 먹는 산골 아이들한테 시를 가르치고 엮어 준 문집이었다. 그 문집에는 잃어버렸던 우리 마음, 우리 삶이 있었고 살아 있는 우리 말이 있었다. 자연을 닮은 아이들, 감자를 먹던 산골 아이들이 가진 깨끗하고 아름다운 마음들이 있었다.

집에 와 《허수아비도 깍꿀로 덕새를 넘고》를 보니 책 뒤쪽에 이 문집 두 권이 실려 있는 게 아닌가. 원본 아닌 원본을 갖게 되어 무지 좋았다. 세월이 흘렀고 선생님은 이 땅에 계시지 않지만 나는 믿는다. 감자를 먹으면서 글을 썼고 감자를 먹고 선생님이 되었고, 감자 먹는 아이들을 가르쳐 오신 선생님 뒤를 따르려는 우리들한테 이오덕 선생님은 따뜻한 감자를, 어머니 마음을, 흙 기운을 나누어 주고 계심을.

내가 믿는 하느님도

그렇다,

감자를 좋아하실 것이다.

맑고 깨끗하고 따스하고 포근하고 부드러운

감자 맛을 가장 좋아하실 우리 하느님,

내가 죽으면 그 하느님 곁에 가서

하느님과 같이 뜨끈뜨끈한

감자를 먹을 것이다.

오늘, 하루 일을 모두 마치고 돌아온 저녁 아니, 밤참이라도 좋다. 김이 무럭무럭 나는, 허연 분이 팍팍 나는 뜨끈뜨끈한 감자를 커다란 쟁반에 담아 식구들과 같이 먹자. 언 몸을 녹이면 마음도 녹지 않을까? 이오덕 선생님도 오늘 저녁에 하늘에서 하느님과 권정생 선생님과 함께 감자를 호호 불어 가며 잡숫고 계시지 싶다.

* 2011년 2월에 발표한 글입니다.

주순영

삼척정라초등학교에서 3년째 5학년 아이들을 만나고 있다. 한국글쓰기교육연구회에서 이오덕 선생님 글쓰기 교육과 그 정신을 배우고 그 가르침이 교단에서 아이들을 만나는 바탕이 되어왔다. 아이들 속으로 비집고 들어가 삶 껴안기, 교육운동하며 긴장과 저항 정신으로 살아가기가 교사로 사는 몫이라고 여긴다.

누구나 알아들을 수 있는 말

/ 남연정

나도 이제 책을 읽거나 일기를 쓸 때면 어색한 문장을 찾아 우리 식으로 고쳐 쓴다. 예를 들어 '~었었다'와 같은 영어식 대과거어미는 이제 쓰지 않는다. (줄임) '~것이었다'라든가 '~것이다' 하는 말처럼 겉멋 들린 말투도 쓰지 않는다.

1990년 봄에 하던 일을 쉬고 경기도 일영 쪽에 방 하나를 얻어 살았다. 그때 처음 절에도 다니고 신문사 문화센터에 나가 시 공부도 했다. 시골에 산다니까 같은 절에 다니는 중고등부 아이들이 우르르 놀러 왔다. 솥이 없어 커다란 대야에 라면을 한가득 삶아 아이들과 나눠 먹고 뒷산에 올랐다. 그때 내 옆에 나란히 걸으며 말을 건네던 중학생 녀석 하나가 뜻밖의 말을 던졌다.

"누나, 누나는 어려운 말을 잘 쓴다."

"엉? 내가?"

"응, 뭐랄까 누나 말에는 문자가 많이 섞여 있어."

이크! 내가 문자를 쓴다니! 이게 무슨 말이냐?

그렇잖아도 시 공부하면서 젊은 시인들이 쓰는 글과 말투 때문에 고개를 갸우뚱거릴 때가 많았다. 어느새 나도 모르게 그런 말투에 물이라도 들었나 싶었다. 그런데다가 시 이론서들을 읽을 때에도 도통 뭘 읽었는지 헷갈렸다. 답답한 마음에 글쓰기와 관련한 책들을 찾아 손에 잡히는 대로 읽었지만 별 소득은 없었다.

4년 뒤에 남양주시 수락산 기슭으로 옮겨와 살았다. 고개를 넘으면 상계동 당고개역이 나왔다. 역 건물에 제법 큰 책방이 있어 오면가면 들렀다. 책방 직원인 재순이랑도 언니, 동생하며 친하게 지냈다. 1997년 크리스마스 때 책방에 들렀더니 재순이가 기다렸다는 듯 내 품에 책을 한 아름 안겨 주었다.

"언니, 엊그제 재고정리하면서 언니가 좋아할 것 같아 따로 모아둔 거야."

받아든 책 속에 이오덕 선생님이 쓴《글쓰기 어떻게 가르칠까?》랑《시 정신과 유희정신》이 들어 있었다. 밤새워 밑줄을 좍좍 그어 가며 읽었다. 선생님 책은 이제까지 읽은 책들과 달랐다. 참 쉽게 읽혔다. 결코 가벼운 내용이 아닌데도 책장이 술술 넘어갔다. 알쏭달쏭한 대목이라고는 눈 씻고 찾아봐도 없었다.

선생님은 지식인들이 쓰는 어렵고 딱딱한 말들이 때 묻지 않은 우리 아이들과 어른들에게 열등감을 심어 준다고 했다. 그제야 책읽기를 꽤 좋아하던 나도 지식인들이 쓰는 글과 말투에 나도 모르게 젖어 들었겠구나 하는 것을 알게 되었다.

1998년 1월, 학교 선생님도 학부모도 아닌 내가 용기를 내어 한국글쓰기교육연구회 문을 두드렸다. 반갑게 맞아준 선생님들 덕분에 딱 한 번이지만 이오덕 선생님 얼굴도 뵙고 가까이에서 선생님 강연도 들을 수 있었다. 허름한 점퍼 차림에 돋보기를 쓰고 천천히 또박또박 말씀하던 선생님 모습이 눈에 선하다.

사는 일로 허덕이느라 선생님이 돌아가시고 난 이듬해인 2004년 여름 연수회에야 겨우 얼굴을 내밀었다. 서울경기 모임에도 나가 선생님들과 《삶과 믿음의 교실》《아동시론》《일하는 아이들》을 함께 읽고 공부했다.

선생님들과 함께 공부하면서 우리 말을 우리 말답게 해 주는 '우리 말법'이 있다는 사실도 알게 되었다. 잘 모르는 외국말과 일본인들이 곳곳에 남긴 일본식 한자말들만 우리 말을 어렵게 한 것이 아니었다. 우리 말에 맞지 않는 서양식 말투와 잘못된 말버릇도 우리 말을 몹시 헷갈리게 한다는 사실을 알았다.

많은 이들이 잘못 알고 있는 것과 달리 선생님은 오로지 순 우리 말로만 말을 하거나 글을 써야 한다고 고집하지 않으셨다. 되도록 누구나 알아들을 수 있게 쉽고 정감 가는 우리 말을 잘 살려서 쓰자고 하셨다. 어디 우리 말만 그런가? 무엇이든 우리가 살려 쓰지 않으면 우리 곁에서 슬며시 사라지거나 아예 잊어버릴 수밖에 없게 되는 것을! 우리 자신을 누구보다 우리답게 해 주는 우리 말을 우리가 아끼지 않으면 누가 아끼겠는가.

나도 이제 책을 읽거나 일기를 쓸 때면 어색한 문장을 찾아 우리 식으로 고쳐 쓴다. 예를 들어 '~었었다'와 같은 영어식 대과거어미는 이제 쓰지 않는다. 우리 말은 과거형보다는 현재형을 주로 쓰기 때문이다. '~것이었다'라든가 '~것이다' 하는 말처럼 겉멋 들린 말투도 쓰지 않는다. '~를 통해서' 또는 '~를 접하고'처럼 군이 안 써도 되는 군더더기 말버릇들도 없앴다. '만들어졌다' '시작되었다'와 같은 말은 '만들었다' '시작했다'로 고쳐 쓴다. 우리 말에는 피동사를 잘 쓰지 않기 때문이다. 이렇게 하나하나 고쳐 나가니 내 일기에서 어색한 문장들이 사라지고 글이 좀 더 깔끔하고 생기가 돌았다.

아이들을 자연 속에서 마음껏 뛰어놀게 하고, 몸으로 일하는 사람들을 존중하고, 우리 말을 누구보다도 잘 살려 쓰며 사는 일이야말로 아이들과 어른들이 다 함께 행복하고 튼튼하게 사는 지름길이라고 생각한 이오덕 선생님!

용기를 내어 이오덕 선생님을 찾아뵙고 이렇게 더욱 더 우리 자연을 사랑하고 우리 말을 아끼며 살게 된 것도 오래 전 그 중학생 녀석의 한 마디 덕분이 아닌가 싶어 그 녀석에게 새록새록 고마운 마음이 든다. 좀 늦었지만 어느새 늠름한 청년이 되었을 그 녀석을 만나 술 한 잔 사야겠다.

* 2011년 4월에 발표한 글입니다.

남연정

어릴적 부터 시골에서 사는 게 꿈이었고 두물머리쪽에 와 산 지 16년째 된다. 텃밭을 조그맣게 가꾸고 마을 할아버지 할머니들께 옛이야기 듣기를 좋아한다. 《내가 좋아하는 꽃》《내가 좋아하는 채소》에 글을 썼다.

나는 복 받았다

/ 이기주

우리가 편리한 문명의 도구를 이용하는 것은 보다 가치 있는 것을 생산하고 건강한 생활을 하기 위함인 것인데, 이와 같이 편리한 것만 다투어 찾으면서 다른 것을 보지 못하기 때문에 어느덧 그 편리함 자체가 목적이 되어 버렸다.

—《거꾸로 사는 재미》

나는 1977년에 충무시(지금은 충무시와 통영군을 합쳐서 통영시가 되었다)에서 멀리 떨어진 통영군 욕지면 두미도 북구마을에 있는 두미초등학교에 첫 발령을 받았다. 충무시 여객선 부두에서 오후 두 시 반에 출발하는 '동해호'란 정기 여객선을 한 시간 반 넘게 타고 가다가 두미도 남구마을에 내려 학교가 있는 북구마을까지 가려면 사십 분쯤 산길을 걸어야 했다. 교통이 매우 불편하고, 사택도 모자라 혼자 사는 할머니 집에 방을 얻어 지냈다.

그때만 해도 선생들이 도서 벽지 학교에 발령 받기를 꺼려했다. 섬마을 학교에 발령 받으면 며칠 동안 울기도 하였고, 그만두는 선생도 더러 있었다. 도서 벽지 학교에서 일하는 선생들은 어떻게 해서라도 기회만 되면 하루빨리 떠나려고 하였다. 그래서 가끔 사고 교사나 문제 교사를 보내기도 했다.

1978년 3월 1일자 교사 정기 인사로 통영시 한산면 여차초등학교에서 주중식 선생님이 내가 일하는 두미초등학교로 발령을 받아 오셨다. 선생님은 뜻하지 않은 발령을 받았다고 하였다. 한마디로 '좌천'이었다. 잘못된 인사였다고 내 둘레 많은 사람들이 입을 모았다. 주중식 선생님은 밝은 얼굴로 아이들과 이야기 나누었다. 책을 갖고 다니면서 아이들이 좋아하는 이야기를 자주 들려주기도 하였다. 가끔 선생님 집에 가면 공부할 자료를 준비하고 계셨다.

주중식 선생님은 해마다 주머니 털어 섬 아이들 삶이 담긴 학급문집을 만들었다. 한 학년을 마치는 날에 〈섬 아이의 가슴〉이란 문집을 아이들한테 나눠 주었다. 아이들이 좋아하는 모습을 눈여겨보면서 나도 우리 반 아이들과 함께 삶이 담긴 학급문집을 만들어 보고 싶었다. 주중식 선생님이 살아가는 모습은 학교 선생님들과 마을 사람들한테 본보기가 되었다.

두미도는 외딴섬이라 그런지 바람이 많이 불었다. 바람이 세차게 부는 토요일은 뱃길이 끊겨 집에도 못 갔지만 선생님을 만나 함께 지낸 덕분에 많은 것을 배웠고 외롭지 않았다. 나로서는 정말 소중한 만남이었다.

내가 이오덕 선생님을 처음 알게 된 것도 주중식 선생님을 통해서였다. 이오덕 선생님한테서 온 편지도 보여 주고, 책도 소개해 주었다. 그 무렵에 책방에서 사 읽은 책이 《이 아이들을 어찌할 것인가?》《일하는 아이들》

《삶과 믿음의 교실》《시정신과 유희정신》《우리도 크면 농부가 되겠지》 같은 책이었다. 빨간 볼펜으로 밑줄을 그어 가며 읽었다. 삼십 년이 더 되었다. 오래되어 누렇게 빛바랜 책이지만 아직도 보물처럼 귀하게 내 책꽂이에 꽂혀 있다. 그 밖에도 신문과 월간 〈소년〉, 〈교육자료〉에 실린 글도 읽었다.

나는 1979년 3월에 바닷가 벽지 학교인 통영시 산양면 풍화초등학교로 옮겼다. 풍화초등학교 아이들과 첫 만남에서 학급문집을 만들기로 약속했다. 그해부터 아이들 삶이 담긴 〈꽃게〉라는 문집을 해마다 엮어서 학년을 마치는 날에 아이들한테 나누어 주었다. 보잘것없는 문집이었지만 아이들이 좋아하는 모습을 보면서 나도 신이 났다. 전국에 있는 여러 선생님한테도 보냈고, 조심스런 마음으로 이오덕 선생님한테도 보냈다.

선생님은 문집을 보내면 꼭 답장을 하셨다. 주중식 선생님과 임길택 선생님, 내가 지도한 아이들 글을 《광부 아저씨와 꽃게》(웅진출판, 1985년)로, 권춘례, 김일광, 이기주, 임길택, 이상석, 김용택, 이오덕, 허동인, 조국남 선생님이 지도한 아이들 일기 문집을 《웃음이 터지는 교실》(창비, 1985년)로 엮어 주었다. 그밖에도 내가 지도한 아이들 글을 여러 책에 실어 주셨다. 큰 힘이 되었다.

선생님은 《참꽃 피는 마을》《우리 글 바로 쓰기》《글쓰기 어떻게 가르칠까》《우리 언제쯤 참선생 노릇 한번 해볼까》《문학의 길 교육의 길》《거꾸로 사는 재미》《나무처럼 산처럼》 같은 책을 보내 주셨다. 나는 좋아하면서 고마운 마음으로 그냥 받기만 했다.

한국글쓰기교육연구회 연수회나 이사회 하는 날 더러 뵙기도 하고 책으로 만나 많은 것을 배우고 깨우치면서 바른 삶을 가꾸는 힘을 얻었다. 언젠가 무너미에서 여름연수 하는 날이었지 싶다. 선생님과 둘이 앉아서 농사짓는 이야기를 하다가 내가 뜬금없이 "선생님, 나는 초등학교 다닐 때부터 하도 지게를 많이 져서 키가 안 큰 것 같습니다" 하였더니 "이 선생님, 지게 지는 거요, 하체 운동에 참 좋아요" 하셨다. 선생님 말씀을 듣고 보니, 그렇구나! 하고 저절로 고개가 숙여졌다.

'힘을 써야 힘이 생긴다'는 말이 있다. 지게 지기는 짐을 지고 일어설 때 힘을 써야 되고, 걸어갈 때도 다리에 힘을 써야 되니까 좋은 하체 운동이다 싶었다. 지금도 선생님 그 말씀을 잊지 않고 가끔 짐을 나를 때는 지게를 진다. 연수회에서 만나 뵙고 배우며 때로는 꾸중을 들으면서 깨우치며, 새로운 책을 만날 수 있었던 때가 그립다.

1983년도에 선생님이 보내 준《거꾸로 사는 재미》를 읽었다. 그때 읽으면서 볼펜으로 밑줄을 그은 부분을 옮겨 본다.

우리가 편리한 문명의 도구를 이용하는 것은 보다 가치 있는 것을 생산하고 건강한 생활을 하기 위함인 것인데, 이와 같이 편리한 것만 다투어 찾으면서 다른 것을 보지 못하기 때문에 어느덧 그 편리함 자체가 목적이 되어 버렸다. 그리하여 그 결과는 우리 자신도 모르는 사이에 비생산적이고 불건강한 상태로 타락 되고 만 것이다.

－《거꾸로 사는 재미》(이오덕, 범우사, 1983년)

이 글귀를 새기면서 어떻게 살아야 할지 내 삶에 대한 고민을 해 보았다. 어릴 때부터 촌에서 살았던 나는 농사일을 하도 많이 해서 어른이 되어서는 도시에서 좀 편하게 살고 싶었다. 그런데 책을 읽고 그 마음이 바뀌었다. 막상 도시에서 여러 해 살아 보니 농사일도 적게 하고 편하긴 하였지만 쓸데없는 욕심이 더 생기는 것 같았다. 촌에서 오래 살아 그런지 몰라도 왠지 하루하루 살아가는 꼴을 보면 이게 아닌데 하는 마음이 꿈틀거렸다. 내 고향 마을로 가야지, 고향 마을에서 흙을 만지며 살아야지 하고 자주 노래를 불렀다.

나는 설날에 차를 타고 여행하는 걸 좋아한다. 도시 사람들이 서로 다투어 시골로 나오려고 할 때 나는 반대로 도시로 들어가고, 다시 사람들이 도시로 모여들 때면 나는 시골로 돌아온다. 그러면 그토록 기막힌 교통지옥 없이 유유히 차 타는 즐거움을 누릴 수 있다.

자욱한 먼지 속을 남 따라가고 있는 넋 빠진 인간들, 관광에, 유람에 미쳐 있는 인간들의 물결 속에 휩쓸려 가고 있는 나 자신을 발견한다. 아이들과 가족에 졸려 지옥에 끌려가듯 가고 있는 못난 나 자신을 때때로 발견하고 몸서리친다. 나는 탈주해야 한다. 이 미친 무리들의 행렬 속에서 탈주해야 한다.

거꾸로 살기를 즐기는 사람도 정신을 바짝 차리고 있지 않으면 어느 틈에 거대한 기계 속에 휘말려 들어가 비참한 꼴이 되는 세상이다.

— 《거꾸로 사는 재미》(이오덕, 범우사, 1983년)

내가 사는 통영도 요즘은 금요일 오후부터 관광차들로 길이 막혀 난리다. 미륵산 케이블카 때문인지 사람들이 많이 온다. 사람들 눈길이 자주

가는 시내 몇 곳에는 '미륵산 케이블카 탑승객 300만 돌파'라는 펼침막이 걸려 있다. 사람들이 많이 오니까 마을마다 곳곳에 펜션이 들어서고 바닷가에는 차들이 들어찬다. 우리 마을만 해도 펜션이 네 개나 있다. 욕지섬에는 펜션이 백 개가 넘는다고 한다.

나는 촌에서 살면 조금이라도 욕심을 줄일 수 있을 것 같아서 틈나는 대로 농사일을 하고 어지간한 먹을거리는 직접 가꾼다. 어릴 때부터 아버지, 어머니, 형, 누나를 따라 논밭으로 다니면서 거들다 보니 일이 몸에 배었다. 아버지가 일찍 돌아가신 뒤 형님은 배 타고 다른 나라로 나가 있어 학교 다닐 때도 토요일과 일요일은 어머니와 일을 하였다. 그럴 때는 가끔 나도 도시 아이들처럼 일 좀 안 하고 동무들과 어울려 신나게 놀고 싶었다. 그리고 어른이 되면 촌을 떠나 도시에서 편하게 살아야지 했다.

하지만 다시 아내와 함께 고향으로 돌아와 어설프지만 내 나름대로 제초제, 농약, 비료를 쓰지 않으면서 해마다 고구마, 고추, 배추, 무, 깨, 마늘, 호박, 콩, 팥, 상추, 시금치, 케일 같은 것을 가꾼다. 고구마, 고추, 마늘은 우리 할아버지, 할머니 때부터 심고 가꾸던 종자로 이어받아 지금까지 해마다 잘 갈무리하여 그대로 심고 가꾼다.

우리 마을 사람들이 고추 농사를 짓는 것을 보면 땅에 비닐을 덮고 막대를 세워 묶어서 일주일에 한 번 넘게 약을 친다. 그렇게 해야 병이 안 들고 고추가 많이 달려 제대로 거둘 수 있다고 한다. 나는 토종 고추씨를 그냥 뿌리고 알맞은 간격으로 솎아 내면서 지심을 매 준다. 비닐도 깔지 않고, 막대도 세우지 않을 뿐만 아니라 약도 치지 않는다. 고추가 달리기 시작하면 아침마다 풋고추를 몇 개 따서 된장에 찍어 먹으면 맛이 그만이다. 이런 식으로 해마다 가꾸어 김장도 하고 고추장도 만든다.

토요일이나 일요일에 아내와 밭에 가서 일을 하다가 가끔 '나는 복 받았다'는 생각을 한다. 농사지을 땅이 있으니까 말이다.

나는 포플러 나무 밑에 낙엽을 깔고 앉아 노을이 꿈같이 물들고 다시 스러지는 하늘을 바라보고, 풀벌레 소리를 듣고, 먼 윤회의 길을 떠나는 낙엽을 쳐다보면서, 인생과 영원을 생각하고 나 자신을 찾아보는 것이다. 어쩌면 만물은 그 생명이 처음으로 찬란하게 피어날 때와 다시 이 세상에서의 임무를 다하고 떠날 때 가장 아름답고 엄숙한 모습으로 나타나는 것 같기도 하다.

—《거꾸로 사는 재미》(이오덕, 범우사, 1983년)

지난 4월 1일에는 참세상을 꿈꾸며 이 시대의 아픔을 온몸으로 몸부림치며 살았던 벗이 갑자기 세상을 떠났다. 죽기는 쉬워도 바르게 살아가기는 힘든 세상인 것 같다. 내 책상 옆 책꽂이에 꽂혀 있는 이오덕 선생님 책을 다시 읽으면서 내 삶을 돌아본다.

* 2011년 6월에 발표한 글입니다.

이기주

초등학교에서 서른 해 넘게 아이들과 지내고 있다. 한국글쓰기교육연구회 회원이다. 경남 통영시 연명 바닷가 마을에서 태어나 지금도 고향에서 살고 있다.

아이들 공책이 보물입니다

/ 주중연

옛날부터 철학이고 종교고 행정이고 그밖에 무슨 학문이고 예술이고, 그런 자리에서 하는 말이 어려운 것으로 되어 있는 까닭이 이러하다. 쉬운 말로 하고 쉬운 말로 글을 쓰는 혁명을 일으키지 않고서는 올바른 사회가 결코 될 수 없을 것이다.

—《어린이책 이야기》

저는 이오덕 선생님을 아예 모르고 살았습니다. 만나 뵌 적도 없고요. 다른 선생님들처럼 엄한 꾸지람을 들을 기회도 없었습니다. 학교에서 우리 말을 가르치는 선생이 되고서도 한참 뒤에야 우리 말 바로 쓰기 운동을 하는 분이 있다는 것을 안 게 전부였습니다.

2002년과 2003년 무렵 우연찮게 이오덕 선생님이 쓴 책이 눈에 들어왔습니다. 문학과 교육과 우리 글 바로 쓰기에 대한 여러 책은 충격과 감동이었습니다. 미처 생각하지 못했던 것들을 어쩌면 이렇게 꼭 집어서 시원하게 말씀을 하고 계신지 정말 많은 감화를 받았습니다. 우리 말과 문학을 가르치며 느꼈던 여러 고민들을 이오덕 선생님이 쓴 책을 만나며 풀

수 있었습니다. 무뎌진 우리 말 바로 쓰기에 대해서도, 참된 자기표현과 어렴풋했던 말과 삶의 관계에 대해서도 다시 고민하고 생각하는 계기가 되었습니다.

대학원 공부를 하며 존경하는 김수업 교수님한테서 한국글쓰기교육 연구회를 소개 받았습니다. 그때부터 지역 모임에 나가 공부를 시작했습니다. 이오덕 선생님과 권정생 선생님이 쓴 책, 임길택 선생님 같은 한국 글쓰기교육연구회 선생님들이 쓰거나 추천한 책을 많이 찾아 읽었습니다. 사람은 그 사람이 읽은 것으로 만들어진다는 말처럼 어느덧 제 삶 중심에 이오덕 선생님이 주신 가르침이 들어와 있었습니다.

책으로 만난 이오덕 선생님 말씀이 어느새 제가 하는 말과 글, 제 판단의 잣대가 되는 경우가 많아졌습니다. 지금도 선생님 책을 읽으면서 밑줄을 긋기도 하고 베껴 쓰기도 하고 또 선생님이 했던 것을 아주 조금씩은 현장에서 해 나가기도 합니다. 이오덕 선생님이 쓴 《어린이책 이야기》를 읽다가 김수업 선생님이 말씀하신 것과 비슷한 게 있어 옮겨 적어 보겠습니다.

누가 있어서 "우리가 있기 때문에 이 돌도 여기 있다"고 말한다면, 이 말을 듣는 사람들은 아마도 거의 모두 이렇게 항의할 것이다. "뭐, 우리가 있어서 이 돌이 있다고? 그럼 우리가 여기를 떠나면 그 돌이 사라진다는 말이냐? 어디 그런 수가 있어?" 하고. 그런데 어느 철학자 흉내를 내는 사람이 "우리가 존재하기 때문에 이 돌도 여기 존재한다"고 하면 쉽게 항의하는 사람이 잘 나오지 않을 것이다. 이것이 한자말이 부리는 요술이고 속임수다.

옛날부터 철학이고 종교고 행정이고 그밖에 무슨 학문이고 예술이고, 그런 자리에서 하는 말이 어려운 것으로 되어 있는 까닭이 이러하다. 쉬운 말로 하고 쉬운 말로 글을 쓰는 혁명을 일으키지 않고서는 올바른 사회가 결코 될 수 없을 것이다.

—《어린이책 이야기》(이오덕, 소년한길, 2002년)

절판된 책이지만 이오덕 선생님이 엮은 책 가운데《우리 언제쯤 참선생 노릇 한번 해볼까》라는 책이 있습니다. 선생님이 1967년부터 1986년까지 받은 편지 가운데 교육 문제를 생각하게 하는 250통쯤 되는 편지를 모아 엮은 책입니다. 머리말에서 양해도 얻지 않고 사적인 편지를 공개해 죄송하다는 말과 함께 이렇게 편지를 엮어 펴내는 것이 이 땅에서 살아가는 우리 아이들을 살리는 중요한 일이란 것을 에둘러 밝히고 있습니다.

온갖 괴로움 속에서도 이름 없이 정직하고 가난하게 어린이 마음을 지키려 애쓰는 여러 선생님들 글에서 그 어떤 책보다 진한 감동을 받았습니다. 진심이 담긴 여러 선생님들 편지를 읽으며 제가 걸어온 길, 걸어갈 길을 고민하게 되었습니다. 어떤 선생이 되어야 하는가, 어떤 노력을 하고 있는가, 선생이기 이전에 사람으로서 어떻게 살아가야 하는가 같은 물음들을 다시 고민하게 되었습니다.

그때 이오덕 선생님께 편지를 썼던 많은 분들이 도종환 시인의 시 '개구리 소리'에 나오는 개구리처럼 저마다 자기 목소리로 교육의 길과 문학의 길에 대해 한바탕 부르짖고 있다는 생각을 합니다. 우리 나라 곳곳에서 제이, 제삼의 이오덕이 되고 참교육의 희망이 되고 있을 것이라 믿어

의심치 않습니다.

얕은 수준이지만 저는 우리 아이들이 글쓰기 공부를 하면서 자기 삶을 잘 가꾸어 가고, 우리 말을 살려 쓰는 것이 중요하며 우리 말로 더욱 잘 살아갈 수 있다는 걸 깨달았습니다. 많이 모자라지만 참된 말과 삶을 가꾸는 글쓰기 교육을 아이들과 꾸준하게 하고 싶습니다. 우리 말이 좋다는 것을, 글쓰기로 삶을 가꿀 수 있다는 것을 보여 주는 본보기가 될 수 있게, 좋은 영향을 줄 수 있게 노력하며 살고 싶습니다.

중등 선생님들은 만나는 학생 수가 많아서 학생들이 쓴 이 귀한 글을 제대로 읽어 내고, 아이들 삶을 제대로 들여다보며 마음 나누는 것이 어렵다고 합니다. 아무리 현실이 그렇다 해도 진실하게 다가간 만큼 아이들과 마음을 나눌 수 있지 않을까 생각합니다. 현장에서 아이들과 글쓰기 교육을 제대로 하려면 더욱 부지런하고 사랑이 많아야겠다는 생각을 합니다.

아이들을 더 많이 믿어 주고 사랑하라! 아이들한테 배워야 한다! 이오덕 선생님이 주신 가르침이 나태해지는 저를 부끄럽게 만듭니다. 이오덕 선생님이 쓴 책에 들어 있는 아이들 글에 대한 비평을 읽어 보면 속 깊은 믿음과 사랑이 갈피갈피 배어 있음을 느낄 수 있습니다. 아이들을 대신해 울어 주는 선생님 목소리가 진하게 들어 있습니다.

이오덕 선생님이 그러하신 것처럼 아이들한테 배우려 합니다. 불편한 진실을 말하는 아이한테서도, 잘못된 어른들 때문에 생긴 상처를 날것 그대로 드러내는 아이한테서도, 굳세게 살아가는 아이한테서도, 아무렇지도 않은 나날을 있는 그대로 쓰는 아이한테서도 배우고 싶습니다. 선생님이 걸어가셨던 그 문학의 길, 교육의 길을 좇고 싶습니다. 책으로나마 선생님께 계속 배우며 이 좋은 글쓰기 공부를 아이들과 함께 주욱 해 나가고 싶습니다.

학교에서 아이들이 써 놓은 글을 읽어야 하는데 읽을 짬이 안 납니다. 오늘도 집에 가서 보려고 분홍 보자기에 아이들 공책을 싸맵니다. 퇴근길에 선생님들과 아이들이 묻습니다. 보자기에 싼 게 뭐냐고.

"이거요, 보물입니다."

* 2011년 7월에 발표한 글입니다.

주중연

글쓰기 교육과 독서 교육에 관심이 많은 평범한 국어 선생이다. 전교조 거제중등지회 일꾼으로 있고 올해부터 거제공고에서 '구만이(권정생 선생님 시)' 같은 아이들과 함께 살아가고 있다.

그동안 선생님을 너무 몰랐습니다

/ 김경해

그때 아무도 시에 대해 설명하는 사람이 없었고 시라는 말도 몰랐어요. 선생님은 시라는 것은 어려운 것이 아니고 마음속에 일어나는 생각을 글자로 쓰면 그게 바로 시라고 말씀해 주셨어요.

선생님!

저희들 곁을 떠나 하늘로 돌아가신 지 벌써 여덟 해가 지났어요. 안타까운 마음으로 우리를 내려다보고 계시지요?

지난 8월 21일에 선생님을 기리는 '이오덕 공부마당'에 갔어요. 삼척에 사는 이무완 선생이 《일하는 아이들》에서 배운다'라는 제목으로 주제 발표를 했습니다. 시 속에 꾸밈없이 드러나 있는, 고단하고 진실한 시골 아이들 삶과 이제는 모두 잃어버리고 만 고향 풍경을 그리워하며 주제 발표를 들었어요. 참 감동 넘치는 시간이었습니다. 발표를 듣고 질문하는 시간이었어요. 뒤에 앉은 내 또래 여성이 일어나요.

"저는《일하는 아이들》속에 그 일하는 아이들 가운데 한 아이입니다."

이 말에 깜짝 놀라 눈을 크게 뜨고 돌아보았지요. 그렇습니다. 서른다섯 해 전에 선생님한테 배운 제자였습니다. 선생님 제자를 만난 것은 처음이었기에 참 가슴이 먹먹했습니다.

얼굴이 맑은 그 제자 이름은 김순규였습니다.《일하는 아이들》과《우리도 크면 농부가 되겠지》에 시가 실렸다고 했어요.

"이오덕 선생님을 기억하며 이렇게 공부하는 선생님들이 있다는 것이 참 고맙고 눈물 납니다. 제가 4학년일 때 선생님이 교장으로 오셨는데 운동장에 우리를 다 모아 놓고 '여러분, 시가 무엇인지 말해 보세요. 시가 무엇이라고 생각하나요?' 하셨어요. 그때 아무도 시에 대해 설명하는 사람이 없었고 시라는 말도 몰랐어요. 선생님은 시라는 것은 어려운 것이 아니고 마음속에 일어나는 생각을 글자로 쓰면 그게 바로 시라고 말씀해 주셨어요. 그리고 계절 별로 알맞은 주제를 주면서 담배 농사나 고추 심기 이런 구체적인 제목을 주고 골라서 시를 쓰도록 하셨어요. 다음 주 아침 조례 때 잘 쓴 시를 골라서 전교생 120명 앞에서 읽어 주셨어요."

눈을 빛내며 말하는 그 분의 이야기를 듣는데 어찌나 눈물이 쏟아지던지요. 그러고 난 뒤 이무완 선생이 아까 주제 발표할 때는 읽을까 하다가 머뭇거려져 안 읽었다면서 그제야 선생님이 쓰신 시를 읽었어요.

흔들리는 지구

시를 가르치면서

시를 믿고

시에 기대어 살아가도록

나는 가르쳤다.

모두가

한 포기 풀로 한 그루 나무로

꽃으로

순하디 순한 짐승으로

자라나기를 빌었다.

그리고 헤어진 지 30년

또는 40년

지금까지 내가 들었던 소식은 무엇이던가?

그들은 모두 어디서 어떤 사람이 되어

무엇을 하는가?

이른 봄

할미꽃 잎이 말라서

파 보니 노란 맹아리가 올라와

풀로 덮어 주었다는

그 아이는 국민학교를 4학년도 못 마치고

남의 집에 가서 식모살이를 하더니

소식이 끊겼다.

지금은 나이가 쉰쯤은 됐을 것인데

어디서 어떻게 살고 있을까?

(뒤 줄임)

시를 듣고 이렇게 펑펑 울어 보기도 참 오랜만이었습니다. 아이들을 어떤 마음으로 사랑하셨는지, 선생님 마음이 오롯이 전해져 오더군요.

선생님 무덤이 있는 무너미에 가는 차 안에서 저는 김순규 님과 함께 앉아 이야기를 나누었습니다. 참 좋은 시간이었지요. 김순규 님은 나와 나이도 같아요. 마흔여섯.

선생님이 가르쳐 주신 것들이 살아갈수록 가슴속에 더 크게 일렁이더라고요. 그때 이오덕 선생님이 우리 나이였네요. 딱 지금 우리 나이! 4, 5, 6학년 때 우리 학교 교장으로 계셨어요. 4학년 때 우리 담임 선생님이 주태백이셨어요. 술에 취하면 학교를 안 오셨어요. 그때마다 교장 선생님이 수업에 들어오셨죠. 한 해에 반은 이오덕 선생님이랑 공부했어요.

산에 들에 데리고 다니면서 작은 풀꽃들 그림을 그리게 하고 시도 쓰게 하셨어요. 풍금도 그렇게 잘 치셨어요. 그때 배운 노래들이 아직도 생각나요. 거창한 이론 이런 거 떠나서 진짜 어떻게 살아야 하는지, 삶의 진실, 참삶을 가르쳐 주셨어요.

그리고 졸업생 열여섯 명 모두에게 상장을 주셨어요. 그때 일이 참 생각 많이 나요. 우리 반에 김장식이라는 아이가 있었어요. 그 아이 별명이 장돌뱅이였어요. 집이 가난하고 할 일도 많아서 결석을 많이 했어요. 학교 빼먹고 장에 어머니 따라 뭐 팔러 다니고 그랬죠. 한 해에 반은 결석을 했는데 그 애한 테도 상을 주셨어요. 부지런히 일 잘한다고 근면상을 주셨죠. 그 아이는 그 게 평생 처음 받아 본 상장이었어요. 아이마다 그 아이에게 알맞은 상을 써서 주셨어요.

지금 생각해 보니 우리에게 자존감을 심어 주신 것 같아요. 늘 이런 말씀 하셨어요.

"도시 아이들 흰쌀밥 먹고 사는 것보다 너희들이 훨씬 행복하다. 너희들이 더 가치 있게 살 수 있다. 시골에 사는 너희들이 훨씬 귀하다."

그때는 이렇게 궁핍하고 어렵게 사는 우리가 뭐 더 귀하다고 저러시나? 이 해가 안 되었는데 이제는 알겠어요. 살아갈수록 선생님의 가르침이 가슴속 에 점점 더 크게 일렁여요. 그래서 아무렇게나 살 수가 없어요. 그리고 선생님 은 그렇게 칭찬을 많이 해 주셨어요. 글자 틀리고 삐뚤빼뚤 써 가도 '아유, 참 잘 썼다. 참 귀하다' 하면서 어떻게나 좋아하시던지, 아이들이 신이 나서 막 시를 썼어요. 작은 들꽃의 아름다움, 가난하고 착한 시골 아이들 마음이 가 장 귀하다는 것을 찾아내 주셨어요.

김순규 님과 이야기 나누면서 선생님을 함께 떠올리며 참 행복하고 가 슴속에 기쁨이 물결쳤습니다.

선생님들이 이렇게 우리 선생님 뜻을 따라 공부하고 아이들과 지내는 모 습을 회보에서 읽으면서 어떻게 표현해야 할지 모르겠지만 마음이 짠하고 기 특하다, 참 예쁘다, 이런 생각이 들어요. 이렇게 말해도 되나 모르겠지만. 참 고마워요. 작은 이오덕 선생님들이잖아요.

선생님은 전교생 가정 방문을 다 하셨어요. 그 아이가 어떻게 살고 있나 늘 궁금해하고 마음 쓰셨어요. 부끄러운 이야기지만 선생님이 우리 집에 가정 방문 오셨을 때 우리 집이 너무 가난하고, 사는 게 구차해서 도저히 못 보여 드리겠더라고요. 그래서 남의 집을 가리키면서 '저 집이 우리 집이에요' 하고는 그냥 도망쳐 버렸어요.

선생님은 다른 선생님들한테는 아주 엄하게 호통도 많이 치셨어요. 우리한테는 부드러우셨지만 선생님들한테는 참 엄하셨어요. 그리고 참 부지런하셨어요. 늘 풀 뽑고 다니시고 수업 잘하나 보러 돌아다니시고 하셨죠.

선생님 제자 이야기를 들으니 선생님이 어떤 분이셨을지 환하게 그려집니다. 선생님, 살아 계실 때 여러 번 뵈었지만 전 늘 선생님이 어려워서 멀찍이서 바라보기만 했어요.

2002년 10월 아침이 떠오릅니다. 무너미 공부방 둘째 날 아침, 밥집에 내려가 아침을 먹고 올라오는 길에 황금성 선생님이 차를 잠시 세우고 선생님을 모시고 오셨지요. 선생님께서 걸어 오시길래 차에서 내려 인사 드렸어요. 선생님은 차에 타기 전 그 잠깐 동안 언제 보셨는지 조그만 감 하나가 길바닥에 떨어져 있는 걸 보고는 주우시더니 사람들 발에 밟히지 말라고 길가 높은 곳에 올려 두셨어요. "아유, 감이 어쩌다가 이렇게!" 하시면서. 아주 짧은 순간이었지만 제 마음속에 선생님이 깊이 박혔습니다. 아주 작은 것도 따뜻하게 살피시는구나 싶었어요.

그날 하신 말씀 가운데 이 말씀 새겨들었습니다.

"우리가 세상을 살아가는 데 이런 잘못된 교육, 문화에 물들지 않고 수수하게 소박하게 살아가는 그런 삶. 권정생 선생의 《한티재 하늘》에 나오는 그런 삶. 아주 단순하지요. 단순하지만 얼마나 깨끗합니까. 자기가 있는 자리에서 그냥 곧게 올바르게 살아갑니다. 머리에 먹물만 많이 든 사람들, 학문을 많이 하고 세상의 온갖 진리를 깨우쳤다는 사람들도 가다 보면 결국은 같은 곳으로 오는데 굉장히 빙 둘러 오지요. 소박하게 살아가는 사람들이 보면 아무것도 아닌데 직선으로 오면 되는 그 길을 괜히 빙빙 둘러 와요. 나도 많이 둘렀고. 그래 갖고 이제는 소박한 사람들 둘레에 겨우 왔구나 싶습니다."

그런 귀한 가르침 받고도 전 소박하게 가난하게 살지도 못하고 도시의 삶에 젖어 이리 휘청 저리 휘청 살고만 있었습니다. 아이들 글 속에 담긴 삶의 진실을 찾아 주고, 참삶이 어떠해야 하는가를 가르쳐 주신 선생님. 전 그동안 선생님을 너무 몰랐습니다. 이번에 공부마당 다녀와서 선생님 시집과 글을 다시 읽고 있습니다. 읽다가 하염없이 울 때가 많아요. 선생님, 죄송합니다.

2003년에 선생님 장례 치를 때 사흘 넘도록 선생님 곁에 있을 때도 한 번도 목 놓아 울지를 못했어요. 그때 울지 못한 울음을 이제야 끄윽끄윽 웁니다. 선생님 무릎 앞에 엎드려 울고 싶습니다. 그동안 삶의 진실도 잃고 희망도 잃었다며 빈껍데기로 살고 있던 저에게 선생님은 벼락 같은 가르침을 주십니다. 기적처럼 선생님 제자를 만나 선생님 삶을 다시 떠올리게 되고 선생님 글들을 다시 읽으며 제 삶을 다시 일으켜 세우도록 힘을 주셨습니다. 고맙습니다, 선생님.

선생님 말씀들 잊지 않을게요.

모든 사람이 살기 좋은 세상이 되도록 우리 모두가 책임지고 힘써야 한다고 하셨지요. 돈보다 목숨이 더 귀하고 일하는 사람들이 신나게 일할 수 있는 아름답고 행복한 세상 만들도록 힘을 모을게요. 선생님, 저희를 지켜봐 주세요. 고마우신 우리 선생님.

* 2011년 10월에 발표한 글입니다.

김경해

1966년, 부산에서 태어났다. 1989년에 초등 교사가 되어 지금은 용호초등학교에서 6학년 아이들과 함께 지내고 있다. 한국글쓰기교육연구회에 들어와 스무 해 넘게 공부하고 있다. 아이들과 행복하게 사는 선생이 되는 게 꿈이다.

풀숲에서 우는 벌레만큼
고운 울림으로

/ 임영님

내 꿈은 그 옛날 내가 쳐다보던 하늘을 다시 보는 것이다. 하늘과 땅을 새빨갛게 물들이는 저녁노을을, 그 저녁노을이 사그라지는 실비단 파르무레한 하늘을 지켜보면서 하루를 마감하는 것이다.

―《나무처럼 산처럼》

    대학 3학년쯤이었나 보다. 선배 언니가 읽어 보라며 회보 하나를 건네주었다. 서너 장 되는 회보를 받아 뒤로 넘겨 보니 손 글씨로 정갈하고 꼼꼼하게 적은 회보였다. 그 손 글씨 때문에 이 회보가 복사물이라는 것을 잊고 회보 한 장 한 장을 손으로 적었을 것이라는 착각에 빠졌다. 옛날에는 인쇄 기술이 없어 모두 손으로 베끼지 않았던가. 잔뜩 힘이 들어간 손, 책상에 닿을 듯 숙인 고개, 숨조차 아끼며 글씨를 쓰는 사람 모습이 머릿속에 그려졌다. '이오덕'이라는 이름과 '한국글쓰기교육연구회'를 그때 처음 알았다. 그 뒤로 몇 번 더 회보를 받았지만 내용을 읽었다기보다 글자를 읽은 셈이었다. 지금 그 내용은 전혀 생각나지 않고, 끝까지 흐트러지지 않고 꾹꾹 눌러 쓴 글자만 생각나는 것을 보면.

일 년쯤 지나 선배 언니는 결혼을 했다. 결혼식은 여의도 교직원공제회 회관에서 한다기에 나는 동기들과 우르르 몰려가 축하해 주었다. 그 자리에서 이오덕 선생님 모습을 처음 뵈었다. 처음 본 선생님 모습은 작고 초라했다. 희끗희끗한 머리와 마른 몸매, 살짝 굽은 등 때문이었다. 결혼식이 끝나고 다른 사람들과 어울려 식당으로 가는 길에 1층 현관문 앞에서 계신 선생님을 보았다. 고개를 살짝 들어 하늘을 깊이 바라보셨고, 작은 한숨을 내쉬는 듯했다. 그 모습에서 나는 선생님께서 밥을 드시지 않고 그냥 가시려는 것을 알았다.

선생님께 말을 걸고 싶었으나 함께 점심을 드시자고 말씀드리는 것은 나에게는 큰 용기가 필요한 일이었다. 회보를 건네줄 때마다 입에 침이 마르도록 이오덕 선생님에 대해 이야기하던 선배 언니에게 왜 선생님께 주례를 부탁하지 않았냐고 물었다. 언니는 안타까워하면서, 주례를 부탁드렸지만 거절하셨다고 했다. '나는 가정을 잘 다스리지 못했으니 주례를 할 자격이 없다'며 미안해 하셨다는 것이다. 역시 회보에 있는 글씨만큼이나 깔끔하신 분이구나.

이오덕 선생님은 한국글쓰기교육연구회를 이끌고 계셨고, 전국교사협의회와 전국교직원노동조합에서 자문 역할을 하고 계셨으며 교사는 물론 교육대학 학생들에게 이름을 알리고 있던 터였다. 그런 분이 자기 결점을 드러내며 주례를 거절했다는 말은 참 신선하고 고개가 끄덕여지는 것이었다. 선생님 외모만 보고 작고 초라하다고 생각한 내가 부끄러웠다.

나는 대학을 졸업하고 교사로 발령을 받아 화성에 있는 어촌 마을에서 살게 되었고, 그 뒤로 선생님을 다시는 뵙지 못하고 회보도 더는 받지 못했다. 회보를 몇 번 받아 본 나는 아이들에게 글을 써 보자는 소리를 꽤 했다. 일기 지도도 열심히 했다. 그러나 글쓰기 지도를 할수록 뭔가 잘 안되었다. 지도는 열심히 했지만 아이들은 그 재미없고 아이들의 삶이 드러나지도 않았다.

도시 학교로 옮긴 뒤에 이오덕 선생님 책을 읽고 공부하는 지역 모임에 나갔다. 그러나 공부는 뒷전이고 힘든 학교생활을 한탄하고 나를 못살게 구는 관리자들을 푸념하다 그냥그냥 세월만 보냈다. 그런 가운데에도 아이들 일기를 모아 두었다가 일 년에 한 번 문집을 냈는데, 이 문집은 세상 사람들에게 내가 참 선생이네 하고 나를 드러내는 자랑거리로 여기며 부끄러운 줄 모르고 살았다.

선생님이 돌아가시던 해에 텔레비전에서 선생님 삶을 다루는 방송을 보았고 다음 해에 동료 교사 소개로 글쓰기 공부를 제대로 하게 되었다. 선배 선생님 말에 따르면 이오덕 선생님은 겉치레나 헛된 이름을 싫어했다고 한다. 잘 아는 사람이라 해도 옳은 길에서 벗어났다 싶으면 그 자리에서 잘못된 것을 지적하고 올바른 방법과 길을 알려주었다고 한다. 그른 것을 그냥 넘기지 않는 선생님의 성격은 다른 사람에게는 상처와 서운함을 주었고 선생님 곁에서 떠나가게 했지만 선생님의 말씀을 듣고 배운 이들은 모두 돌아보고 이오덕 선생님을 그리워한다.

이오덕 선생님을 살아 계실 때 뵙지 못한 것이 나에게는 다행인지도 모른다. 부족한 것이 많았던 내가 이오덕 선생님께 많이 배울 수 있었겠지만 그랬다면 나는 이오덕 선생님을 지금처럼 기억하지 못하고 있을 테니 말이다. 마른 몸에 꾸밈없이 수수한 옷차림과 순하고 무던한 아저씨 모습. '이름 없이 가난하게'는 선생님 모습과 너무나 잘 어울리는 말이다.

나는 삶을 가꾸는 글쓰기와 우리 말 공부를 하다가 아주 늦게야 선생님이 쓴 수필집《나무처럼 산처럼》을 읽게 되었다. 늘 산을 보면서 살고 계신다는 선생님은 나무, 돌멩이, 개, 새, 구름, 고양이처럼 사람들 눈에서 한참 비껴 있는 것에 사랑과 관심을 쏟고 계셨다.

내 꿈은 그 옛날 내가 쳐다보던 하늘을 다시 보는 것이다. 하늘과 땅을 새빨갛게 물들이는 저녁노을을, 그 저녁노을이 사그라지는 실비단 파르무레한 하늘을 지켜보면서 하루를 마감하는 것이다. 봄이면 산기슭에, 밭둑에, 냇가에, 가는 곳마다 만날 수 있었던 할미꽃을 다시 보게 되고, 여름이면 마을 앞 냇물에 피라미들 헤엄치다가 그 눈부신 비늘을 반짝이면서 뛰어오르고, 가을이면 노랗게 익은 벼 논에 메뚜기들이 톡톡 튀면서 가을볕을 즐기는 것을 보는 것이다. 그리고 산과 들과 마을이 온통 하얗게 눈으로 덮이는 겨울이면 온 식구가 방안에 앉아 오순도순 옛날이야기로 꽃을 피우는 것이다.

―《나무처럼 산처럼 1》(이오덕, 산처럼, 2002년)

누가 이 마음을 헤아릴 수 있을까. 자연을 모르고 사는 사람들은 결코 이 마음을 알지 못할 것이다. 어릴 적 늦가을 엄마 따라 밭에 갔다가 바람이 가을을 알린다는 것을 처음 알았다. 가을바람은 다 뽑아 버린 콩밭 언저리에서 불어와 저쪽 밭둑으로 불었고 키 큰 수수 잎이 사그락거리며 제

몸을 흔들었다. 흔들리는 수수 잎에서 나는 말할 수 없이 외롭고 쓸쓸한 가을바람을 보았다. 고개 숙인 수숫대 사이로 노랗게 물들던 하늘을 지금도 잊지 못한다.

선생님은 이제는 꿈이 이루어질 수 없음을 알고 계셨다. '또 다른 세상에 가셔야 그 하늘 그 땅을 만날 수 있을까?' 하셨다. 제초제와 농약으로 땅은 물론이고 그 안에 살고 있는 모든 것을 싹쓸이로 죽이고, 개구리고 뱀이고 까마귀고 고양이고 너구리고 곰이고 닥치는 대로 잡아먹느라고 환장한 이 시대를 한탄하셨다.

그렇게 하면서도 이런 땅에 복을 받아 잘살겠다고 제 자식들을 방 안에 가두어 놓고 닭이나 소, 개 기르듯이 '교육'이란 걸 하고 있으니 정말 소가 웃고 개가 웃을 일이 아니고 무엇인가? 사람이 그저 더도 말고 덜도 말고 개나 소나 돼지만큼 정직하고 깨끗하게 살 수 있다면 얼마나 좋겠나 싶다. 사람이 무슨 학문이고 철학이고 예술이고 문학이고 떠벌리면서 거짓과 속임수로 살지 말고, 저 풀숲에서 우는 벌레만큼 고운 울림으로 자연 속에 어울려 살 수 있다면 얼마나 좋겠나? 그것이 내 꿈이었는데…….

자연을 몰라도 글을 쓸 수 있겠지. 그런데 문학이라고 하는 글, 더구나 시라든가 동화와 같은 글을 제대로 쓸 수 있을까? 자연을 몰라도 돈벌이야 할 수 있겠지. 그러나 정치를, 사람을 살리는 정치를 할 수 있을까? 교육을 제대로 할 수 있을까? 결코 할 수 없을 것이다.

―《나무처럼 산처럼 1》(이오덕, 산처럼, 2002년)

우리 삶 속에서 눈만 돌리면 만날 수 있는 자연을 알려고 하지 않고 살아가는 요즘 사람들에게 자연을 모르고서 시와 동화를 쓰고, 사람을 살리는 정치와 교육을 할 수 있는지 물으신다. 묻고 마는 것이 아니고 쐐기를 박듯이 결코 할 수 없다고 하신다.

지금껏 도시 학교에서 살면서 메마른 아파트와 시멘트밖에 모르는 아이들에게 물과 바람과 나무와 풀을 살결로 느끼고 눈으로 보게 하려는 노력을 나름대로 해 온 것은 선생님 뜻과 맞물려서 그랬던 것일까. 나는 자연을 모르고서 교육을 할 수 없다는 말이 가장 마음에 들었다.

아이들과 빼놓지 않고 하는 공부가 날씨와 노는 것이다. 해가 쨍쨍하면 해와 그림자를 만들며 놀고, 바람이 불면 바람에 몸을 맡기고 눈은 감은 채 온몸으로 느낀다. 비가 오는 날에는 손과 얼굴에 차가운 비를 맞고, 눈이 오면 눈을 잡으러 뛰고 달린다. 해가 쨍쨍 나고, 비 오고 바람 부는 날에 아이들한테 풀과 나무와 벌레는 어떤 모습인지 놓치지 않고 가까이 가서 보라고 말한다. 그러나 이제는 이것마저도 마음대로 할 수 없다. 자외선이 아이들과 해를 갈라놓았고, 바람은 황사를 가져오고, 비는 산성비라서 맞으면 큰일 나는 줄 안다. 참으로 안타까운 일이다.

나는 글쓰기 정신을 바탕으로 아이들을 가르치고 내 삶의 주인으로 살기 위해 늘 스스로를 돌아본다. 자본에, 편안함에, 물질의 힘에 이끌리지 않으려고 노력한다. 편리함에 길들지 않고, 새롭고 좋은 것을 얻고자 나를 소비하지 않으려 한다. 이렇게 말해 놓고 보니 뭐 대단한 사람처럼 보인다. 그러나 작고 작은 것일 뿐이다.

우리 집에는 18년이 넘은 세탁기가 있다. 중간에 모터가 한 번 고장이

나서 고쳤을 뿐 아직 잘 돌아간다. 그러나 세탁기 모양을 보면 이게 돌아갈까 싶을 만큼 상태가 좋지 않다. 전원 스위치가 눌러지지 않아 큰 차돌로 전원 버튼을 눌러 놓고 쓴다. 빨래를 짤 때 흔들거리는 진동에 못 이겨 차돌이 화장실 바닥에 떨어져 세탁기가 멈추기도 하고 뚜껑은 연결 고리가 부러져 열고 닫을 때 힘을 많이 줘야 하지만 이 세탁기를 버리고 싶은 마음은 없다. 식탁도 마찬가지다. 다리가 자꾸 흔들려서 식탁을 닦을 때마다 위에 있는 그릇을 잡고 있어야 한다.

이렇게 살아가는 내 모습이 잘 살고 있다고 자신하지는 않는다. 다만 자연을 해치지 않고 살고, 사람은 자연에 안겨 살아야 한다는 사실을 잊지 않으려고 한다. 살면서 넘치게 소비하지 않고 편리하고 새롭고 좋은 것을 얻는 데 나를 맡기지 않는 것은 내가 삶을 가꾸는 글쓰기 공부를 계속하기 때문이다.

이오덕 선생님은 아이들과 글쓰기 공부를 하면서 삶을 가꾸는 것이 무엇인지 조금씩 깨닫는 나를 따뜻한 눈길로 응원해 주실 것 같다.

* 2011년 12월에 발표한 글입니다.

임영님

경인교육대학교를 나와 스물한 해 동안 아이들을 만났다. 한국글쓰기교육연구회에서 공부하고 있다. 학교에서는 아이들한테 학교 엄마이기를 바라며 지내고 있다. 시골에 있는 작은 학교에서 학교 엄마 노릇을 하며 살고 있다.

자신을 보는 거울

/ 김광화

내게 글쓰기는 나를 마주하는 거울이다. 내게 일은 나를 드러내는 거울이다. 내게 이오덕 선생님은 살아 있는 거울이다.

　나는 글 쓰는 게 좋다. 자신과 마주하는 거울이라고나 할까. 글을 쓰면서 나를 들여다보고 또 가꾸어 가는 과정이 좋다. 마감에 시달릴 때도 가끔 있기는 하지만 보통은 그냥 느낌이 올 때면 바로 메모를 하거나 글을 쓰는 편이다. 논밭에서 일하다가, 음식을 하다가, 아이들과 이야기를 나누다가, 쓰고 싶을 때 쓴다.

　예전에는 내가 이렇게 글쓰기를 좋아하리라고 상상이나 했던가. 그 예전은 다름 아닌 시골 내려오기 전까지였고, 더 자세히 말하자면 이오덕 선생님을 만나기 전까지라고 해야겠다.

　그러니까 서울 살았던 나는 1990년대 초부터 하루하루 지쳐 갔다. '어떻게 살아야 하는지? 왜 살아야 하는지?'조차 모를 만큼. 바닥이다 싶은 순간, 가슴 깊은 곳에서 올라오는 마음이 있었다. 농사를 한번 지어 보고 싶다고. 어린 시절 나를 키워 준 흙과 자연이 서러울 만큼 그리웠다.

그러나 그때만 해도 '귀농'이라는 말조차 없던 시절. 다들 떠나고 있는 농촌으로 다시 돌아간다는 게 두려웠다. 아마 1995년도 초쯤이지 싶다. 그 두려움을 이겨 보자고 아내와 함께 과천 사시던 이오덕 선생님을 뵈었다. 선생님은 긴 말씀 없이 두어 마디만 하셨다.

"도시에 희망이 있습니까? 두 분이 시골 내려가 살면 좋은 글 많이 쓸 겁니다."

그 당시 우리 식구가 시골 가겠다는 걸 대부분 말렸는데 선생님은 새로운 길까지 보여 주시는 게 아닌가. 이때만 해도 내가 글을 쓰게 될 줄은 몰랐다. 그냥 용기를 주는 말씀이라고만 여겼다.

근데 농사를 지어 보니 내 안에 뭔가가 차곡차곡 쌓이는 거다. 점점 쌓여 갔다. 이를 토해 내지 않으면 안 될 만큼. 공책에다가 연필로 일기를 꾹꾹 눌러썼다. 일기장이 차곡차곡 쌓였다. 차차 혼자만 보는 글쓰기를 벗어나, 세상과도 나누고 싶었다. 하지만 누가 내 글을 봐 줄까.

그때 선생님이 떠올라, 글 한 편을 보냈다. 이 글을 선생님은 한국글쓰기교육연구회 회보에 실어 주었고, 이 글을 본 어린이 신문 〈굴렁쇠〉에서 글을 써 달라 했다. 이런 인연으로 〈굴렁쇠〉에 글을 자그마치 3년을 이어 쓰게 되었다. 농사 이야기를 쓰되, 감동의 순간을 잡아 쓰는 '시로 쓰는 농사 일기'였다.

〈굴렁쇠〉는 아이들이 보는 신문이라 글이 쉬우면서도 짧고 재미있어야 했다. 그러니 글을 보내기 전에 고치고 다듬는 노력을 많이 했다. 그런 노력 가운데 하나로 이오덕 선생님에게 글을 먼저 보내, 한번 봐 주십사 한 적이 몇 번 있었다. 선생님은 내 글을 기꺼이 봐 주고 도움말을 주시곤 했다.

나는 요즘도 선생님이 쓰신 책을 가끔 보곤 한다. 읽을 때마다 새롭게 느낀다. 이 가운데 읽고 또 읽어도 좋은 부분이라면 이런 거다. 글쓰기는 삶을 가꾸는 것이며, 일하는 사람들이 글을 써야 한다는 말이다. 또한 아이들도 읽을 수 있게 쉬운 우리 말로 써야 한다는 말도 좋다.

나는 이제 삶을 가꾸는 글쓰기가 뭔지를 뼈저리게 느낀다. 글쓰기는 나를 돌아보게 한다. 내 두려움을 그 뿌리에서부터 마주하게 한다. 엉킨 실타래를 풀게 해 준다. 사랑이 뭔지를 조금씩 알게 한다. 누군가 이야기에 귀 기울이는 자세를 갖게 한다. 그러다 보니 우리 식구가 시골에 뿌리 내릴 수 있는 데 글쓰기가 큰 힘이 되었다.

그 뒤에도 우리 식구가 다시 한 번 선생님을 찾아간 적이 있었다. 중학교를 올라가는 큰아이가 '학교를 계속 다닐 건가, 말 건가?'를 고민했을 때. 이때 선생님은 충주 무너미에 사셨다. 선생님은 학교에 다니지 않고 잘 자라는 어떤 아이 이야기를 들려주며, 우리에게 용기를 주셨다. 그 뒤 우리 부부는 아이 이야기에 귀를 기울이고, 이를 글로 적어 보았다. 그러니 아이 모습이 제대로 보이고, 덩달아 우리 식구가 가야 할 길도 점점 또렷이 보이는 거다. 공부를 억지로 하기보다 자신이 좋아하는 공부나 일을 하는 게 본인도 좋고 부모도 좋고 덩달아 사회에도 좋을 밖에.

그 뒤 큰아이는 물론 작은아이마저 학교를 벗어났다. 그래서인지 글 쓸 거리도 더 넘친다. 새로운 길을 가다 보니 두려움도 적지 않았지만 설렘이나 호기심도 많이 살아나는 게 아닌가. 자기답게 자라는 아이들 모습이 또렷이 보인다. '이다음에 큰 인물 되기'보다는 '지금 제 앞가림하는 아이'가 진정 행복한 게 아닐까.

또한 아이들은 부모의 거울이라 했던가. 아이한테 못마땅했던 부분들이란 그 대부분이 부모가 가진 모난 구석이나 아픔이라는 것도 알게 되었다. 따돌림이란 학교에서만 있는 게 아니라 식구 안에서도 드러나곤 한다는 사실도. 사랑이 제대로 흐르지 않는 곳은 언제나 보살핌보다는 따돌림이 따라붙을 가능성이 크다는 것도 알았다.

이런 식으로 전혀 생각지도 않은 글감들이 마구 솟아나는 거다. 우리 부부는 이를 묶어《아이들은 자연이다》(돌베개, 2006년)라는 책을 내게 되었다. 이 책을 지으면서, 글 한 편 한 편 때로는 문장 하나를 놓고도 식구가 같이 이야기를 나누곤 했다. 부부 사이에, 부모와 자식 사이에 얼마나 많은 이야기를 나눌 수 있었던가. 글쓰기가 삶을 가꾸어 준다는 게 무슨 말인지 또 한번 마음에 새기게 되었다.

더불어 일에 대한 생각 역시 새롭게 정리할 수 있었다. 선생님은 책상머리에서 공부만 하거나 글만 쓰는 병든 지식, 병든 글쓰기를 멀리하셨다. 누구나 일하며 살아간다. 또한 일을 통해 자신을 실현한다. 몸과 마음을 다해 우리 삶에 소중한 것들을 만들어 내는 일은 거룩하다.

일하는 사람이 글을 써야 한단다. 청소하고, 밥 짓고, 농사짓고, 집 짓고, 옷 짓고 하는 일들. 정말 그랬다. 겉보기에는 비슷한 일인 것 같은데 제 손으로 하면 달랐다. 이를 글로 드러내면 그 차이가 더 잘 드러난다. 우리 부부는 아이들에게 학교식 공부를 바라지 않는다. 한창 자라는 아

생각이 나는데, 그때 시골에 가야 되는가 도시에 그대로 살아야 하는가 하고 물으셨던 것 같습니다. 그 때 걱정하시던 그 아이가 벌써 중학교를 다니게 되었다니, 세월이 이렇게 빠르네요. 그 아이가 중학교 그만두고 검정고시를 마치고, 집에서 훌륭하게 자라느라니 참 반갑고 축하합니다. 이제 그만하면 김선생은 인생의 절반을 훌륭하게 성공하신 것입니다.

　날씨가 고르지 못합니다. 부디 농사일 잘 해 나가시고 가족분들 모두 건강하시기 빕니다.

　　2002. 11. 7

　　　　　　　　　　　이오덕

이오덕 선생님은 편지를 주로 원고지에 썼다. 한 사람 한 사람의 고민을 허투루 흘리지 않았다. 김광화 선생님과 애틋한 정이 느껴진다.

이들이 남과 경쟁하는 데 힘을 쏟을 필요는 없을 테니까. 그보다는 삶에 필요한 일을 한 가지라도 더 배우라 한다. 일머리는 일을 통해 길러지는 게 아닌가.

이렇듯 일과 글쓰기, 아이들 교육 이 세 가지가 내게는 따로 나누어지는 게 아니다. 하나로 합쳤다가 세 갈래로 나뉘었다가 하면서 뻗어 가는 삶의 한 모습이다. 나 자신을 살아 있게 하는 소중한 삶이다.

무한 경쟁과 따돌림으로 죽어 가는 아이들. 학교를 벗어나고자 하는 아이들이 점점 늘어난다. 아이를 살리는 교육이라면 아이들 이야기에 진심으로 귀를 기울여야 할 것이다. 우리가 불안하고 흔들릴 때 선생님한테 도움말을 받았듯이 우리 역시 이제 막 학교를 벗어나고자 하는 가정들에게 우리가 할 수 있는 능력껏 도움을 주고자 한다.

내게 글쓰기는 나를 마주하는 거울이다. 내게 일은 나를 드러내는 거울이다. 내게 이오덕 선생님은 살아 있는 거울이다.

* 2012년 2월에 발표한 글입니다.

김광화

전북 무주에서 농사일하는 틈틈이 글도 쓴다. 학교를 벗어나 자유롭게 성장하고자 하는 여러 가정들과 함께 '홈스쿨링 가정연대'라는 모임을 꾸렸으며, 대안교육연대 운영위원을 맡고 있다. 아내와 함께 《아이들은 자연이다》《자연 그대로 먹어라》를 냈다.

일기로 다시 만난 선생님

/ 이혜숙

자기가 온몸과 마음을 바쳐 일하는 삶을 얘기하는 것이 '신변잡기'가 되는 것일까? 그
렇게는 생각되지 않는다. 자기 삶은 모든 사람의 삶에 이어지는 것이어야 한다.

―《이오덕 일기》

저는 이오덕 선생님을 책으로 처음 만났습니다. 1994년이었나, 〈한겨
레〉 신문에서 학교 밖에서 글쓰기를 가르친다는 기사를 봤어요. 그 기사
에 이오덕 선생님 이야기가 잠깐 나왔는데,《글쓰기 어떻게 가르칠까》라
는 책 제목이 눈에 띄었어요. 아이들하고 같이 글을 쓰면서 만난다? 이건
뭐지? 궁금했습니다.

그때까지 저는 이오덕 선생님을 우리 말 운동가로만 알고 있었거든요.
그 책을 사서 읽었는데, 놀라웠습니다. 자기 목소리로 자기 이야기를 하
는 것. 너무나 당연한 말인데, 그때까지 한 번도 생각해 본 적이 없었습니
다. 초등학교부터 고등학교 때까지 국어를 공부했고, 대학교에서는 국문

학을 공부했는데, 한 번도 '내' 이야기를 하라고 가르쳐 준 선생님은 없었습니다. 언제나 잘 쓴다는 사람 글을 구경만 했습니다.

내가 주인이 되어 본 적이 없었어요. 스스로 주인이 되는 것, 그게 진정한 혁명 같았습니다. 대학에서 리얼리즘 문학이다 실천문학이다 했던 게 다 거짓 같았습니다. 정확하게 뭔지 모르지만 길이 보이는 것 같았습니다. 한국글쓰기교육연구회에 회원 신청을 해 회보를 받아 보았습니다. 그게 1994년 12월호 회보였어요.

그때부터 달마다 회보를 기다리고 여름마다 하는 일반 회원 연수를 기다렸습니다. 아이들도 만나기 시작했습니다. 부산에 있는 동보서적이라는 책방에도 날마다 출근하다시피 드나들었어요. 어렸을 때 읽은 명작동화나 전래동화하고는 전혀 다른 어린이책을 읽기 시작했습니다. 그 책방에서 《강아지똥》과 《지각대장 존》도 알게 되었고요.

제게는 날마다 새로운 세상이었습니다. 하루하루 설레었고, 그 설레는 마음을 아이들하고 나누는 게 행복했습니다. 용기를 내어 한국글쓰기교육연구회 부산 모임에도 나갔습니다.

2003년 1월, 그 인연으로 서울에 올라오게 되었습니다. 책을 읽기만 했는데, 만드는 일을 해 볼 수 있는 기회가 생겼거든요. 《달려라, 탁샘》《우리 반 일용이》《우리는 맨손으로 학교 간다》 모두 한국글쓰기교육연구회 인연으로 만든 책입니다. 이오덕 선생님 책을 보고 설레었고, 그 설레던 마음을 좇아 여기까지 왔습니다. 그 길에서 귀한 인연을 만났고, 그 인연들 덕분에 제가 이렇게 살고 있습니다.

2011년에 이오덕 선생님 아드님이 양철북 출판사에 선생님 일기를 책으로 냈으면 좋겠다는 뜻을 비치셨어요. 저도 그 이야기를 전해 들었어요. 처음에는 우리가 일기를 읽어도 되나, 그리고 일기까지 읽어야 하나 그런 마음이 들었습니다. 그만큼 조심스럽고 버거웠습니다. 일을 하든, 하지 않든 일기를 읽고 판단해야겠다 싶어 양철북 사장님과 편집자, 저와 다른 외주 편집자 한 사람 더, 이렇게 넷이서 일기를 조금씩 나눠 읽었어요.

아, 그런데 선생님 일기를 그대로 덮어 둘 수 없었습니다. 선생님 일기는 선생님이 살았던 시대의 기록이고, 한 사람이 치열하게 살아 낸 기록이었습니다. 세상 사람들과 함께 나누고 싶은 이야기였어요. 이건 해야 할 일이다, 하고 싶다 그랬습니다.

선생님 아드님께 이오덕 선생님 일기장을 모두 건네받았습니다. 크고 두꺼운 일기장부터 손바닥만한 작은 수첩 일기장까지 아흔여덟 권, 선생님이 서른일곱이던 1962년부터 돌아가신 2003년까지 마흔두 해 동안 쓰신 일기장이었습니다. 일기장을 펼쳐 보는데, 탄성이 절로 나왔습니다. 어느 한 군데 빈틈없이 빼곡하게 쓰셨어요. 자리가 모자라면 종이를 곱게 오려 붙여서 쓰셨고요.

일기를 컴퓨터에 입력하는 데만 꼬박 여덟 달이 걸렸습니다. 원고지로 3만 7천986장, 에이포(A4) 용지 4천500장. 편집자 세 사람이 함께 2년 반 동안 읽고 또 읽었습니다. 어떻게 하면 선생님 목소리를 고스란히, 하지만 간결하게 전할 수 있을까 생각하며 가려냈습니다. 날마다 되풀이되는 일상에서 겪은 일을 더 또렷하게 붙잡아 쓴 글, 학교나 세상에서 겪은 일 가운데서 그 시대 모습을 기록한 글을 중심으로 가려 뽑아 다섯 권으로 엮었습니다.

1962년부터 선생님이 퇴직하던 1986년까지 일기는 《이오덕 일기》 1권과 2권에서 볼 수 있는데, 학교에서 선생으로 지낸 이야기가 중심입니다. 그 시절 학교가 어땠는지, 아이들이 어떻게 살았는지 훤하게 알 수 있습니다. 이때 쓴 일기가 귀한 까닭은, 그 시절 학교와 우리 나라 교육 현실을 자세히 들여다볼 수 있기 때문입니다. 시늉만 하는 구강 검사를 받기 위해 분교 아이들은 본교까지 이십 리 길을 걸어갑니다. 기성회비 못 냈다고 쫓겨나기도 하고요. 아이들한테 나눠 주라는 우유가루도 선생들이 자루째 가져가 버립니다. 아이들을 부려서 집안일을 시키는 선생도 있고요.

이오덕 선생님은 한밤중에 일어나 '쓰지 않고는 잠이 안 올 것 같다'며 '양심과 도덕심을 잃어버린 교육자들한테 배우는 아이들이 너무너무 가엾고 억울하다'고 하셨습니다.

두고두고 생각해 보자. 어떻게 이 아이들을 키워 갈 것인가? 어떻게 하면 아이들의 세계에 파고들어 가 그들과 함께 살아갈 수 있을 것인가?

─《이오덕 일기 1》(이오덕, 양철북, 2013년, 1962년 9월 21일 일기)

이오덕 선생님은 아이들 세계에 파고들어 함께 살아갈 수 있는 길을 찾겠다 하셨습니다. 그래서 아이들이 하는 말 한마디, 글 한 줄, 그림 한 장도 허투루 보지 않으셨습니다. 아이들과 함께 살았던 하루하루에서 '글쓰기 교육'이 비롯하였다는 것을 알게 되었습니다.

그리고 '글쓰기 교육'은 글쓰기에만 머물러 있지 않았습니다. 선생님은 아이들이 스스로 주인으로 살아가길 바랐습니다. 길들여지지 않고 자기 목소리로 자기 이야기를 할 수 있는 것, 글을 쓰는 것이 중요한 게 아니라 자기 삶을 살아가는 것. 그렇기 때문에 '글쓰기 교육'은 글쓰기에서 어린이문학 운동으로, 그리고 우리 말 살리는 운동으로, 우리 삶 전체로 범위를 넓혀 갑니다. 아이들부터 일하는 사람까지를 아우르고 있습니다.

《이오덕 일기》 3권과 4권에서는 과천에서 지내며 세상 속에서 '글쓰기 교육'을 실천한 이야기를 볼 수 있습니다. 5권은 과천을 떠나 마지막으로 머물렀던 무너미 시절 이야기입니다. 선생님은 돌아가시기 이틀 전인 8월 23일까지 일기를 쓰셨어요. 선생님의 마지막 모습을 고스란히 볼 수 있었습니다. 몸이 어떻게 늙어 가는지, 어떻게 죽음을 받아들이는지. 마지막까지 깨어 있는 선생님을 만날 수 있었습니다.

일기를 읽으면서 '시를 쓰는 선생님' 생각을 많이 했습니다. 예전에도 선생님이 쓴 시를 봤지만 선생님이 시를 쓰는 사람, 시인이라고 생각하지 못했어요. 일기를 읽다가 어느 순간 멈춰서 잠시 머무를 때가 있었습니다. 그렇게 마음이 머물렀던 글에서 시인 이오덕을 만났습니다.

자기가 온몸과 마음을 바쳐 일하는 삶을 얘기하는 것이 '신변잡기'가 되는 것일까? 그렇게는 생각되지 않는다. 자기 삶은 모든 사람의 삶에 이어지는 것이어야 한다.

—《이오덕 일기 2》(이오덕, 양철북, 2013년, 1979년 12월 29일 일기)

자기 삶은 모든 사람의 삶에 이어져야 한다, 시인의 마음입니다. 시는 온몸의 감각과 마음이 열리지 않으면 쓸 수 없다고 생각합니다. 그렇게 열려 있기 때문에 시를 쓸 수 있고, 아이들 마음을 일깨우는 '글쓰기 교육'을 이야기할 수 있었구나, 이제야 겨우 조금 알게 되었습니다.

산벚꽃 보면 눈물 나고, 소쩍새 소리에 그리움이 살아나고, 된장찌개 보글보글 끓이고, 손수 기저귀 꿰맨 선생님이 살았던 하루하루 시간들을 일기로 온전하게 만날 수 있었습니다. 선생님은 순간순간 깨어 사셨고, 놓치지 않고 일기를 쓰고 시를 쓰셨습니다.

몸이 늙어 가고 병이 찾아오고 등뼈, 꼬리뼈가 아파 견딜 수 없는데도 시를 쓰셨어요. 일기에 아픈 이야기를 쓰셨고, 그 고통의 순간조차 시가 되었습니다.

밤낮 침대에 누워 있자니/등뼈가 아파서 견딜 수 없다./그래도 낮에는 정우가 안아서/잠시라도 앉아 있지만/밤에는 누워서 꼼짝 못 한다./수건을 등뼈 양쪽에 깔아 달라 해서/겨우 견디는데/이번에는 발뒤꿈치조차 아프다./그래도 꼼짝 못한다./이건 아주 관 속에 들어가 있는/산 송장이다./정말 밤마다 나는 관 속에 들어가/생매장되어 있다가/아침이면 살아난다./죽었다가 살아나고/또 죽었다가 살아나고/고것 참 재미있구나./하루가 새 세상 새 한평생/앞으로 내가 몇 평생 살는지/고것 참 오래 살게 되었네.

－《나무처럼 산처럼 2》(이오덕, 산처럼, 2004년, 2003년 8월 일기)

하루가 새 세상 새 한평생이라고 하셨습니다. 하루를 온전하게 산다는 게 무엇인지 아직은 모릅니다. 저는 어제도 오늘 같고, 오늘도 어제 같은 하루를 살고 있습니다. 살아온 습관대로 살고 있을 뿐입니다.

하지만 선생님 일기를 보면서 때때로 마음이 출렁거렸고, 설레었습니다. 잠깐씩 멈춰 서서 제가 살고 있는 모양새를 보기도 했습니다. 하루하루가 모여 마흔두 해가 된 선생님의 기록이, 선생님 가신 지 십 년이 지난 지금에도 제게는 새롭습니다.

선생님이 제게 귀한 씨앗을 나눠 주셨습니다. 선생님 일기를 마무리할 즈음 다시 일기를 쓰기 시작했습니다. 글을 쓰면서 제 자신을 들여다보는 힘을 조금씩 기르려고 합니다. 글쓰기는 자신을 보는 힘을 길러 준다고 생각합니다. 스스로 주인으로 살 수 있는 힘. 주눅 들지 않고 있는 그대로의 저를 볼 수 있기를 바랍니다. 아이들도, 일하는 노동자들도 모두 그랬으면 좋겠습니다. 선생님이 남긴 씨앗이 세상에 널리 전해지기를 바랍니다.

* 2013년 11월에 발표한 글입니다.

이혜숙

〈이오덕 일기〉 편집자. 교정, 교열을 하거나 책 만드는 일을 하며 지낸다. 《송승훈 선생의 꿈꾸는 국어 수업》《사랑으로 매긴 성적표》(개정판) 같은 책을 만들었다. 《규장각에서 찾은 조선의 명품들》을 어린이들이 읽을 수 있도록 《왕실 도서관 규장각에서 조선의 보물찾기》로 바꿔 쓰기도 했다.

5부
제자들 이야기

아버지처럼 계셨던 선생님

/ 박선용

1962년 3월, 내가 초등학교 2학년 때 이오덕 선생님이 담임으로 오셨다. 우리 반 아이들 68명은 그때부터 1964년 가을까지 2년 6개월 동안 선생님께 가르침을 받았다. 선생님은 평소에는 인자했지만 우리들이 잘못했을 때는 매우 엄했던 것으로 기억한다.

청리초등학교는 상주에서 김천 방향으로 10킬로미터쯤 떨어진 곳이었다. 학교에서 500미터쯤 나가면 시냇물이 흐르고, 왼쪽에는 나지막한 산이 자리하고 있다. 같은 학년에 세 개 반이 있었는데, 우리는 입학해서 졸업할 때까지 6년 동안 줄곧 한반에서 공부했다. 그 시절 선생님께 배운 것들이 내 삶에 많은 영향을 주었다.

이오덕 선생님은 수업 시간에 우리들을 산이나 냇가로 자주 데리고 나갔다. 그때마다 16절지를 네 등분한 조그마한 종이를 한 장씩 나누어 주면서 자연을 보고 느낀 것을 글로 쓰라고 했다. 종이가 어른 손바닥 크기 정도밖에 되지 않아 글쓰기를 어려워하는 아이들도 '이 정도쯤이야' 하고 부담 없이 쓰게 되었다.

글쓰기는 우리가 날마다 생활하면서 보고, 듣고, 느낀 것을 정직한 자기 말로 나타내면 되는 것이었다. '글쓰기에서 잘 쓰고 못 쓰고는 구분이 없다'는 선생님 말씀에 글쓰기를 두려워하지 않게 되었다.

교실에서 한 시간 동안 글을 쓰라고 한 적이 있는데 주제는 보통 자유롭게 쓰도록 했다. 우리가 쓴 글들은 문장이 서툴고 표준어를 쓰지 않았지만 보태거나 수정하지 않으셨다. 그렇게 해야만 자기 삶과 마음을 올바르게, 그리고 마음껏 시원하게 나타낼 수 있다고 하셨다.

숙제도 글쓰기와 그림 그리기가 대부분이었다. 수업 시간이나 숙제로 쓴 글이 어느 정도 모아지면 선생님은 우리가 쓴 글을 철필로 긁고 글 내용에 맞게 정성 어린 그림까지 그려 넣으셨다. 그렇게 모은 글을 누런 8절 시험지 반으로 나눈 양쪽에 수동 등사기로 밀어 인쇄한 다음 우리한테 한 부씩 나누어 주셨다. 타자기나 컴퓨터가 없었던 시절이었으니 제자들에 대한 진정한 사랑이 없었다면 불가능한 일이었을 것이다.

우리는 이것을 쪽 번호대로 정리해 가지런히 포개서 송곳으로 뚫었다. 선생님은 문집 제목을 칠판에 크게 적고 그 뜻을 설명한 다음, 하얀 도화지에 크레파스로 제목을 쓰고 그림을 그리게 했다. 아이들이 저마다 그린 표지를 맨 위에 올려놓고 철끈을 꿰어 묶었다. 우리 반 아이들이 나누어 가진 문집은 내용은 모두 같아도 표지는 개성에 따라 특색 있게 꾸며졌다.

크레파스로 삐뚤삐뚤 〈흙의 어린이〉〈푸른 나무〉〈봄이 오면〉이라는 이름을 단 문집이 한 권 한 권 만들어졌다. 내 글과 동무들 글이 모여 문집으로 완성되었을 때는 기쁘기도 하고 신기하기도 했다. 우리가 책 속

1963년 경북 상주 청리초등학교에서 이오덕 선생님이 3학년 담임을 하며 만든 학급문집.

주인공이라는 뿌듯함에 설레기도 했다. 그렇게 모은 문집들은 50년이 지난 지금도 나한테는 가장 소중한 보물이다. 책장마다 글자마다 선생님의 정성과 사랑이 어려 있고, 어린 시절 우리들 마음과 감정이 그대로 느껴지기 때문이다.

그 시절 우리 반에는 집안일이 바빠서 글을 못 쓰는 아이도 있었고, 글쓰기를 힘들어하거나 글쓰기 숙제를 게을리하는 학생도 있었다. 몇 번 타이르던 선생님께서 어느 날 한 아이한테 글쓰기를 안 해 온 까닭을 물었는데, 그 아이가 핑계를 대며 거짓말을 했다. 화가 난 선생님은 앞으로 나오게 해 1미터쯤 되는 나무 자로 종아리를 때리셨다. 약속을 지키지 않거나 잘못을 저질렀을 때 손바닥을 가볍게 때리기는 하셨는데, 그때처럼 종아리를 때린 적은 처음이었다. 그만큼 정직하고 솔직한 생활을 실천하게 했으며, 거짓말은 용서하지 않으셨다.

3학년 봄이었나 보다. 가랑비가 내리는데 선생님께서 나를 불러 우체국에 가서 엽서 열 장을 사 오라며 돈을 주셨다. 우체국이 어디 있는지는 알고 있었지만 처음 가 보는 곳이었다. 학교에서 1킬로미터쯤 되는 거리였다. 한참을 걸어서 엽서를 사 왔는데 우산을 접어 놓고 교무실 복도에 들어서서 엽서를 보니 이 일을 어쩌나! 맨 앞과 맨 뒤에 있는 하얀 엽서에 손가락 자국이 까맣게 묻어 있었다.

늘 흙을 만지고 놀았으니 손이 깨끗하지 않은 것은 당연한 일이었지만, 엽서 두 장을 버리게 될 판이라 걱정이었다. 하지만 어쩌랴. 손바닥을 옷에다 쓱쓱 문질러 깨끗이 한 뒤에, 때가 묻은 두 장을 다른 엽서 속에 끼워 넣었다. 그러고는 선생님께 드렸더니 보시지도 않고 "고맙다"며 그냥 받아 두셨다.

남을 속이는 것을 가장 싫어 하셨기에 왜 솔직하게 말하지 않았느냐며 꾸지람하실 것 같아 마음이 조마조마했다. 그 뒤에도 엽서에 대해 아무 말씀이 없으셨지만, 사실대로 말씀 드리지 못하고 속임수를 쓴 것 같아 마음이 걸린다. 남의 글을 베끼거나 어른을 흉내 낸 글, 거짓 마음을 쓴 글을 가장 싫어하셨고, 단 한 줄이라도 자기 마음을 표현한 아이는 칭찬 하셨기 때문이다.

학교 운동장 울타리 밖에는 넓은 실습지 밭이 있었다. 학교 아저씨들이 밭을 갈고 우리는 삽과 괭이로 이랑을 지었다. 선생님은 무, 배추, 녹차 같은 씨앗을 뿌렸고 우리는 선생님 설명에 따라 괭이와 삽으로 흙을 덮었다. 싹이 돋아나 자랄 때면 호미로 김을 매고, 가물 때는 물을 주며 농사 일과 생명의 소중함을 일깨워 주셨다.

소풍 가는 날에는 부모님이 선생님께 드리라며 신문지에 소중히 싸 주는 것이 있었다. 선생님이 이것을 다 풀어 놓으면 삶은 고구마 대여섯 개, 삶은 달걀 열 개, 군밤 한 뭉치, 곶감 몇 개가 전부다. 그러나 하나하나에 부모님의 땀과 마음이 배어 있었다. 선생님은 그냥 드시지 못하고 가난 때문에 도시락을 못 싸 온 아이들을 불러서 골고루 나누어 주셨다.

그 시절에는 형편이 어려운 아이들이 많았고, 초등학생이 남의 집 머슴 살이를 한다는 소문도 있었다. 학교에서 우윳가루를 주고 점심에는 옥수 수빵과 죽을 주었지만 아침을 먹지 못하고 오는 아이들도 있었다. 할머니 와 둘이 살고 있는 어느 아이는 당장 먹을 양식이 없다 보니 결석하는 날 이 많았다. 그때 선생님께서 그 집을 찾아가 쌀을 사 주었다고 한다.

우리 식구들이 보리타작을 하는 날, 예고도 없이 선생님께서 집에 오셨다. 갑장산으로 등산을 가는 길이라고 하셨다. 감나무 그늘이 있는 마당에 멍석을 펴고 앉으셨는데, 어머니가 곳간에 두었던 곶감을 몇 개 내오셨다. 하나를 드시더니 무척 달다고 하면서도 더 드시지는 않았다. 가난한 시절이었으니 곶감 하나라도 피해가 된다고 생각했기 때문일 것이다.

4학년 음악 시간에 '따오기' 노래를 가르쳐 주신 적이 있다. 지금까지 배운 밝은 동요와는 전혀 다른 노래였다. 풍금을 치며 굵직한 목소리로 "보일 듯이 보일 듯이 보이지 않는 따옥 따옥 따옥 소리 처량한 소리" 노래 부르셨다. 그때처럼 선생님 모습이 구슬프게 보인 적이 없었다. 혼자 생활하셨던 선생님, 평소 웃음이 없으셨던 선생님과 잘 어울리는 노래라고 느꼈다.

선생님은 출퇴근할 때 작은 가방을 팔에 끼고 다녔고, 날마다 같은 옷을 입으셨다. 양복이 한 벌밖에 없었던 것 같다. 학교에서는 항상 책을 보시거나 무언가를 쓰고 계셨다. 선생님은 혼자 외롭게 살면서 검소한 생활을 실천한 아이들을 위해 모든 것을 바친 분이었다.

내가 선생님께 배운 시기는 아홉 살부터 열한 살 때까지다. 논리적 사고가 발달하는 시기다. 이때 선생님께서 가르쳐 준 자연 관찰하기, 솔직하게 감정 표현하기, 풍부한 감성과 도덕성, 부지런함과 검소한 생활이라는 가치들은 내가 살아가는 기본 바탕이 되었다. 뒷날 선생님께서도 '글쓰기를 중심으로 모든 교과와 생활지도를 연결해서 삶을 가꾸는 교육을 했다'고 회고하신 적이 있다.

그때 우리 반이었던 아이들이 졸업한 지 47년이 지났다. 나이가 예순

살에 가까운 지금도 해마다 서른 명씩 모여 1박 2일 반창회를 한다. 모두들 정말 성실하게 살아가고 있다. 그릇된 삶을 사는 동무는 단 한 사람도 없다는 것이 이를 증명하고 있다.

그런데 나머지 두 개 반 동무들은 우리 반과 많이 다르다. 우리 반창회를 부러워하며 몇 해 전부터 따라하기는 하지만 많이 모이지도 않고, 동무들 사이에 거친 말이 오간다고 한다. 이것을 우연이라고 할 수 있을까? 거짓과 꾸밈을 용서하지 않고 순수하고, 솔직하고, 부지런함을 항상 실천하도록 한 선생님의 가르침이 우리들 마음에 짙게 깔려 있기 때문이라고 생각한다. 선생님은 늘 강조하셨다.

"우리들이 가졌던 사람다운 삶, 맑은 물과 공기, 새소리며 아름다운 하늘빛과 저녁놀, 그 속에서 땀 흘리고 일하던 나날, 보리밥에 나물죽을 먹고 더러는 굶기도 하던 그 가난까지도 우리는 귀한 우리 자신의 세계로 마음에 새겨 보물처럼 소중히 간직해야 한다."

어른이 된 뒤 방송이나 신문, 잡지에서 선생님을 자주 볼 수 있었다. 그때마다 선생님 제자였다는 사실이 늘 뿌듯했다. 선생님이라기보다는 아버지처럼 늘 우리들 가까이 계셨던 분, 항상 든든한 버팀목이었고, 세상을 당당하게 살아갈 수 있는 용기를 주신 분이었다. 올해 8월 25일이면 선생님이 돌아가신 지 벌써 10주기가 된다. 돌아가시기 몇 해 전, 어른이 된 우리한테 자녀들 글쓰기에 대해 지도해 주신 적도 있다.

"참된 시가 어떤 것인지를 알아서 자녀들이 거짓된 시를 쓰거나 말장난 시를 쓰지 않도록 하면 얼마나 좋겠나. 시는 우스개가 아니고 재치 문답도 아니고 유식을 뽐내는 생각도 아니다. 제 눈으로 보거나 귀로 들거나 가슴에 울려오는 것이다."

"시는 보통 우리가 머리로 적당히 만들어 내거나 생각해 낼 수 없는 '엉뚱한 말', '뜻밖의 말'이 들어 있다는 사실도 알아 둘 만하다. 이러한 말은 머리로 만들어 내는 것이 아니고 몸에서, 살아가는 자리에서 저절로 터져 나오는 것이기 때문이다."

글쓰기를 하며 자연의 섭리를 우리들 가슴에 심어 주려 한 선생님. 가난 때문에 공부보다는 일을 해야 했고, 돌이나 흙 나무를 비롯한 자연 그 자체를 장난감 삼아 놀고, 오디와 산딸기 따위를 간식으로 여겨 왔던 우리 동무들. 그때는 선생님께서 왜 글쓰기를 고집하고 자연을 소중히 생각하며 정직을 강조하셨던가 미처 깨닫지 못했다.

긴 세월 살아오면서 선생님의 가르침이 우리의 소질을 계발하고 창의력을 키우는 산 교육이었으며, 바람직한 삶을 이끌어 준 터전이었다는 것을 깨닫게 되었다. 예순 나이에 이제 겨우 16절 시험지를 네 등분한 까닭을 알았으니 선생님께 죄송하고 고마울 따름이다.

* 2013년 5월에 발표한 글입니다.

박선용

1967년 경북 상주군 청리초등학교를 졸업했으며, 경북대학교에서 교육한 박사학위를 받았다. 이오덕 선생님께 배운 부드러운 카리스마, 열정, 부지런함을 바탕으로 공무원 생활을 하고 있으며, 1997년 모범공무원 표창, 2011년 녹조근정훈장을 받았다.

청리초등학교 동무들 다 모여라!

/ 박선용 외

초등학교 2학년 때부터 3년 동안 우리 반 담임 선생님으로 이오덕 선생님과 3년 동안 배우며 함께 지내던 때는 어려운 시절이었지만 덕분에 행복하게 학교를 다닐 수 있었습니다. 선생님은 공부 시간에 우리를 데리고 학교 뒷산으로, 냇가로, 들판으로 나가곤 했지요.

그때 같은 반이었던 동무들이 서로 소식을 주고받으며 지내다가 해마다 한두 번씩 모여요. 어린 시절 가졌던 추억을 나누고, 노래도 부르고, 마음을 가꾸는 공부를 하기도 합니다. 선생님이 살아 계실 때는 여름마다 무너미에 있는 선생님 댁에 모이곤 했습니다. 선생님이 자주감자와 옥수수를 삶아 껍질을 벗겨 손에 쥐어 주고, 길가에서 빨간 딸기를 따서 손바닥에 담아 주던 게 엊그제 같은데, 올해로 돌아가신 지 벌써 열 해가 되었네요.

지난봄에는 문경새재에서 반창회를 했어요. 올해 반창회 때 희복이 부인이 흰콩과 검은콩으로 두 가지 두부를 만들어 보냈습니다. 지난해에는 영희가 동동주와 두부를 만들어 왔고요. 상주 동무들은 곶감을 가져오고, 부산에 사는 윤희는 오렌지를 가져왔지요. 음식도 마음도 항상 풍성합니다. 우리 반 동무들은 뭐든 이웃과 나누어 먹고, 정을 나누면서 즐겁게 살고 있습니다.

그때 2, 3학년이던 아이들이 이제 환갑 줄에 접어든 할머니 할아버지가 되었네요. 저마다 사는 곳도 모양새도 다르지만 하나같이 성실하게 자기 삶을 가꾸며 살아가는 동무들을 볼 때마다 이런 생각이 듭니다. 이오덕 선생님께 배우지 않았더라면 이렇게 살 수 있었을까? 선생님과 공부했던 우리들 모두 건강한 마음으로 잘 살고 있는 것이 과연 우연이라고 할 수 있을까?

지난 모임에서 선생님과 함께 문집을 만들었던 이야기를 나눴습니다. 청리초등학교 동무들이 지금 어찌 살고 있는지 잠깐 말씀드리고, 반창회에서 나눴던 이오덕 선생님 이야기, 어린 시절 썼던 글들을 모아 보았습니다.

/ 김성환

김성환은 학교 다닐 때 할머니와 살았는데 가정 형편이 어려웠던 걸로 기억합니다. 지금은 서울에서 회사 다니며 잘 살고 있습니다.

"나는 부모님이 안 계셨잖아. 돌이켜 보면 선생님이 부모님 역할까지 해 주셨던 것 같아. 생활이 힘들어 일주일에 한 번밖에 학교를 못 갔는데, 날마다 일기를 써서 동무 편으로 보내라 하셨어. 그렇게 일기를 써서 보내면 칭찬도 많이 해 주시고 그랬지. 그런 건 우리를 사랑하는 마음이나 열정이 없으면 정말 하기 힘든 일이거든. 선생님은 나한테는 부모님과 다름없는 분이야."

논 갈기

1964년(4학년) 5월 30일 토요일 맑음

오늘 논을 갈아 줄라고 영환네 아버지가 우리 집으로 오신다. 할머니가 "왜 캐여, 참 빌꼴이야" 웃으며 좋아하신다. 할머니가 나를 학교에 가지 마라 하신다. 나는 각중에 골이 잔뜩 났다. 학교를 갈라 하니까 "가지 마라" 하신다. 나는 골이 한 바가치 나서 그만 책보를 방에 던지고 지게에 발을 달아서 하보 논으로 나갈라 하니까 할머니가 거름을 저고 가자 하신다. 나는 지게에 낫과 거름을 얹어서 하보 논으로 나갔었다.

우리 논에는 풀이 새파랗다. 논에서는 영환네 아버지가 논을 갈고 있다. 나는 할머니를 따라서 논에 가 보니까 선배기 논둑이 다 무너졌다. 할머니가 나한테 지게를 저고 오라 한다. 지게를 저고 가니까 할머니가 삽으로 흙을 짊어 주신다. 선배기 논둑 무너진 것을 나를 파 짊어 주신다. 나는 그것을 저고 논 한가운데 짚은(깊은) 데 붓고 또 할머니 곁에 가서 서어 있으면 짊어 주신다. 나와 할머니는 흙을 논에 파 붓고 영환네 아버지는 논을 갈고 또 나는 흙을 저다가 논에 갓다 붓고 했었다.

10시 차가 갈 때 논을 반창(반쯤) 갈고 또 11시 30분쯤 돼서 다 갈았었다. 할머니는 논두름을 까내신다. 영환네 아버지가 다 갈고 나한테 소를 몰고 가라고 하신다. 나는 지게를 저고 소를 몰고 집으로 와서 점자하고 나하고 막

싸웠었다. 개새끼라 하고 나는 감(고함)만 질렀었다. 점자가 화가 나서 얼굴을 빨갛게 해서 나를 영감이라 하며 막 지랄한다. 나는 그만 감을 지르고 나서 마리(마루)에 앉아 놀았었다.

—《우리도 크면 농부가 되겠지》(이오덕 엮음, 보리, 2005년), 159쪽

빚진 것

1963년 (3학년) 11월 8일 씀

우리는 빚이 많다. 어제 저녁 때 할아버지 제사였다. 제사를 다 지내고 밥을 자시고 있다가 상을 들어내 놓고 이야기를 한다. 우리 아재가 제일 먼저 빚진 이야기를 했다. "자, 인제 나락은 열두 가마이고 돈은 이만 원." 이라고 하신다. 이키나 빚은 많고 우째 이래 살아 나가겠나 하시며 이야기한다. "자, 내가 서울로 돈을 벌러 나간다. 나가면 나도 고생, 집에도 고생." 하며 끝을 마쳤다.

둘째 번에는 건너 아저씨가 말씀하신다. 아저씨는 우리 할머니한테 "모친요, 저 엔말 땅 서 마지기 팔아시오. 그래야지 이 빚은 다 갚습니다. 그기 돈이 얼만가 하면 팔만 사천 원인데 이걸로 빚은 다 갚습니다. 모친이 이거를 안 팔라면 내인에(내년에) 가면 빚이 을썸(훨씬) 더 많아집니다. 내 말대로 팔아시오." 우리 할머니는 안 팔라고 하신다. "우리 아들이 가마이에 누(누워) 자 가민(가면서) 그 땅을 샀는데 그 땅은 안 팔아요." 하며 담배를 피우신다.

—《꿀밤 줍기》(이오덕 엮음, 보리, 2005년), 84쪽

강냉이죽

1963년(3학년) 9월 26일 씀

강냉이죽 끼리는 데 가 보니
맛있는 내금이 졸졸 난다.
죽 끼리는 아이가 손가락으로
또독또독 긁어 먹는다.
난도 먹고 싶다.

그걸 보니 춤이 그냥 꿀떡
넘어간다.
참 먹고 싶었다.

*이오덕 선생님 주: 학교 급식용으로 강냉이 가루가 나왔을 때 그것을 큰 솥에다 죽을 끓였다. 이 작품은 그 죽 끓이는 것을 보고 쓴 것이다. 배가 고픈 아이한테는 먹는 것보다 더 큰일이 없다. 사람의 생활에서 먹고 입는 일이 가장 중요하고, 사실 우리는 그것 때문에 늘 매달려 있는데, 먹는 얘기를 글로 쓰는 일이 별로 없다. 이것은 어딘가 잘못된 것이다. 더구나 늘 끼니를 걱정하고 배고픔을 참아야 하는 아이가 시를 쓸 때 생활에 조금도 걱정이 없는 아이들이나 쓸 듯한 시를 쓴다면 그것은 자기와 남을 속이는 짓이고, 그런 작품이 좋은 시가 될 수 없다. 먹고 싶은 것, 갖고 싶은 것을 한번 마음껏 써 보는 것도 좋다. 남의 흉내가 아닌 자기 자신의 소리는 이렇게 해서 시작될 것이다.

—《일하는 아이들》(이오덕 엮음, 보리, 2002년), 120쪽

/ 김승식

김승식은 서울에 있는 회사에 다닙니다. 몇 해 전에는 건강이 좋지 않았는데 이번 모임에서 보니 건강이 많이 좋아졌습니다.

"아침에 학교에 오면 날마다 선생님이 어제 생활한 내용을 갱지에 적어 보라고 했잖아. 날마다 어제 뭘 했는지 뭘 봤는지 생각하느라 쩔쩔맸던 기억이 나. 그리고 다른 선생님들은 실내화를 신었는데 선생님은 다 떨어진 구두 뒷부분을 잘라 내고는 그걸 신고 다니셨지."

먼 산

1964년(4학년) 6월 20일 씀

먼 산에 아지랑이가 김같이 올랐다.

먼 산에 나무가 새파랗다.

산에 봉우리가 터났다.

—《허수아비도 깍꿀로 덕새를 넘고》(이오덕 엮음, 보리, 1998년), 158쪽

/ 김인원

김인원은 부동산 중개업을 하면서 우리 모임 부산 지역 대표를 하고 있습니다. 모임에 한 번도 빠지지 않을 정도로 열정이 많고 늘 웃는 얼굴입니다.

"선생님은 우리 말 쓰기에서도 띄어쓰기를 많이 강조하셨지. 그래도 글

을 쓸 때는 소리 나는 대로, 사투리로, 형식도 없이 자유롭게 쓰게 했어.
공부를 잘한다고 편애하는 일은 절대 없었지. 누구나 차별 없이 대해 주
신 게 가장 기억에 남아."

봄아 오너라
1964년(3학년) 2월 12일 씀

봄아, 오너라. 봄이 되면
나는 잠깐 대구에 간다.

봄아, 오너라. 봄이 되면
나비들이 춤추는 산을 넘고 기차를 타고
대구를 간다.
—《허수아비도 깍꿀로 덕새를 넘고》(이오덕 엮음, 보리, 1998년), 76쪽

저녁놀
1964년(3학년) 1월 23일 씀

방에서 공부를 하고 있는데 누나가
"인원아, 물 들로 가자." 한다.
책을 치우고 삽작걸로 가면
저녁놀이 붉게 비친다.
물을 길어 오면 저녁놀이
내 얼굴을 비춰 준다.
—《일하는 아이들》(이오덕 엮음, 보리, 2002년), 58쪽

/ 김준규

김준규는 서울에서 자영업을 하는데 '금복주'처럼 얼굴에 복이 가득합니다. 몸이 불어 체력 관리에 신경 쓰고 있습니다.

"내가 그린 그림이 우리 반 문집에 표지로 정해져서 얼마나 기뻤는지 몰라."

모내기

1964년(4학년) 6월 22일 씀

모를 심었다.

경수가 마늘을 지고 온다.

경수야, 하니

어머니가

고마 모나 심어,

한다.

*이오덕 선생님 주: 어른들하고 같이 모를 심자니 허리도 아프고 고달팠을 것이다. 그래서 마침 지나가는 경수를 보고 이야기하는 동안 허리를 펴고 잠시 쉬고 싶었겠지.

─《일하는 아이들》(이오덕 엮음, 보리, 2002년), 63쪽

/ 김진복

김진복은 상주에서 오랫동안 양계장을 운영하다가 얼마 전 김천으로 옮겼습니다. 고향에 어머니가 계시는데 소문난 효자랍니다. 모임에 올 때마다 달걀을 잔뜩 가져와 나눠 줍니다.

"이오덕 선생님은 늘 일 미터짜리 나무 자를 가지고 다니셨지. 그게 기억이 나. 그리고 누구를 편애하는 법 없이 모두한테 공평하게 대해 주셨어."

누나

1964년(4학년) 4월 20일 씀

누나는 형님 따라
서울로 식모살이 갔다.
내 마음은 언제나
울고 싶은 마음
교실에서 산을 바라보면
내 눈에는 서울이 보인다.
그러면 눈물이 나올라 한다.

—《일하는 아이들》(이오덕 엮음, 보리, 2002년), 166쪽

교실에 앉아

1964년(4학년) 6월 22일 씀

교실에 가만히 있다. 그러면 배고픈 것 같은 것이 발발 떨린다.

—《허수아비도 깍꿀로 덕새를 넘고》(이오덕 엮음, 보리, 1998년), 164쪽

옷을 쨴 것

1963년(3학년) 12월 2일 씀

나는 아래(지난번) 산에서 옷을 쨰서(찢어서) 나는 아버지한테 혼나까 봐 나는 옷 쨰어진 것을 아버지 안 보일라고 내 손으로 막아 가지고 있습니다. 그라면 아버지가 보지 않습니다. 그라면 나는 아침을 다 먹고 학교에 오만 아버지가 아무 말도 안 합니다. 그래 가지고 학교에 와서도 걱정이 된다. 학교에서 시간을 마치고 집에 가서도 점심 먹을 때 혼나까 봐 나는 또 옷을 막고 점심을 먹고 나서는 아버지 보까 봐 한쪽 구석에 가서 논다. 그라면 아버지가 "진복이 어데 갔나?" 하시면 나는 옷을 막고 갑니다. 가면은 공부하라 하십니다. 그라면 방에 들어가서 공부를 합니다.

—《내가 어서 커야지》(이오덕 엮음, 보리, 2005년), 41쪽

/ 김태순

김태순은 서울에서 작은 병원에 다니고 있는데 마음이 넓고 넉넉합니다. 동무들한테 항상 고맙다 합니다.

"3학년 때 선생님이 우리 집에 가정방문을 오셨는데 아무것도 줄 게 없어서 물 한 잔만 드렸어. 그때 학교도 못 다니는 아홉 살 동생이 있었는데, 선생님이 이 사실을 알고는 학교에 가서 조치를 해 주셨지. 동생이 바로 2학년에 다니도록 해 주고, 책도 주셨어. 덕분에 동생은 공부를 잘했지. 선생님이 무척 고마웠어. 입학도 못했던 동생을 자기 또래인 2학년에 다니게 해 줬으니 그때는 아주 큰 배려였지. 언젠가 선생님이 편찮으셔서

학교에 못 오셨던 날, 동무 윤희와 내가 둘이서 음료수를 사 가지고 병문안 갔던 기억도 나네. 그런데 그때 음료수, 가게에서 외상으로 사 갔던 거 있지."

봄

1963년(3학년) 2월 14일 씀

봄아, 오너라.
봄이 오면 동생하고
머리에다 호박단을 여고
나물 캐로 간다.

　　　　　　－《허수아비도 깍꿀로 덕새를 넘고》(이오덕 엮음, 보리, 1998년), 34쪽

연기

1964년(4학년) 4월 20일 씀

저녁밥을 짓는다.
굴뚝에서 연기가 살모시(살며시)
땅 밑으로 내려앉았다가
또 하늘로 올라간다.
연기는 많이많이 올라가니
보이지 않는다.
저녁밥은 보글보글 끓는다.
맛있는 냄새가 자꾸만 난다.

　　　　　　－《허수아비도 깍꿀로 덕새를 넘고》(이오덕 엮음, 보리, 1998년), 115쪽

/ 남경삼

남경삼은 김천에서 전기 부품 공장을 하고 있습니다. 마을 동장을 맡을 정도로 지역에서 신망이 높아요. 힘든 일이 있을 때마다 바른 마음을 갖고 착하고 정직하게 살라던 이오덕 선생님 얼굴이 떠오른다고 합니다.

"선생님이랑 같이 학교에서 자주 율동도 하고, 야외 학습장에서 글쓰기도 많이 했지. 우리 집은 방앗간을 했는데 선생님이 자주 오셔서 어머니랑 이야기를 많이 했어. 졸업하기 전에 김천으로 이사를 갔는데 선생님이 김천까지 찾아오셨지 뭐야.

선생님과 같이 냇가에서 물고기를 잡고 놀았는데 선생님이 잡은 물고기를 보기만 하고 살려 주자고 해서 모두 물에 놓아 주었던 기억이 나. 선생님이 안동으로 전근 가셨을 때는 내가 동생이랑 같이 가서 밥도 해 먹고 같이 목욕도 하고 그랬어. 앞으로 어떻게 살아가면 좋을지, 시를 어떻게 써야 하는지 같은 이야기들을 많이 해 주셔서 참 좋았어."

어머니

1963년(3학년) 11월 25일 씀

어머니는 언제나 일을 하신다. 국씨(국수) 빼야지 지름(기름) 짜야지 아기 봐야지 일이 많으니 얼마나 일을 하는지 모른다. 아기가 배가 고파 울 때는 젖을 미기도 못하고 있다. 내가 학교에서 집에 오면 나한테 꼭 들어붙는다. 춤 니야, 빠빠 주까 하니 반가와서 발딱발딱 뛴다. 그러면 밥을 준다. 밥을 주면 반가와 먹는다. 어머니는 저쪽에서 일을 하시니라고 점심도 안 먹고 있다. 내가 엄마가 기다카먼(그것이다 하면) 배가 고파 어찌 견디겠느냐. 그래도 어머니는 일을 하시니라고 배가 덜 고픈가 봐 하고 생각한다. 어머니가 얼마나 일을 했는지 한짝 발이 붓도록 일을 할까? 다리가 붓도록 일을 하니라고 정신 못 차린다. 내가 어머니 같으면 병원에 가서 치료나 하지, 이런 생각이 났다.

—《꿀밤 줍기》(이오덕 엮음, 보리, 2005년), 139쪽

나의 걱정

1963년(3학년) 12월 2일 씀

내가 군인 가서 총살에 맞아 죽으까 봐 걱정이 나고 포탄에 맞아 죽으까 봐 걱정이 나고 또 대포에 맞아 죽으까 봐 겁이 실실 난다. 내가 군대 가면 겁이 나서 어쩨 있겠을까? 가기는 싫고 가마 죽으까 봐 겁이 나고 총으로 싸울 때 겁이 얼마나 날까? 무서운 군대. 밤으로 잠잘 때도 생각이 떠오른다. 내 꿈에는 고마 군대 안 가고 나쁜 나라와 우리 나라가 같이 동무가 되었으면⋯⋯. 우리 나라 정치가 좋은 것인데 서로 조놈어 새끼 싸와 지긴다, 총으로 지긴다, 이런 말이 내 꿈에 나서 군대 가기 싫다. 무서운 군대가 내 꿈에 난다.

—《내가 어서 커야지》(이오덕 엮음, 보리, 2005년), 37쪽

/ 박근옥

박근옥은 서울에 있는 유치원에서 돌봄 강사를 하고 있는데, 모임에 올 때마다 빈손으로 오는 법이 없고 먹을 것을 잔뜩 들고 옵니다.

"선생님이 우리더러 글씨 연습을 진짜 많이 시켰지. 책을 보고 따라 쓰

라고도 하고. 'ㄹ'자가 흐리다고 열 번도 넘게 계속 쓰게 했던 기억도 나.
소풍 때 어머니가 감홍시 두 개를 싸 주면서 선생님 갖다 드리라고 했는
데, 선생님이 너무 고마워하던 모습이 아직도 잊혀지지 않아."

거지

1962년(2학년) 11월 23일 씀

아침에

우리 점방 앞에서

거지가

추워서

발발 떱니다.

논 매러 가는

어른도

발발 떱니다.

　　　　　─《허수아비도 깍꿀로 덕새를 넘고》(이오덕 엮음, 보리, 1998년), 24쪽

봄

1963년(3학년) 2월 14일 씀

봄이 오면 거지들은

춤을 출 게다.

　　　　　─《일하는 아이들》(이오덕 엮음, 보리, 2002년), 255쪽

이 글을 정리하고 있는 저입니다.

"우리 어릴 때 공부하라는 말 들어 본 적이 없잖아. 맨날 소풀 뜯어 오
너라, 김매러 가자, 나무 해 오너라, 이렇게 일이나 심부름하라는 이야기
만 듣고 자랐지. 그래도 소풍날이 되면 선생님 드리라고 고구마니 삶을
달걀이니 군밤이니 이런 것 다 챙겨 주셨지. 선생님은 이걸 그냥 드시질
못하고 평소에 도시락 못 싸 오는 아이들 불러서 골고루 나눠 주셨던 기
억이 나."

겨울 일기

1962년(2학년) 12월 31일 씀

감나무는 한 감나무래도 색이 안 같고 다 틀리고 또 감 열을 때도 어느 쪽
은 많이 열리고 어느 쪽은 적기(적게) 열립니다.

1963년(2학년) 1월 2일 씀

오늘 눈이 많이 왔는데 나하고 우리 형님하고 밖에 나와서 우리 형님은 종
가래로 치고 나는 비짜루로 쓸으니 어머니가 밥을 더 많이 줍니다.

—《내가 어서 커야지》(이오덕 엮음, 보리, 2005년), 115쪽

참꽃

1963년(2학년) 2월 14일 씀

봄이 오면 참꽃(진달래꽃)들이 얼굴을 내어 놓고 방긋이 웃는데, 빨가수룸한 수염(꽃술)을 따 가지고 싸움을 붙이면 내가 만날 진다.

—《일하는 아이들》(이오덕 엮음, 보리, 2002년), 252쪽

구름

1963년(3학년) 10월 31일 씀

구름이
해님을 꼭 안고
놔 주지 않았다.
그런데 해님이
가랭이 쌔로(사이로)
으쩌로(억지로)
빠자(빠져) 나왔다.

—《일하는 아이들》(이오덕 엮음, 보리, 2002년), 320쪽

봄

1964년(4학년) 3월 1일 씀

봄이 오면
시미기 하기(소먹이 풀을 베는 일)
멀쩡난다(지긋지긋하게 하기 싫은 마음이 난다).
봄이 왔다가
일쩍 가면 좋겠다.

* 이오덕 선생님 주 : 여기서는 일의 고달픈 면만을 생각해서 썼다. 물론 이것도 정직한 느낌이다. 일이 너무 많으면 놀이가 안 되어서 아이들은 힘들어 한다. 그래도 일이 아주 없고 방 안에서 책만 읽고 외우고 쓰고 하는 것보다는 열 배도 더 낫겠지.

— 《일하는 아이들》(이오덕 엮음, 보리, 2002년), 28쪽

/ 박정숙

박정숙은 김천에서 주부로 사는데 5년 전부터 반창회 총무를 맡고 있습니다.

"내가 입고 있던 빨간색 골덴 바지가 떨어졌는데 어머니가 노란 천으로 기워 주셨거든. 그랬더니 선생님이 뒤에 따라오시면서 '정숙이 엉덩이에 해바라기 꽃 피었네' 하시는 거야. 그래 좀 덜 부끄러웠지. 선생님이 다른 학교로 전근 가셨을 때 편지를 보냈더니 답장을 해 주셨는데 거기에 글쎄 '정숙이는 회충약 안 먹으려고 많이 울었지' 이렇게 쓰여 있더라고. 어쩜 그렇게 세세하게 다 기억을 한다니? 선생님이 늘 다 떨어진 가방을 옆구리에 끼고 출퇴근하셨던 모습이 기억 나."

달과 별

1963년(3학년) 9월 28일 씀

달과 별이 반짝반짝한다.

달은 반달이다.

달이 반 갈라졌다.

달이 자꾸 가는 거 같다.

어머니한테 물어보니

구름이 가서 그렇다 하신다.

나는 자부름(졸음)이 난다.

—《허수아비도 깍꿀로 덕새를 넘고》(이오덕 엮음, 보리, 1998년), 44쪽

왕마구리

1964년(4학년) 4월 20일 씀

논둑길을 걸어가면

왕마구리 왕왕왕

물속에서 왕왕왕

왕마구리 우는 소리 들으면

왕왕왕 자꾸 울고 있구나.

왕마구리 소리 섧은 소리,

논둑길 밑에서도 울고 있다.

—《일하는 아이들》(이오덕 엮음, 보리, 2002년), 302쪽

/ 정순복

정순복은 서울에서 회사에 다니는데 마음이 푸근한 동무입니다. 성내는 일이 없이 모든 일을 앞장서 잘 이끕니다. 서울 지역 대표라 할 수 있습니다. 요즘은 외손자 재롱에 푹 빠져 지낸다고 합니다.

"선생님은 다정다감하셨지. 언젠가 비 오는 날 토란 잎 하나를 따서 머리에 씌어 주면서 우산 대신 쓰라고 하셨어. 그 뒤로 학교 앞에서 혼자 살고 계시는 선생님 댁에 가서 토란을 까 주기도 했지."

코스모스

1962년(2학년) 11월 17일 씀

코스모스는
아직 썬나장(서너 장) 피어 있는데
썬나장만 있으면
다 죽습니다.
코스모스는 안됐습니다.

―《일하는 아이들》(이오덕 엮음, 보리, 2002년), 212쪽

개고리 소리

1963년(3학년) 4월 29일 씀

저녁밥을 먹고 난 뒤
토끼 밥을 주고
요강을 씨로(씻으러) 가니
우리 담 넘에서 개고리(개구리) 소리가
들린다.
가만히 들어 보니 개고리가
골골골골 하고 운다.

―《허수아비도 깍꿀로 덕새를 넘고》(이오덕 엮음, 보리, 1998년), 38쪽

아가씨아

1964년(4학년) 5월 9일 씀

아가씨아(아카시아)는 위에 있어서

아이들이 딸라고 괭이로

아가씨아꽃이 많이 있는

가지를 딸라고 한다.

아가씨아꽃 냄새는 참 좋다.

아가씨아는 흰 꽃을

활짝 피우면

아이가 먹고 싶어

운다.

—《허수아비도 깍꿀로 덕새를 넘고》(이오덕 엮음, 보리, 1998년), 126쪽

/ 주형철

주형철은 상주에 있는 공검중학교에서 윤리 선생님으로 일하고 있습니다. 다른 사람 칭찬을 많이 하며 다른 사람 의견을 항상 존중합니다.

"수업 시간에 우리가 지루해하면 선생님이 모두 일어나서 체조를 하라고 했지. 그때 내가 장난으로 앞에 앉은 애를 잡아당겨서 뒤로 넘어진 적이 있었는데, 그때 선생님이 '그러다 장애인 되면 어쩔 거냐' 하면서 호되게 혼낸 적이 있어. 지금은 우리 반 아이들한테, 그때 선생님이 하셨던 것

처럼 수업 시간에 10분씩 몸풀기를 하게 했더니 수업 능률도 오르고 아이들도 좋아하더라니까."

떡가래

1964년(3학년) 2월 12일 씀

우리는
쌀이 없어서
떡을 안 뺐다.
나는
영도네 떡이
김이 술술 나는 기
울고 싶다.
우리가 부자가 되었으면
하는 생각이 난다.
내 마음엔 내가
떡가래를 막 먹는 같다.

* 이오덕 선생님 주: 설이 되어도 떡을 만들어 먹을 수가 없다면 그런 집 아이들은 얼마나 서러울까? '나는 영도네 떡이 김이 술술 나는 기 울고 싶다'고 하고, 마음속으로 부자가 되어 떡가래를 먹어 보는 이 아이는 시를 써서 조금은 위안을 얻었을 것이다.

─《일하는 아이들》(이오덕 엮음, 보리, 2002년), 127쪽

황용순은 고향인 청리에서 작은 식당을 하고 있습니다. 푸근한 얼굴만큼이나 음식도 넉넉하게 담아 줍니다. 욕심이 없으니 형편이 썩 넉넉하지는 않지만 늘 푸근한 동무입니다.

"2학년 어느 날이었어. 학교에는 왔는데 아버지가 위독해서 곧 집에 가야겠다는 마음으로 책 보따리를 풀지 못하고 있었거든. 수업에 들어오신 선생님이 내 책보를 막대기로 들어 올리며 '아버지가 편찮으신데 네가 왜 공부를 안 하느냐' 하고 꾸지람하셨지. 그때는 선생님이 좀 원망스러웠어."

내가 잘못한 일

1963년(3학년) 12월 9일 씀

나는 할아버지가 물을 들고 오라 하마 나 안 들고 와요 한다. 그러마 우리 할아버지가 왜 안 들고 와여, 밥 안 해 먹을래 한다. 내가 언제까지 한 버지기 들어다 불라고요 하마, 나 두라 내가 가서 한 버지기 들고 오마 하민성(하면서) 할아버지가 버지기를 가지고 새암(샘)에 가서 물을 한 버지기 들로 갔을 때 나는 내가 가서 들고 올걸 이런 생각이 난다. 나는 할아버지가 밥을 나하고 둘이 해도 물 한 버지기를 들다 나르다가 할아버지가 돌아가시면 나는 할아버지가 불쌍하다. 나는 할아버지요 나중에는 내가 들고 오께요 하마 할아버지는 웃는다.

—《내가 어서 커야지》(이오덕 엮음, 보리, 2005년), 49쪽

실습지

1964년(4학년) 5월 9일 씀

실습지에 가서 일을 하는데
땀이 팥죽같이 흘렀다.
땀 흘리며 일하시는
다른 아버지 어머니들이
일하시느라고 얼마나 고단하실까
생각했다.

— 《허수아비도 깍꿀로 덕새를 넘고》(이오덕 엮음, 보리, 1998년), 128쪽

고무

1964년(4학년) 5월 25일 씀

서울 고무(고모)가 갔다.
나는, 이때까지 있다가 머 하로 가여
하니,
나도 살림을 하는데 가야지 되겠다
칸다.
그러니 우리 할아버지 눈에는 눈물이 기릉기릉
우리 고무 눈에도 눈물이 괴인다.
나도 눈물이 나올 것 같았다.

* 이오덕 선생님 주: 이 아이는 할아버지와 단둘이서 살았다.

— 《일하는 아이들》(이오덕 엮음, 보리, 2002년), 160쪽

선생님은 우리한테 자연에서 많은 것을 보고 듣고 느끼게 했지요. 보고 들은 것을 시와 그림, 일기로 표현하게 했고, 숙제도 늘 글쓰기를 하게 했어요. 공부보다는 힘들게 일하는 부모님을 열심히 도왔던 어린 시절, 선생님은 그런 어려운 환경을 글과 그림으로 표현해 내도록 해서, 우리들이 순수한 마음을 잃지 않고 바르게 살아갈 수 있게 했지요.

청리초등학교 우리 반 동무들은 모두 68명이었습니다. 반창회에서 얼굴을 못 보는 동무들은 지금 어떻게 살고 있는지 전화로 물어서 알아봤습니다. 두 가지 공통점이 있었습니다. 하나는 뛰어난 부자도 없고, 못사는 동무도 없다는 것. 그 동무들 모두 넉넉하지 않지만 오순도순 재미있게 살고 있었습니다. 또 하나는 모두들 착하고 성실하게 어릴 때 모습을 간직하고 있다는 것. 욕심이 많다거나 모난 성격을 가진 동무가 없다는 겁니다. 모두 이오덕 선생님한테 배운 그대로를 평생 실천해 온 것이지요.

이오덕 선생님과 함께 지낸 이야기, 함께 자란 동무들 이야기가 이오덕 선생님을 기억하는 모든 사람들한테 조금은 즐거운 시간이었길 바랍니다.

* 2013년 7월~10월에 발표한 글입니다.

영원한 스승 이오덕 선생님

/ 김순규

이오덕 선생님을 떠나보낸 지 십 년이 지났다.

그리운 마음이 들 때면 이오덕 선생님이 펴내신 책을 펼쳐 본다. 책장 사이사이에서 우리들의 몸과 마음에서 터져 나오던 목소리가 고스란히 들린다. 그들 가운데 한 아이였던 나도 벌써 그때 선생님만 한 나이가 되었으니. 그때 이야기는 새삼 진귀한 보물처럼 여겨진다.

농촌 어린이 시집 《일하는 아이들》을 한 장 한 장 넘겨 보노라면, 36년 전이 바로 오늘처럼 또렷하게 되살아난다. 선생님은 그렇게 우리들에게 어린 시절의 꿈과 희망을 심어 주고, 그것을 책으로 엮으셨다.

일주일에 한 번은 산으로 냇가로 다니면서 풀을 들여다보고 자갈도 만져 보고, 그림을 그리고 시를 썼다. 아이들 시와 그림을 모아 엮은 이 책은, 지금에 와서 보니 내 삶의 자화상이기도 하다. 책 속에서 긴 세월 빛을 간직한 아이의 맑고 고운 심성을 읽는 기쁨을 맛본다.

'영원한 스승으로 살아 계신 이오덕 선생님. 열한 살 아이가 어렴풋이 듣고 보던 선생님의 삶은 지금에 와 다시 보니, 과연 진실이고 옳은 것이

었습니다!'

그리운 선생님을 다시 만나고 싶어 하는 누군가를 위해 내 기억 속 이야기를 꺼내 본다.

1978년 이른 봄, 학교 가는 길 도랑에 버들강아지가 필 무렵이다. 내가 초등학교 4학년 때, 이오덕 선생님께서 우리 학교 교장 선생님으로 오셨다. 길산초등학교는 경북 안동시에서 산골짜기로 36킬로미터 남짓 더 들어간다. 굽이굽이 첩첩산중에 있는 산골 벽지학교다.

우리 학교에 새로운 교장 선생님이 오신 뒤로 날마다 변화의 바람이 불었다. 산업화와 경제 발전이 한창이던 1970년대 후반, 산골 벽지학교에 다니던 나와 동무들은 공부보다 그날그날 가난에 적응하며 일하고 공부했다.

새로 오신 교장 선생님께서는 언제나 '좋은 책을 읽으세요' 하고 책을 읽는 즐거움을 일깨워 주셨다. 무엇보다 기뻤던 것은 교실 한켠에 책장이 생긴 일이다. 책이라고는 교과서밖에 없던 시절이라 책꽂이에 꽂힌 책들이 신기할 뿐이었다.

쉬는 시간에 틈만 나면 책을 골라 읽고, 집으로 빌려 와서도 여러 번 읽었다. '소금 장수' 같은 옛이야기 책뿐만 아니라 〈어깨동무〉〈소년〉 같은 잡지도 더러 있었고 동화책도 많았다. 《알프스의 소녀 하이디》를 읽고 하이디처럼 풀잎 냄새 나는 침대에서 포근한 잠을 자고 싶다는 생각을 하며 자랐다.

〈소금 장수〉 같은 옛이야기 책은 무척 재미있어서 책을 먹듯이 읽고 또 읽었다. 동무들이 너무 많이 봐서 책장 넘기는 곳이 손때가 묻고 닳아 얇

아질 정도였다. 선생님께서는 일찌감치 문학이 주는 즐거움을 책을 통해 가르쳐 주셨다.

책을 펼치면 색다른 세상 이야기가 가득했다. 집에서도 밤늦도록 책을 보곤 했다. 호롱불 아래 엎드려 책을 보면, 할머니께서 석유 닳는다고 어서 자라고 하는 바람에 책을 다 못 보고 아쉽게 덮어야 할 때도 있었다. 지금 생각해 보면, 그때만큼 책을 재미있게 읽었던 때가 없다.

어느 날은 이오덕 선생님이 아동문학가 이원수 선생님의 시 '새 눈'을 칠판에 적어 주고 노래를 가르쳐 주신 적도 있었다.

새 눈

나뭇가지에
새 눈이 텄네요.
맨몸뚱이로 겨울 난 이 나무에
쬐꼬만 쬐꼬만 연두 눈이 텄네요.
새 눈은 아기 눈, 봄이 오나 보네요.
(줄임)

선생님은 왜 우리가 책을 읽고, 솔직한 자기 이야기를 쓰면서 살아야 하는지 기회 있을 때마다 일러 주셨다. '여러분, 시가 무엇일까요?' 열한 살 아이가 들었던 선생님의 그 물음은 나를 문학에 눈뜨도록 이끌어 준 첫 물음이다. 머리가 아닌 가슴으로 느낀 것을 살아 있는 입말로 그때그때 표현하면 그게 바로 '시'라는 것이다.

이제 와서 생각해 보면, 아침 조회 때마다 선생님이 아이들한테 거듭해 심어 주셨던 희망의 교육이 진실이었음을 살아가는 곳곳에서 느낀다.

"도시에 살면 예쁜 옷, 맛있는 음식 먹고 잘살 거라고 부러워하지 마세요. 그 사람들은 서로 경쟁하면서 힘들게 살고, 도시 빈민들 살림살이는 농촌의 삶보다 못합니다. 정직하게 땀 흘려 일하고 가슴이 따뜻하고 자연을 아낄 줄 아는 여러분들이야말로 세상의 희망입니다."

귀에 익은 그 음성이 들리는 듯하다.

내 기억 속에 선생님은 눈이 크고 사물을 깊이 있게 보시는 듯했다. 늦여름 회색 바지를 입고 가끔씩 붉은 사루비아가 핀 화단에 앉아서 손수 잡초를 뽑기도 하셨다. 생활 속에서 늘 깨끗하게 둘레를 정리할 것을 일러 주셨다. 남을 시키지 말고 될 수 있으면 스스로 하는 것을 몸소 보여 주셨다.

이제껏 생각했던 선생님의 모습과 다른 면이 있다면, 동무가 된 것처럼 아이들한테 말을 자주 걸어오신 거다. 그럴 때면 아이들의 마음을 너무 잘 이해하고 계셨다.

어느 날은 학교 뒤뜰에 흙으로 커다란 가마를 지으셨다. 우리가 온갖 모양으로 자유롭게 구워서 만든 화분과 주전자, 재떨이 들을 보고 즐거워하셨다.

하지만 늘 따뜻한 모습만은 아니었다. 선생님을 화나게 하는 것은 거짓된 행동을 하는 경우였다. 날마다 하는 일 가운데 하나는 일기 쓰기였다. 어쩌다 일기를 한꺼번에 몰아 쓰는 걸 싫어하셨다. 그건 살아 있는 글이 아니라고 하셨다. 차라리 안 쓰는 것만 못하다고.

철이 바뀔 때마다 우리는 선생님과 함께 밖에 나가 수업을 했다. 학교 앞 시냇가에서 조약돌을 줍고, 억새밭에서 시를 쓰기도 하고, 나무가 많은 뒷산에 올라가 나무껍질을 자세히 살펴보고 잔디 씨앗을 모으기도 했다.

입시 교육 위주였던 교육 현실에 비추어 볼 때, 어쩌면 비현실적인 교육이라 생각할 수 있겠지만, 선생님은 다시 봐도 정말 아이들을 진정으로 사랑한 참교육자였다.

"산골에서 맑은 자연과 더불어 건강하게 자라는 너희야말로 미래의 기둥이고 희망이다!"

하고 말씀하시던 선생님. 살면서 잊어버리지 않도록 책으로라도 이오덕 선생님을 자주 만나 뵙고 싶다. 누구나 마음속 보물을 간직하고 있을 것이다. 이오덕 선생님이 세상에 남겨 두신 책과 정신은 언제나 우리 집 책장에서 으뜸가는 보물 1호이다.

살아 있는 어린이의 마음을 귀하게 여겼던 선생님 덕분에 나는 노인이 되어서도 책만 펼치면 어린 시절을 그대로 느낄 수 있을 것이다. 가난하고 힘들게 살아온 시절이었지만, 그래도 행복한 어린 시절이었다.

* 2014년 4월에 발표한 글입니다.

김순규

경북 안동시 임동면 덕강에서 농부의 딸로 태어나 경상북도 안동군(현 안동시 편입) 지례에 있는 길산초등학교를 다니면서 이오덕 선생님을 만났다. 지금은 서울에서 자유기고가와 지역 소식을 전하는 구민영상기자단 일을 하고 있다.

1977년 길산초등학교 졸업기념 사진에서 맨 앞줄 가운데 자리에 이오덕 선생님이 앉아 계신다.

| 이오덕(1925~2003) 선생님이 걸어온 길 |

1925년(1세)	11월 14일에 경북 청송군 현서면 덕계리 574번지에서 태어남.
1933년(9세)	경북 청송군 화목공립심상소학교 입학함. 어머니 돌아가심.
	선생님이 수업 시간에 들려준 '장발장'에 감동받음.
1939년(15세)	경북 청송군 화목공립심상소학교 졸업함. 집에서 농사를 지으며 독학함.
1941년(17세)	경북 영덕군 영덕공립농업실수학교에 들어감.
1943년(19세)	3월 경북 영덕농업학교 졸업함. 성적이 뛰어나 군청 직원으로 특채되어 경북 영덕군청 학무계 근무함.
	학교에서 뛰어 노는 아이들을 보고 교사가 되어야겠다고 생각해 독학을 함.
1944년(20세)	교원시험 합격하여 경북 청송군 부동면 부동공립초등학교에 부임함.
1945년(21세)	화목초등학교를 비롯하여 경북, 경남, 부산, 대구의 17개 학교(초등 16개교, 중등 1개교)에서
~1986년(62세)	교사, 교감, 교장으로 근무하다가 경북 성주군 대서초등학교 교장을 마지막으로 퇴임함.
1950년(26세)	아버지 돌아가심.
1954년(30세)	한국아동문학회 창립에 회원으로 참여함. 이원수 선생과 교류함.
1955년(31세)	이원수 선생님이 발간한 〈소년세계〉에 동시 '진달래' 발표함.
1963년(39세)	경북글짓기지도연구회(회장 김동극) 창립에 참여함.
1965년(41세)	교육 잡지 〈새교실〉에 우리 말에 대한 첫 글 '우리 말에 대하여' 발표함.
	첫 번째 책인 《글짓기 교육: 이론과 실제》 출판함.
1966년(42세)	첫 번째 동시집 《별들의 합창》 출판함.
1967년(43세)	교감으로는 교육을 제대로 할 수 없는 현실로, 교감을 반납하고 교사로 발령받음.
1971년(47세)	이원수를 중심으로 한 한국아동문학가협회 창립에 참여함. 도시학교에 근무하는 것보다
	산골학교가 좋다는 생각으로 교감 발령을 신청하여 문경군 김룡초등학교 교감으로 감.
1973년(49세)	권정생의 〈강아지똥〉을 읽고 찾아가 만남.
1975년(51세)	평론 '표절 동시론'에 이름이 게재된 이가 명예훼손죄로 고소함.
1976년(52세)	자유실천문인협회 활동하고 '창비아동문고' 기획과 선정위원으로 활동함.
1977년(53세)	첫 어린이문학 평론집 《시정신과 유희정신》 출판함.

1978년(54세)	어린이가 쓴 어린이시를 모은 《일하는 아이들》 출판함.
1979년(55세)	어린이가 쓴 산문을 모은 《우리도 크면 농부가 되겠지》 출판함.
1980년(56세)	서울양서협동조합 산하 어린이도서연구회 지도위원 맡음.
1983년(59세)	한국글쓰기교육연구회 결성하여 대표를 맡음.
1984년(60세)	경북아동문학연구회 만듦. '이원수 아동문학 전집' 기획과 편집 주관함.
1985년(61세)	'연합통신'에서 안기부에서 작성한 자료를 바탕으로 '동화에도 민중교육 침투, 좌경 의식화교육' 비난 기사가 언론매체에 보도됨. 안동농민회관 앞 개울에서 마련한 회갑 모임에 가려고 했으나 경찰 제지로 참석 못함.
1986년(62세)	퇴임하고 경기도 과천시로 이사함. 민주교육실천협의회 공동대표(이오덕, 성내운, 문병란) 맡음.
1987년(63세)	민주교육추진 전국초등교육자협의회 준비모임 자문위원 맡음.
1988년(64세)	우리말연구소 만듦.
1989년(65세)	한국어린이문학협의회 만듦. 우리 말에 대한 첫 책 《우리 글 바로 쓰기》 출판함.
1990년(66세)	민족문학작가협의회 아동 문학분과위원회 맡음.
1993년(69세)	우리말살리는모임 만듦. 6월에 회지 〈우리 말 우리 글〉 제1호 펴냄.
1996년(72세)	어린이어깨동무 자문위원 맡음.
1997년(73세)	어린이도서연구회 이사 맡음.
1998년(74세)	우리말살리는겨레모임 결성하여 공동대표(이오덕, 김경회, 이대로) 맡음. 회지 〈우리 말 우리 얼〉 펴냄. 64개 단체가 참가한 '한글 전용법 지키기 천만인 서명 운동' 발대식을 거행하고 본부장으로 활동함.
1999년(75세)	전교조가 합법화된 뒤 첫 번째 참교육상(통상 8회)을 받음. 맏아들이 있는 충북 충주시 신니면 무너미 마을로 옮김.
2000년(76세)	출판사 '아리랑나라' 등록함.
2003년(79세)	8월 25일 무너미 마을에서 돌아가심. 유언으로 조문객을 받지 말 것, '새와 산' 시비를 세워 달라고 함.

삶을 가꾸는 글쓰기 교육(한길사, 1984년) 글쓰기 이론서, 2004년 '보리'에서 다시 펴냄

시정신과 유희정신(창비, 1977년) 어린이문학 평론집, 2005년 '굴렁쇠'에서 다시 펴냄

신나는 글 쓰기(지식산업사, 1993년) 어린이들이 보는 글쓰기 책

아동시론(세종문화사, 1973년) 어린이시 이론서, 2006년 '굴렁쇠'에서 다시 펴냄

어린이를 살리는 글쓰기(우리교육, 1996년) 글쓰기 지도 이론서

어린이를 살리는 문학(청년사, 2008년) 이오덕 유고 평론집

어린이를 지키는 문학(백산서당, 1984년) 어린이문학 평론집, 2005년 '아리랑나라'에서 다시 펴냄,

2010년 '고인돌'에서 **삶을 가꾸는 어린이문학**으로 다시 펴냄

어린이 시(온누리, 1984년) 일본 교사가 쓴 지도 사례를 옮김, 절판

어린이시 이야기 열두 마당(지식산업사, 1993년) 어린이들이 보는 글쓰기 책

어린이책 이야기(소년한길, 2002년) 어린이책 평론집

어머니들에게 드리는 글(고인돌, 2010년)

와아, 쓸거리도 많네(지식산업사, 1993년) 어린이들이 보는 글쓰기 책

우리 글 바로 쓰기 1, 2(한길사, 1992년), 1989년에 낸 **우리 글 바로 쓰기** 고침판

우리 글 바로 쓰기 3(한길사, 1992년)

우리 글 바로 쓰기 4, 5(한길사, 2009년)

우리 모두 시를 써요(지식산업사, 1993년) 어린이들이 보는 글쓰기 책

우리 문장 쓰기(한길사, 1992년)

우리 언제쯤 참선생 노릇 한번 해볼까(한길사, 1986년) 교육자 편지 모음, 절판

우리도 크면 농부가 되겠지(청년사, 1979년) 어린이 산문 모음 엮음, 2005년 '보리'에서 다시 펴냄, 절판

우리 말로 살려놓은 헌법(고인돌, 2012년)

울면서 하는 숙제(인간사, 1983년) 어린이를 위한 산문집, 1990년 '산하'에서 다시 펴냄

이 아이들을 어찌할 것인가(청년사, 1977년) 교육수상집, 절판

이렇게 써 보세요(지식산업사, 1993년) 어린이들이 보는 글쓰기 책

이오덕 교육 일기 1, 2(한길사, 1989년) 일기, 절판

이오덕 글 이야기(산하, 1994년) 어린이들이 보는 글쓰기 책

이 지구에 사람이 없다면 얼마나 아름다운 지구가 될까(고인돌, 2011년) 이오덕 유고 시집

이오덕 일기 1-5(양철북, 2013년) 1962년부터 2003년 8월 세상을 떠날 때까지 42년의 일기를 정리한 책.

일하는 아이들(청년사, 1978년) 어린이시 모음 엮음. 2002년 '보리'에서 다시 펴냄

입으로 말한 시(아리랑나라, 2005년)

종달새 우는 아침(종로서적, 1987년) 동화집, 2007년에 '굴렁쇠'에서 다시 펴냄

참교육으로 가는 길(한길사, 1990년), 절판, 2010년 '고인돌'에서 **민주교육으로 가는 길**로 다시 펴냄

참꽃 피는 마을(온누리, 1984년) 어린이글 엮음, 2006년 '아리랑나라'에서 다시 펴냄

철이에게(처음주니어, 2008년) 동시

탱자나무 울타리(보성문화사, 1969년) 동시집, 절판, 2005년 '아리랑나라'에서 다시 펴냄

하느님 물건을 파는 참새(고인돌, 2012년) 동시

허수아비도 깍꿀로 덕새를 넘고(보리, 1998년) 어린이시 모음